사자의 아들
칸의 여행

사자(獅子)의 아들: 칸의 여행 1

허담 新무협 판타지 소설

초판 1쇄 찍은 날 § 2020년 12월 30일
초판 1쇄 펴낸 날 § 2021년 1월 6일

지은이 § 허담
펴낸이 § 서경석

총괄팀장 § 노종아
편집책임 § 강서희
디자인 § 스튜디오 이너스

펴낸곳 § 도서출판 청어람
등록번호 § 제387-1999-000006호
등록일자 § 1999. 5. 31
어람번호 § 제2-2855호

주소 § 경기도 부천시 부일로 483번길 40 서경B/D 3F (우) 14640
전화 § 032-656-4452 팩스 § 032-656-4453
http://www.chungeoram.com
E-mail § chungeorambook@daum.net

ⓒ 허담, 2020

ISBN 979-11-04-92296-1 04810
ISBN 979-11-04-92295-4 (세트)

허 담 新 무협 판타지 소설

1

사자의 아들
칸의 여행

FANTASTIC ORIENTAL HEROES

사자의 아들

칸의 여행

목차

창해

죽대산맥

천호

화산맥

신(神)의 문(門)

이족을 몰아내고 천하를 얻은 황제가 사악한 명을 내렸다.

"사특한 술법(術法)으로 천하를 어지럽히는 무인의 씨를 말려라!"

황명에 의해 정예병(精銳兵) 일만(一萬)이 움직였다.

천 년의 역사를 자랑하는 정사(正邪) 일백오십 개의 문파가 토벌군의 기습에 불탔다.

황제를 도와 새로운 황조를 세운 무인들은 분노의 눈물을 흘리며 천 년의 터전을 버리고 도주했다.

무인들은 황군(皇軍)의 집요한 추격에 쫓겨 거대한 천산의 깊은 협곡에 모여들었다.

겨우 삼백, 고수라 불리는 무인 중 구 할이 죽은 후의 일이었다.

그 천산 협곡에서 천년밀교의 대법승 마후가 말했다.

"이 땅은 더 이상 무인이 살 수 있는 땅이 아니오. 설혹 우리 중 몇몇이 돌아가 황제를 죽인다 해도 무림이 살아나지는 못할 것이오. 이 땅에서 우리는 더 이상 영웅이 아니오. 오히려 세상을 어지럽히는 사악한 괴물이 되었소. 괴물이 살 수 있는 인간의 땅은 없소. 떠납시다. 무림의 역사를 새롭게 시작할 수 있는 곳으로!"

"온 천하가 황제의 땅입니다. 어디로 갈 수 있단 말입니까?"

최후의 순간이 와서 무인 모두가 죽더라도 결국 황제의 목을 베고야 말 것이라 평가받는 천하제일인 천무황 무극(武極)이 물었다.

마후가 대답했다.

"다행히 나에게 단 한 번, 신(神)의 문(門)을 열 수 있는 재주가 있소. 겨우 일각에 지나지 않을 테지만! 또한, 떠나면 다시는 이 땅에 돌아오지 못할 테지만! 그곳이라면 무림의 역사를 이어갈 수 있을 것이오. 여러분이 원한다면 이 늙은이, 단 한 번 하늘의 법을 어기고 신의 문을 열겠소!"

*　　　　　*　　　　　*

대장군 이세웅이 지휘하는 정병 일만이 전마(戰馬)를 몰아 최후의 생존자들인 삼백인의 무림고수를 향해 돌격을 감행했을 때, 갑자기 눈부신 빛의 문이 열렸다.

삼백인의 무림고수들은 빛의 문 속으로 사라졌다. 마치 전설이 전하는 우화등선(羽化登仙)을 하는 것처럼!

그날의 그 놀랍고 두려운 일은 황제의 명에 의해 철저하게 비밀에 붙여졌다.

이후 무림은 인간의 역사에서 사라졌다.

도검(刀劍)을 쓰는 자들이야 여전히 존재했지만, 몸속에 공력을 키워 하늘을 날고, 산을 가르던 무림 영웅들은 더 이상 존재하지 않았다.

그들의 흔적조차 인간의 역사가 아닌 전설 속의 허무맹랑한 이야기로 남았다.

세상은 그렇게 평범한 인간들의 역사, 그들의 유일한 왕, 황제의 역사만을 기록하게 되었다.

제1장

작은 사자가 죽던 날

"너에 대한 세상의 의심이 티끌조차 남지 않았을 때, 그리하여 세상이 너의 존재조차 잊었을 때, 그를 찾아가라. 단, 그의 시험을 통과할 힘을 스스로 얻은 후에!"

또 한 번의 아침이 찾아왔다.

무한(武汗)은 아버지가 떠나기 전 남긴 마지막 말을 잠꼬대처럼 중얼거렸다.

단 한순간이라도 잊지 않기 위해 잠자리에 들기 전이나 잠에서 깨어나는 순간, 혹은 잠을 자면서도 무한은 그 말을 중얼거렸다.

물론 다른 사람들에게는 그저 나약한 어린애의 웅얼거림으로 들리는, 가치 없는 소리였을 뿐이지만.

툭!

어린 손을 뻗으니 곰팡이 핀 빵 조각이 손에 걸렸다. 무한이 누운 채로 빵을 집어 입에 구겨 넣었다.

쾨쾨한 누린내, 한 올의 물기도 없어 입에 넣는 순간 모래알처럼 굴러다니는 빵 부스러기를 넘기기 위해 무한이 급히 물병을 집어 들었다.

"끄윽!"

누운 채로 물을 입에 부어 넣자 물이 반은 입으로 들어가고 반은 얼굴에 쏟아졌다.

하지만 익숙한 일인 듯 무한은 아랑곳하지 않고 입에 들어온 물과 가루가 된 빵을 섞어 억지로 목으로 밀어 넣었다.

"꺼억!"

물과 섞인 빵가루가 목을 넘어가자 이번에는 신트림이 올라왔다.

그리고 그 한 입으로 요기가 되었는지 무한이 빵 조각을 던져 버렸다.

툭!

더 이상 먹지 않을 음식처럼 빵이 먼지 쌓인 바닥에 나뒹굴었다.

아니, 애초에 먹어서는 안 될 음식이었다. 이마 상한 지 오래, 곰팡이조차 말라비틀어진 빵이었다.

그럼에도 무한이 그 빵을 서슴없이 먹을 수 있는 것은 그의 몸이 이미 그런 음식에 익숙해져 있었기 때문이다.

무한이 몸을 옆으로 굴렀다. 그의 등이 새우처럼 굽어졌다.

그 상태로 무한은 무릎을 가슴 쪽으로 끌어 올려 두 팔로 감싸 안았다. 마치 굶어 죽어가는 아이의 모습이다.

무한은 그 상태로 한동안 움직이지 않았다. 어찌 보면 다시 잠이 든 것처럼 보였다.

하지만 무한은 잠을 자는 것이 아니라 옆으로 누워 귀를 나무 침상에 대고, 그 침상을 통해 들려오는 소음을 듣고 있었다.

쿵쿵!

무엇인가를 부수는 듯한 소음과 진동, 꽤 멀리서 들려오는 소리지만 땅을 통해 전해지는 소리가 생생하게 느껴진다.

무한은 한동안 침상을 통해 전해지는 진동과 소리를 온몸으로 느끼고 있었다.

그러다가 문득 중얼거렸다.

"어떤 개자식들이 또 뭘 가져가려는 걸까? 아직도 더 가져갈 게 남아 있기는 하나?"

우두둑!

무한이 침상에 대고 있던 머리를 뒤로 젖혔다. 굳었던 뼈들이 아우성을 친다.

"그래도 주인이니 나가봐야지. 잘하면… 오늘 끝날 수도 있을 것 같기도 하고."

무한이 바짝 마른 몸을 힘겹게 일으켰다. 열다섯의 나이에 어울리지 않는 작은 체구다.

무한이 손을 뻗어 침상에 기대 세워둔 나무 지팡이를 집어 들었다. 그리고 죽어가는 노인의 모습으로 지팡이에 의지해 걷기 시작했다.

크기와 화려함으로는 설명할 수 없는 위대한 장원이 높은 절벽 위에 자리 잡고 있었다.

왕이 머무는 성이나, 거상들의 거처인 대장원들과는 결코 견줄 수 없는 작고 허름한 장원, 더군다나 오랫동안 돌보지 않아 폐허라고 해도 좋은 모습이다.

그럼에도 불구하고 장원은 범접할 수 없는 위엄과 신비로움이 감돌았다.

한때 아름다웠을 장원 안 정원을 가득 메운 잡초들조차 세상에 알려지지 않은 신비로움을 감추고 있는 듯했고, 무너진 건물과 담장에서조차 감히 범접할 수 없는 장중함이 느껴졌다.

그 사이를 병약한 소년 무한이 지팡이를 의지해 비틀거리면서 걸었다.

쿵쿵쿵!

발을 통해 좀 더 큰 울림이 전해졌다.

그리고 그 소리의 실체가 눈앞에 펼쳐지는 순간 무한의 마음 속에서 강렬한 분노가 치솟았다.

'개같은 놈들!'

무한이 입술을 잘근 씹었다.

입 밖으로 분노의 감정을 내뱉을 수는 없었다. 그건 지금까지 자신이 견뎌온 시간을 헛되게 만드는 일이다.

"어?"

만년(萬年)을 간다는 청석의 기단 위에 세워진 흑요석의 거대한 검은 비석을 뿌리째 뽑아내고 있던 사내들 중 한 명이 소년 무한을 발견하고는 놀란 듯 멋쩍은 목소리를 흘려냈다.

도둑질을 하다 주인에게 들킨 사람의 표정이다.

그러나 그런 멋쩍음은 금세 그의 얼굴에서 사라졌다. 대신 멸시와 당당함이 나타났다.

"여! 위대한 철사자 님의 아들이 나오셨구먼."

사내가 무한을 보며 조롱하듯 말했다.

"지금 뭐 하는 겁니까?"

무한이 지친 표정으로 물었다. 조금은 화가 난 듯도 보였다.

그러자 무한을 철사자의 아들이라 부른 사내가 손에 들고 있던 곡괭이를 내려놓고 무한에게 다가왔다.

소년 무한이 자신도 모르게 겁을 먹고 두어 걸음 뒤로 물러났다.

"아아, 겁내지 말거라. 해치려는 게 아니니까."

사내가 손을 저었다.

"어디서 온 사람들입니까?"

두려움을 감추지 못하면서도 무한이 물었다.

"날 몰라보는구나. 두 해 전에도 왔었는데……."

두 해 전… 소년 무한이 기억을 더듬었지만 사내의 얼굴은 떠오르지 않았다.

하긴 지난 팔 년간 이 무너진 장원을 다녀간 사람이 수백이다. 그들 모두를 기억할 수는 없었다. 당연히 비석이나 캐가려는 한낱 일꾼을 기억할 리는 더더욱 없었다.

"지금… 캐 가려는 것이 아버지의 비석이라는 것은 압니까?"

이 정도만 해도 무척 용기를 낸 질문이다.

"음… 미안하구나."

사내가 고개를 끄떡이며 사과했다. 물론 그렇다고 비석을 포기하고 돌아갈 것 같지는 않았다.

"그 비석이 어떤 비석인지 아십니까?"

무한이 다시 물었다.

그러자 사내가 무겁게 고개를 끄떡였다.

"어찌 모르겠느냐? 팔 년 전 검은 마종 혹라의 시대를 끝낸 십이영웅 중 한 명이었던 철사자 무곤 님을 기리는 비석인데."

사내가 대답했다.

"그런 비석을 가져가겠다는 겁니까?"

무한이 되물었다.

그러자 사내의 얼굴에 겸연쩍은 기색이 떠올랐다.

"뭐… 그렇게 되었다. 내키지는 않지만 나도 시키는 일을 해야 하는 입장이라서."

"누가 시킨 일입니까?"

무한이 물었다.

그러자 사내가 물끄러미 무한을 바라보다가 고개를 저으며 말했다.

"너무 그렇게 화낼 일이 아니다. 우리가 도적질을 하는 것은 아니야. 이 비석은 정당하게 팔렸어."

"정당하다니요? 내가 이 장원의 주인이고 아버지의 아들인데!"

어리지만 이 장원의 주인은 소년 무한이다. 그러니 무한이 모르는 거래가 정당할 수는 없다.

"저 비석을 정당하게 팔 수 있는 사람이 너 말고 한 명 더 있지 않느냐?"

사내가 불편한 표정으로 말했다.

"설마……?"

"가끔 설마가 사람 잡지. 그래. 네 어머니가 우리 가주께 저 비석을 파셨다."

한순간 무한의 눈에서 강렬한 분노의 불꽃이 일어났다.

순간 사내가 놀라서 한 걸음 뒤로 물러났다.

"어머니라고 해도… 그 비석만큼은 함부로 팔 자격이 없습니다."

"그, 그거야 내가 알 바 아니다. 따지려거든 네 어머니에게 따져야지. 아무튼 우리 사해상가는 정당하게 저 비석을 샀고, 난 가주의 명대로 비석을 가져갈 뿐이다. 아, 그리고… 이건 가주께서 네게 주는 선물이다."

사내가 급히 품속에서 작은 주머니를 꺼내 무한에게 건넸다.

주머니 속에서 들리는 소리를 들어보면 금화나 은화가 들어 있는 듯 보였다.

"받아라. 본래 비석값은 네 어머니에게 모두 치렀지만, 그래도 가주께서 특별히 널 생각하시어 따로 금화를 주라 하셨으니 고마운 일이지. 그리고 비석도 사해상가에서 무척 소중하게 다뤄질 거야. 사실 그게 더 나을 수도 있지 않느냐? 이런 폐허에 두는 것보다는."

툭!

금화 주머니를 받지 않으려는 소년 무한의 발밑에 주머니를 던진 사내가 할 말 다했다는 듯 몸을 돌려 비석 쪽으로 걸어가며 소리쳤다.

"서둘자고! 오늘 중으로 아랫마을까지 가려면 쉴 틈이 없어!"

사내의 외침에 그의 동료들이 다시 땅 깊이 박힌 비석의 청색 기단을 파헤치기 시작했다.

"좋은 날이다."

소년 무한이 중얼거렸다. 입가에 미소까지 떠올랐다.

조금 전까지 아버지의 비석을 가져가려는 자들에게 분노하던 얼굴은 어디에도 없었다.

"비석이 사라진 날은, 내가 사라지는 날로도 어울려. 더불어 어머니… 에 대한 미련까지 완전히 버릴 수 있는 날이니 얼마나 좋아. 거기에 금화까지… 훗!"

소년 무한이 실소를 흘리며 허리를 숙여 금화가 든 주머니를 주워 들었다.

"제법 묵직한데?"

무한이 만족한 듯 미소를 지었다. 그러고는 몸을 돌려 지팡이에 의지해 비틀거리며 온 곳으로 돌아가기 시작했다.

"어어! 저, 저 자식 뭐 하는 거야?"

한동안 비석 캐내기에 열중하던 사내들 중 한 명이 땀을 식히려 허리를 펴다 말고 놀라 소리쳤다.

"왜? 무슨 일인데?"

소년 무한에게 금화 주머니를 던져주었던 사내가 고개를 들며 물었다.

"저 녀석… 저거 죽으려는 거 아냐?"

사내가 손가락으로 낡은 장원의 위쪽 작은 봉우리처럼 서 있는 절벽의 정상을 가리켰다.

비석을 캐던 그의 동료들이 급히 시선을 돌렸다.

"아!"

"이런, 제길!"

사람들의 입에서 탄식과 욕설이 동시에 흘러나왔다.

그리고 그 순간, 그들의 눈에 소년 무한이 절벽 위에서 광활한 바다를 향해 새처럼 몸을 날리는 것이 보였다.

절대무적의 전사 철사자 무곤의 비석이 뿌리까지 뽑혀 그의 옛 장원을 떠난 날, 그의 유일한 혈육 작은 사자 무한도 스스로 바다에 몸을 던져 죽었다.

'자유다. 과거는 더 이상 나를 구속하지 못해. 나에 대한 세상의 망각이 날 자유롭게 해줄 거야. 내 계산대로만 된다면……'

북해에서 밀려온 한류가 온몸을 얼려 버릴 것 같았지만 무한은 해방감을 만끽했다.

아버지의 장원, 사람들이 '사자림'이라 부르는 장원의 절벽 아래는 북해에서 밀려 내려오는 차가운 한류와 남쪽에서 올라오는 따뜻한 난류가 교차하는 지점이다.

두 해류의 충돌로 인해 거칠고 불규칙적인 소용돌이들이 일어나 배들을 집어삼키곤 했다.

그래서 어선이든 상선이든 이 지역을 지나가는 것은 목숨을 걸어야 하는 일이다.

　그런 위험한 바다에 뛰어든 무한은 그 격한 해류 속에서 자유를 만끽하고 있었다.

　오늘의 이 탈출은 오랜 세월 이 거친 바다를 관찰해 온 덕분이었다. 무한은 아버지가 역사상 가장 위험하고 치명적인 마인이었다고 평가되는 검은 마종 흑라를 죽이고 스스로도 산화했다는 소식을 들은 이후 단 하루도 빠짐없이 이 바다를 관찰해 왔다.

　오직 이 바다를 통해서만 자신이 자유로워질 수 있다는 것을 본능적으로 알았기 때문이다. 세상의 그 누구도 이 거친 바다에서 병약한 그가 살아남을 수 있을 거라 생각지 않을 테니까.

　투투툭!

　살을 얼릴 듯한 차갑고 거친 해류가 밀려와 무한의 얼굴을 때렸다.

　그러자 금세 그의 얼굴이 파랗게 얼어갔다. 그리고 잠시 후 다시 한번 매서운 파도가 그의 언 얼굴을 때리자 거북 등짝처럼 그의 얼굴에 금이 가기 시작했다.

　쩌적!

　얼굴이 갈라지는 소리가 무한의 귀에까지 들렸다.

　그러나 언 얼굴이 갈라져 나가는데도 무한의 입가에는 미소가 떠올랐다.

　"이제 완전하게 다시 태어나는 건가?"

무한의 웃음 섞인 뇌까림 속에서, 갈라지던 그의 얼굴 피부들이 뺨에서 떨어져 나와 거친 해류를 타고 떠내려갔다.

그런데 살이 뜯겨 나간 그의 얼굴이 거짓말처럼 깨끗했다. 핏줄이 드러나고 뼈가 보여야 할 그의 얼굴이, 오히려 새살이 돋은 것처럼 깨끗했다.

피도 보이지 않았다. 찬 바닷물에 살이 얼면 핏기가 사라진다 해도 피부가 뜯겨져 나갔다면 조금의 혈흔이라도 묻어나야 하는데, 전혀 피가 보이지 않았다.

푸웃!

무한이 몸을 뒤로 뉘였다.

그러자 그의 얼굴이 하늘로 향하며 물 밖으로 드러났다.

소년 무한이 손을 들어 매끈한 자신의 얼굴을 만졌다.

"내 눈으로 내 진짜 얼굴을 볼 수 없어서 아쉽네. 팔 년 만에 드러난 얼굴인데……."

팔 년 만에 드러난 얼굴, 무한의 말대로라면 그는 팔 년 동안 자신의 얼굴을 감추고 살았다는 뜻이다.

그렇다면 차가운 파도에 뜯겨 나간 그의 얼굴도 설명이 된다. 뜯겨 나간 것은 그의 얼굴이 아니라 정교하게 만들어진 가짜 면피(面皮)였던 것이다.

칠 년을 가짜 얼굴 속에서 살아온 아이, 작은 사자 소년 무한은 그렇게 차가운 바닷속에서 자신의 본래 얼굴을 되찾고 있었다.

무한의 시선이 먼 절벽으로 향했다.

그의 아버지와 그 아버지의 장원이 있던 곳, 사자림의 숲이 시선이 닿을 수 없을 만큼 높이 솟은 절벽 위쪽으로 빼꼼 그 끝을 내비쳤다.

칠 년의 행복과 팔 년의 불행이 이어졌던 곳이다.

천하제일의 영웅으로 추앙받던 철사자 무곤의 역사가 탄생하고 잠든 곳이기도 했다.

"언젠가는 저곳에 다시는 무너지지 않을 성(城)을 짓겠어. 그때 지난 팔 년간 사자림을 약탈한 자들은 그들이 가져간 것들을 고스란히 가지고 와야 할 거야… 어머니조차도!"

무한이 북해의 차가운 냉기보다 더 섬뜩한 말투로 중얼거렸다.

쿠우우!

한순간, 이번에는 남쪽에서 해류가 밀려오는 소리가 들렸다.

"오는구나."

무한의 목소리에 힘찬 생기가 느껴졌다.

팔 년 동안 관찰한 바다의 움직임이지만 이 바닷속에 들어온 것은 처음이다. 그래서 일말의 불안감이 있었다. 눈으로 본 것만으로 해류의 움직임을 확신할 수 없었던 것이다.

그런데 그가 예상한 대로 해류가 움직이고 있었다.

따뜻한 온기가 온몸을 감쌌다. 그러자 차가운 한기가 물러가고 따뜻한 피가 온몸으로 퍼져 나가기 시작했다.

때맞춰 남쪽에서 밀려온 난류 덕분이었다.

만약 이 난류의 흐름을 몰랐다면 무한은 결코 이 바다에 몸을 던지지 않았을 것이다.

난류가 아니라면 차가운 북해의 해류를 반시진도 버티지 못하고 얼어 죽을 것이 분명하기 때문이다.

얼었던 몸이 녹으니 한결 여유가 생겼다. 무한이 재빨리 입고 있던 옷을 벗었다.

그러자 낡고 허름했던 옷 속에서 제법 귀한 옷감으로 만든 새 옷이 나타났다.

그사이 다시 북쪽에서 한류가 밀려왔다.

콰아아!

한류와 난류가 부딪히면서 물살이 빠르게 절벽 바깥쪽, 대해를 향해 밀려가기 시작했다.

순간 무한이 입술을 깨물었다.

"이제 정말 하늘에 내 운명을 맡길 때야. 부디 내가 지금까지 보고 기억한 모든 것들이 틀리지 않기를!"

무한이 기원하듯 중얼거리며 대해로 밀려 나가는 격한 해류에 몸을 실었다.

*   *   *

파내던 철사자 무곤의 비석을 놓아둔 채 사해상가의 인부들이 모두 절벽 끝으로 몰려왔다.

아득한 절벽 아래로 몸을 던진 철사자의 아들은 보이지 않았다.

하긴 수백 척의 절벽이다. 절벽에 있는 위태로운 바위에 부딪했다면 뼈가 가루가 되었을 것이고, 숲보다 높은 파도에 휩싸였다면 고기밥이 되고 말았을 것이다.

"죽었을까요?"

"그럼 살아 있겠나."

인부 중 한 명이 묻자 소년 무한에게 금화를 건넸던 사내, 대사해상가의 중행수 서불이 퉁명스럽게 대답했다.

"곤란하게 되었군요."

다른 인부가 말했다.

"그러게 말이야. 이렇게 되면 마치 우리가 그 어린 녀석을 죽인 것처럼 되어버렸잖아? 빌어먹을, 금화까지 적지 않게 줬는데 갑자기 왜 죽고 지랄이야."

서불이 투덜거렸다.

"사자림의 석재와 목재들이 밖으로 팔려 나간 것이 처음도 아니고……"

다른 인부도 투덜댔다.

"그래도 철사자의 비석은 좀 특별하지 않았을까요?"

또 다른 자가 자신은 철사자 아들의 선택이 이해가 간다는 듯 말했다.

"젠장, 그런가 보지. 하긴 처음부터 나도 찜찜하기는 했어. 아무리 그래도 철사자의 비석을……"

서불이 눈살을 찌푸리며 고개를 저었다.

사해상가의 가주 노백의 명으로 오기는 했지만, 그로서도 대영웅 철사자 무곤의 비석을 가져가는 일은 꺼림칙했던 것이다.

"중행수님! 이 일을 비밀로 하면 어떨까요? 가주님께만 말씀드리고……."

인부 중 하나가 조심스럽게 물었다.

그러자 서불이 한심하다는 듯 사내를 바라보더니 손을 들어 사자림 외곽의 능선들을 가리켰다.

"그러니까 자네 말은 칼을 빼 들고 달려가서 저기 숨어 있는 자들을 모두 죽이자는 거야?"

"예?"

인부가 얼떨떨한 표정을 지으며 되물었다. 서불이 무슨 말을 하는지 알아듣지 못하는 표정이다.

"저 숲 언저리에 이왕사후의 비밀 무사들과 육주의 유력 가문에서 파견한 고수들이 즐비하게 숨어 있어. 그자들을 모두 죽이자는 말이지? 아주 용감하게 말이야."

서불이 인부에게 얼굴을 들이밀며 물었다.

"그, 그것이……."

"이 멍청한 작자야. 가뜩이나 심기 사나운데 헛소리 좀 하지 마! 입 닥치고 조용히 있으라고. 알았어?"

서불이 인부의 코앞에 대고 소리를 질렀다. 철사자의 아들 무한을 자살하게 만든 원흉으로 몰리게 될 수도 있는 자신의 빌어먹을 상황에 대한 화풀이를 인부에게 하고 있는 서불이다.

"아, 알겠습……."

"닥치라고!"

"……!"

인부가 더 이상 입을 열지 못하고 한 손으로 입을 막은 후, 서불의 화난 눈초리를 피해 슬며시 고개를 돌렸다.

"그만하게. 초행이 아닙니까?"

제법 나이 든 인부가 서불을 말렸다.

"젠장! 재수 옴 붙었어. 잘못하면 상가에서 쫓겨날지도 몰라."

"하지만 가주께서 시키신 일인데 그렇게까지야……."

나이 든 인부가 고개를 저었다.

"모르는 일이지. 본래 우리 일이 좀 비정하지 않나. 이 일로 사해상가가 받을 비난을 줄일 목적이라면 내가 희생양이 될 수도 있지 않겠어?"

서불이 되물었다.

"그럼 비석을 놓아두고 갈까?"

늙은 인부가 물었다.

"그럼 사람 꼴 더 우스워지는 거지. 애꿎은 어린애만 죽인 꼴이 되니까. 비석이라도 가져가야 사해상가의 일을 하다 그리되었다는 변명이라도 할 수 있지 않겠어? 쫓겨나더라도 그래야 목숨 부지할 거야. 그렇게 되면 세상 돌아가는 이치를 아는 사람들은 우릴 동정할 수도 있고."

"그렇군. 중행수의 판단이 맞는 듯해. 난 자네와 운명을 같이 하겠네."

"자네야 나와 죽마고우니까 당연한 일이지만. 이 친구들은 어찌 될지. 에이, 일단 서둘러 비석을 옮기자고. 오래 머물러서 좋은 곳이 아니야."

"알겠네. 자, 모두들 서둘자고."

나이 든 인부가 동료들을 재촉했다.

그러자 사해상가의 인부들이 서둘러 비석이 있는 곳으로 달려갔다.

"젠장, 정말 죽은 걸까?"

인부들이 비석 쪽으로 달려간 후, 서불이 작은 사자 무한이 뛰어내린 절벽으로 고개를 내밀며 중얼거렸다.

그러다가 이내 고개를 저었다.

"살아 있을 수가 없지. 나라도 죽었을 텐데……."

그들은 서로의 존재를 알고 있었다. 그럼에도 불구하고 애써 서로의 존재를 부정했다. 서로의 존재를 인정하는 것은 어떤 면에서 수치스러운 일이었다.

이미 오래전 그 가문의 명맥이 끊긴 것이나 다름없는 철사자의 장원이었다. 처음부터 많은 인원이 사는 장원이 아니었지만, 철사자 무곤이 죽은 이후에는 모두 떠나고 병약한 아들 한 명만이 남아 있는 장원이었다.

그래서 그 장원을 감시한다는 것은 자부심 강한 무인들에게는 수치스러운 일이었다. 왜냐하면 병약한 어린애를 감시한다는 것은 그들이 죽은 철사자 무곤을 그만큼 두려워한다는 의미기 때문이었다.

그래서 이왕사후가 파견한 무사들은 서로의 존재를 알고 있으면서도 서로의 존재를 부인해 왔다.

육주의 권력자들은 혹시라도 철사자 무곤이 어린 아들에게 무엇인가 무서운 힘이 될 만한 것을 남겼는지 궁금해했다.

살아 있을 때의 철사자 무곤은 이 땅의 역사에서 보기 드물게 새로운 무종을 개파할 인물로 꼽혔었다.

그런 인물이 돌아오지 못할지도 모르는 길을 가면서 아들에게 어떤 것도 남기지 않았을 리 없었다.

그래서 이왕사후의 주인들은 체면 불고하고 뛰어난 수하를 파견해 몰락한 철사자 무곤의 장원과 홀로 남은 그 아들 무한을 감시했던 것이다.

하지만 그 일도 이제는 끝이 났다.

비극적인 운명을 견디지 못한 작은 사자 무한의 자살로 그를 감시하던 자들도 자유를 얻은 것이다.

숲에 숨어 있던 자들은 그제야 숲 밖으로 나와 서로에게 겸연쩍은 눈빛으로 인사를 건네고는 사자림을 떠났다.

그리고 얼마 후, 세상 곳곳으로 철사자 무곤의 아들 작은 사자 무한이 스스로 목숨을 끊었다는 소문이 전해졌다.

*　　　　　*　　　　　*

무한은 아버지의 성(城)이 무너져 가는 모습을 팔 년 동안 지켜봤다.

어린 그가 할 수 있는 것도 없었지만, 그 역시 아무것도 할 생각이 없었다. 그는 한때 가장 위대한 전사라고 추앙받던 아버지의 장원이 몰락해 가는 것을 그저 지켜보기만 했다.

철사자 무곤의 죽음이 전해진 이후 시작된 사자림의 몰락은 놀랍게도 전혀 예상치 못한 사람으로부터 시작됐다. 단 한 번, 그때만큼은 무한도 무척 당황스러웠다.

사자림 몰락의 시작을 알린 인물은 철사자 무곤의 아내이자 무한의 어머니 주란이었다.

　그녀는 육주의 지배자들이 철사자 무곤의 무공을 기리기 위해 만든 비석을 사자림 입구에 세운 후, 정확히 백 일 뒤에 사자림을 떠났다.

　그때까지는 적어도 무한이 아닌 그녀가 사자림의 주인이었다. 그런 그녀가 어느 날, 스스로 사자림의 주인 자리를 포기한 것이다.

　"너도 알고 있지? 내가 야망이 큰 사람이란 것을!"

　그녀가 사자림을 떠날 때 무한에게 한 말이었다.

　물론 무한도 그 사실을 모를 리 없었다.

　그녀의 본가는 궁산 비룡성, 비록 육주의 지배자들인 이왕사후(二王四侯)에는 들지 못하지만, 궁산 지역에서 수백 년 터를 잡고 살아온 명문이다.

　비룡성은 언제나 육주의 지배자 중 한 곳이 되기를 원했다.

　그러나 이왕사후에 비해 척박한 영지와 부족한 전력 탓에 세력을 키우는 데는 늘 한계가 있었다.

　그 한계를 뛰어넘기 위해 비룡성의 성주 주천기가 택한 방법은 정략결혼이었다.

　다행히 그에게는 자신의 계획을 실현시켜 줄 아름다운 딸이 있었다. 그 딸이 바로 철사자 무곤의 두 번째 아내가 된 주란이었다.

　혼인 당시 무곤에게는 이미 아들 무한이 있었다.

무한의 어머니는 한미한 가문의 여인이었는데, 아름답지만 병약해서 무한을 낳은 지 일 년이 되지 않아 세상을 떠났다.

주란은 큰 나이 차이에도 불구하고 홀아비가 된 무곤을 자신의 남편으로 선택했다.

당시 무곤이 왜 나이 어린 주란과 군이 재혼을 선택했는지에 대해서는 의견이 분분하다. 하지만 세상에 알려지지 않은 모종의 거래가 있었을 것은 분명했다.

무한의 생모에 대한 무곤의 사랑을 생각할 때 주란과의 재혼은 그야말로 뜬금없는 일이었기 때문이다.

반면 비룡성의 목적은 분명했다.

새로운 무종의 종파를 개파할 수도 있는 절대무적의 전사 무곤의 명예와 힘이 비룡성을 이왕사후의 위치에 올려놓을 거란 계산 때문이었다.

더불어 무곤은 나이에 상관없이 모든 여인들의 마음을 흔들 만한 대영웅이기도 했다.

그러나 철사자 무곤의 존재감은 살아 있을 때만 강력했다. 죽은 무곤은 명예는 있을지언정 힘은 없었다. 그리고 주란은 평생 그의 미망인으로 살 정도로 무곤을 사랑하지는 않았다.

아니, 사랑이 없다기보다는 야망이 그 사랑보다 훨씬 강렬했다.

그래서 그녀는 철사자 무곤의 비석이 세워진 백 일 후 그의 그늘에서 벗어나기로 결정한 것이다.

그런데 그녀가 철사자의 장원 사자림을 떠나기로 결정했을 때 하나의 걸림돌이 있었다. 바로 무한이었다.

비록 친아들은 아니지만 그래도 그녀는 명목상 무한의 어머니였다. 더군다나 무한은 병약하기까지 했다.

홀로 두고 가면 세상의 비난이 주란에게 쏟아질 것이고, 데려가면 야망을 위한 새로운 인연을 만드는 데 방해가 될 것이 분명했다.

어떤 사내도 철사자 무곤의 아들을 데리고 있는 여인은 부담스러울 테니까.

그래서 그녀에게 가장 좋은 상황은 무한 스스로 장원에 남겠다고 고집을 부리는 것이었다.

그런데 무한은 다행스럽게도 그녀가 원하는 대로 고집을 부렸다.

"알겠다. 네가 떠나지 않겠다면. 가끔 보러 오마. 물론 네가 이곳에서 살아가는 데 필요한 것들도 매달 보내주마."

무한이 사자림에 남겠다고 말했을 때, 주란은 철사자 무곤이 죽은 이후 가장 부드러운 목소리로 무한에게 약속했다.

그러나 사자림을 떠난 주란은 그 약속을 단 한 번도 지키지 않았다.

사자림을 떠난 주란은 이후 사자림에 들르지 않았다. 물론 무한을 위해 사람을 보내지도 않았다.

이후 무한은 사자림이, 위대한 영웅 철사자 무곤의 장원이 무너지는 것을 지켜보며 팔 년을 보냈다.

장원의 석재와 목재를 탐하는 자들이 던져주고 가는 약간의 양식과 주화로 주린 배를 채우며 겨우겨우 연명한 팔 년의 삶, 동정과 멸시의 눈초리조차도 사라진 그 팔 년의 끝 무렵에서 그가 선택한 것이 바로 이 죽음이었다.

"푸웃!"

무한이 찬 기운에 퍼뜩 정신을 차리고 입안에 가득 들어온 바닷물을 뱉어냈다.

"멍청한 놈! 졸면 안 되는 걸 몰라?"

무한이 잠이 들었던 자신을 자책했다.

그는 사자림에서 몸을 던지기 전 미리 준비했던 양가죽 주머니에 의지해 있었다.

바다에 뛰어든 후 바람을 불어 넣은 네 개의 양가죽 주머니는 마른 무한의 몸을 너끈히 바닷물 위에 떠오르도록 만들었다. 그 위에서 해류를 따라 서쪽으로 이동하는 도중에 잠시 잠이 들었던 것이다.

그것이 얼마나 위험한 일인지 무한 자신이 가장 잘 알고 있었다.

아무리 해류를 따라 이동한다지만 한순간 정신을 잃으면 그가 계획했던 방향과 전혀 엉뚱한 곳으로 흘러갈 수도 있었기 때문이다.

무한이 이번에는 물주머니를 꺼내 한 모금 입에 머금은 후 뱉어냈다. 선잠이 든 동안 입안으로 들어온 소금기들을 뱉어내기 위해서였다.

"후우, 이제 살 것 같다. 그런데 얼마나 잔 거지?"

무한이 고개를 들어 태양의 위치를 확인했다.

"두어 시진… 그쯤 좋았나 보네."

무한이 얼추 시간을 짐작한 후, 이번에는 바다에 뛰어내릴 때 단단히 허리에 매었던 끈을 잡아당겼다.

그러자 그 끈에 매달려 있던 작은 짐 덩어리가 끌려왔다.

물이 들어가지 않게 기름을 먹인 가죽으로 단단히 에워싼 짐 덩어리를 손에 잡은 무한이 뭔가를 찾기 시작했다.

"일단 요기를 하고!"

무한이 손에 잡힌 마른 고기를 꺼내 입에 넣고 씹으며 다시 짐 속을 뒤졌다.

"여기 있구나. 다행히 멀쩡하네."

무한이 안도의 숨을 내쉬며 어린아이 팔뚝 길이의 원통형 막대를 꺼냈다.

그리고 막대기 한쪽 끝에 자신의 눈을 가져다 댔다.

한순간 막대기를 통해 그의 시야가 수평선 끝에 닿았다.

천리경.

다섯 살 무렵, 비룡성주의 딸 주란과 결혼을 결심한 철사자 무곤이 새어머니를 맞이해야 하는 무한을 위로하기 위해 준 선물이었다.

"큰 바다를 여행하는 사람들이 쓰는 물건이다. 아주 귀한 것이니 소중히 간직하거라. 단순한 노리개가 아니다."

무곤이 천리경을 선물하며 무한에게 한 말이다.

사람의 시야를 수십, 수백 배 확장시키는 천리경은 아버지 무곤의 말처럼 단순한 노리개가 아니었다.

천리경이 있었기에, 무한은 오늘 자신의 죽음을 가장하는 이런 무모한 계획을 세울 수 있었다.

사자림에서 죽어가듯 살고 있던 무한은 천리경으로 한류와 난류가 교차하는 서쪽 바다의 흐름을 세심하게 관찰했다.

그 결과, 흐름을 잘 타기만 하면 사자림 절벽 아래에 펼쳐진 거친 바다에서도 충분히 살아남을 수 있다는 확신을 가질 수 있었다.

그리고 더 중요한 것이 있었다.

바다에 뛰어들어 익사하지 않고 살아남는다 해도 언제까지 바다에 있을 수는 없었다.

그렇다고 가까운 육지로 나갈 수도 없었다.

그가 육지에 발을 딛는 순간, 그를 감시하던 자들에 의해 살아 있다는 사실이 금세 발각될 것이기 때문이었다. 그렇게 되면 그는 다시 예전의 생활, 육주의 강자들이 보낸 무사들의 감시를 받는 삶으로 돌아가야 한다.

자유로워지기 위해서는 육주라는 이름으로, 혹은 천섬으로, 고대에는 사슴의 땅으로 불린 이 땅을 완전히 떠나야 했다. 그러기 위해서 무한에게 필요한 것은 그를 바다 건너 먼 곳으로 데려가 줄 배였다.

천리경으로 팔 년간 하루도 빠짐없이 바다를 관찰한 결과는 그에게 많은 것들을 알려줬다.

그중 하나가 매년 찬바람이 불기 시작하는 십월 초에는 어김없이 거대한 상선 하나가 구주의 땅 남쪽에서 올라오는 난류를 타고 올라온다는 것이다.

그 상선은 사자림 앞에 이르러 난류와 한류의 경계가 만들어내는 강한 조류를 타고 서쪽 먼 바다로 나아갔다.

지난 몇 년 동안 한 해도 빠짐없이 있었던 일이므로 올해도 반드시 그 배가 올 거란 믿음이 있었다. 이것이 무한으로 하여금 이 무모한 계획을 실행에 옮기게 한 이유였다.

만약 다른 해와 달리 올해 그 배가 오지 않는다면 아마도 무한은 이 거친 바다에서 십중팔구 죽고 말 것이다.

"반드시 올 거야."

무한이 천리경을 통해 수평선 남쪽을 살피며 중얼거렸다.

막막한 바다. 아주 멀리 아스라이 펼쳐진 육주의 산맥들이 천리경을 통해 보였다. 그 앞쪽 어딘가에 사자림이 있을 것이다.

바다에 뛰어든 지 삼 일째이므로 더 이상 천리경 없이는 육지를 볼 수 없는 거리였다.

이제는 돌아갈 수도 없었다. 물론 양가죽으로 만든 공기 주머니를 타면 이동할 수 있는 거리기는 했다. 하지만 조류의 흐름이 대해를 향해 강하게 흘러가고 있었다.

이 강한 조류를 뚫고 육지로 가려면 장정 여러 명이 노를 젓는 배가 필요했다.

두 손으로 헤엄을 쳐 돌아갈 수 없는 거리와 조류였던 것이다.

그래서 더더욱 상선을 발견하는 일이 중요했다. 이제부터는 시간과의 싸움이었다. 며칠 내로 상선이 오지 않으면 죽음이 그를 맞을 것이다.

무한은 해가 떠 있는 시간이면 한숨도 돌리지 않고 천리경으로 수평선을 살폈다. 바다에서 일어나는 단 하나의 움직임도 놓치지 않겠다는 듯 그는 수평선에서 한시도 눈을 떼지 않았다.

그러나 그가 기다리는 상선은 좀체 천리경 안에 들어오지 않았다.

그렇게 배를 기다리는 시간이 흘러갔다. 그리고 시간은 사람의 편이 아니었다. 더군다나 무한처럼 병약한 어린아이에게 바다 위의 시간이란 죽음의 세계로 이어진 길과 같았다.

식량보다 물이 먼저 떨어졌다. 물이 없다면 식량은 쓸모없어진다. 사람이 굶고 열흘 넘게 살 수 있지만 물 없이는 며칠도 버틸 수 없다. 그 생명수가 떨어진 것이 이틀 전이다.

애써 바닷물을 입에 대려 하지 않아도, 강렬한 목마름은 잠깐의 유혹을 참지 못하게 했다.

'입술만……'이라는 유혹에 못 이겨 바닷물로 입술을 적시면 그 염기가 입안까지 파고 들어와 갈증을 더했다.

시간이 지나면서 갈증은 타는 듯한 통증으로 이어졌다. 그리고 급기야 그 통증조차 무뎌지는 시간이 찾아왔다. 의식이 사라지기 시작한 것이다.

'이상하네. 일찍 죽을 운은 아니라고 했는데?'

고통조차 사라진 무의식의 세계로 빠져들어 가며 무한이 투덜거렸다.

어린 시절 병약한 그를 두고 걱정하는 주위 사람들과 달리 아버지 철사자 무곤은 항상 웃으며 말했다.

"무한아, 걱정 말거라. 넌 일찍 죽을 운명이 아니야. 아주 오랜 세월을 살게 될 거다."

뭐 아버지가 운명을 점치는 예언자는 아니니 그 말을 모두 믿을 수는 없었다. 어쩌면 의기소침한 아들을 격려하기 위해 한 말일 것이다.

그럼에도 그 말이 무슨 절대적인 예언처럼 홀로 남은 무한에게 힘을 주었다. 그래서 이 무모한 계획도 실행에 옮긴 것이다.

맹목적인 믿음이 사람을 얼마나 위험하게 만드는지 어린 무한이 알 리 없었다. 그런 사람들일수록 죽어가면서도 그 믿음을 버리지 못한다.

무한 역시 마찬가지였다.

의식이 사라져 감을 느끼면서도 그는 자신이 살 수 있을 거란 기대를 버리지 않았다.

그리고 정말 기적이 일어났다.

"사람이다!"

의식의 저편에서 희미하게 누군가의 외침이 들리는 듯했다.

그 순간 무한은 거의 본능적으로 자신이 해야 할 일을 하기 시작했다. 그의 신분이 드러날 수 있는 짐을 순식간에 풀어버린 후 재빨리 네 개의 공기주머니도 구멍을 뚫어버렸다.

그러고는 이미 텅 빈 물주머니 하나에 의지해 겨우 입과 코만 밖으로 내밀고 조류에 몸을 실었다.

여전히 의식은 현실과 죽음 사이를 오갔다.

그런 무한의 머리 위로, 잠시 후 거대한 상선의 그림자가 다가왔다.

제2장

나의 이름은……? 칸!

펵!

날카로운 갈고리가 여린 소년의 옷자락을 꿰었다. 자칫하다가는 갈고리에 달린 날카로운 비늘이 소년의 몸을 꿰뚫을 수도 있었지만, 갈고리를 움직이는 사내는 노련하게 소년의 몸이 상하지 않도록 옷만 꿰어 소년을 들어 올렸다. 갈고리의 생김새를 보면 큰 물고기를 낚았을 때 찍어 올리는 도구가 분명했다.

"으챠!"

쿵!

힘을 쓴 선원은 한 명에 불과했지만, 갈고리에 걸린 사람은 쉽게 갑판 위로 올라왔다. 그만큼 마른 체구를 가진 아이였기 때문이다.

"어린앤데요?"

능숙하게 갈고리를 내려 표류하는 소년을 건져 올린 선원이 뒤쪽에서 팔짱을 낀 채 상황을 지켜보고 있던 애꾸눈의 중년인에게 말했다.

"살아 있나?"

애꾸눈의 사내가 물었다.

그러자 소년을 건져 올린 사내가 재빨리 소년의 코에 손을 가져갔다.

"숨은 쉽니다."

"큰 바다를 건너기에 앞서 사람을 구해 선행을 베풀었으니 길조다. 의식이 있나?"

"기력이 떨어졌는지 의식은 없습니다."

"그럼 선실로 데려가 잘 보살펴라. 정신을 차리면 내게 데려오고."

"예, 선장님!"

애꾸눈 사내의 명령에 무한을 끌어 올린 선원이 대답을 하고는 무한을 안아 들고 선실로 들어갔다.

〈이 땅에 무공이란 게 시작된 것이 어느 때인지, 누구에 의해서인지는 정확히 알려지지 않았다. 십이신무종의 종주들은 알고 있을까? 아니, 그들조차도 제대로 알고 있지는 못할 것이다.

하지만 어쨌든 부인할 수 없는 사실이 있다. 이 땅의 모든 무공은 십이신무종으로부터 갈라져 나왔다는 것이다. 그래서 십이신무종을 원시무종이라고도 부르는 것이다.

세월이 흐르면서 사람들의 피가 섞이듯 원시무종도 서로 섞이게 되었고, 자연스럽게 혼류의 무공들이 탄생하게 되었다.

그중 일부는 새로운 무종으로 인정되는 영예를 얻게 되었는데, 십이신무종의 원시무종과 구별하여 그러한 무종 종파를 파류의 종이라 부른다.

하지만 사실 십이신무종 말고도 원시무종이라 불릴 수 있는 미지의 무공들이 존재해 왔다. 세상이 십이신무종만을 원시무종이라 생각하는 것은 그들이 이 땅의 무공계를 오랜 세월 장악해 왔기 때문이다.

그들 외에 일인전승으로 전해지는 원시무종, 혹은 사장되었다가 우연히 누군가의 손에 의해 그 무종의 비결이 발견되어 다시 되살아난 경우 그들은 스스로 원시무종의 전수자임을 드러내지 않았다. 그 사실을 말하는 순간 십이신무종의 공격을 견뎌내야 하기 때문이다. 그래서 그들은 스스로 파류의 무종임을 자처하며 이 땅에서 생존해 갔다.

나의 스승 역시 그런 분 중 한 분이셨다. 아니, 스승께선 자신의 무공을 아예 세상에 알리지 않으셨다. 나 역시 검은 마종 흑라가 세상을 마기로 뒤덮지 않았다면 나의 무공을 세상에 드러내지 않았을 것이다.

하지만 운명이 나로 하여금 세상에 나서지 않을 수 없게 만들었고, 나 철사자 무곤은 내게 다가온 운명을 회피하지 않았다. 그렇게 내 무공은 세상에 알려졌다. 그리고 절대무적이라는 과분한 명예를 얻게 되었다. 그러나 결국 그 선택이 독이 되는구나.

그들이 나에게 요구하는 것은 죽음의 길이다. 설혹 내가 검은 마종 흑라를 죽인다 해도 나 역시 살아 돌아오지 못할 것이다.

그럼에도 난 그 길을 거부하지 않겠다. 흑라를 죽이는 것이 내가 사는 것보다 중요하니까. 그래서 이 여행길을 선택하는 데 망설임은 없다.

단 하나… 내 아들 한아, 널 지켜주지 못한다는 것이, 네게 가혹한 운명이 기다리고 있다는 것이 슬플 뿐이구나. 하지만 넌 결국 살아남을 것이고, 나보다 더 강한 사람이 될 것이다.

그러나 그 강함을 얻기 위해 네 자신을 철저히 숨겨야 할 것이다. 그 무엇보다 내가 네게 전하는 이 무종을 철저히 숨기고 소중히 보호하라.

수련도 안 된다. 무종의 수련은 늦어도 된다. 타인의 눈에 네가 무공의 씨앗을 가지고 있다는 것을 감추는 것이 더 중요하다.

넌… 한동안 병약한 몸을 가져야 될 것이다. 무종이 너의 생명력을 지탱해 줄 테지만 세상에서 가장 약한 몸을 가지게 되겠지.

이 제약은 네 나이가 열다섯 살이 되면 풀리게 된다. 그때는 어떻게든 무공 수련을 시작해야 하는 나이니까. 그러니 그때가 되면 넌 세상 사람들의 눈으로부터 벗어나야 한다.

한(汗), 네 이름은 고대의 어느 세상에서는 '칸'이라고도 불렸던 이름이다. 그 세상의 칸은 세상의 제왕을 뜻했다고 한다. 세상이 널 잊게 되는 날이 오면, 넌 무한이 아니라 칸으로 살거라.

그 어떤 힘에도 굴복하지 않는 너 자신의 제왕으로서 말이다.

제왕이 되기 위한 여정을 알려주마. 기억해라.)

너에 대한 세상의 의심이 티끌조차 남지 않았을 때, 그리하여 세상이 너의 존재조차 잊었을 때, 그를 찾아가라. 단, 그의 시험을 통과할 힘을 스스로 얻은 후에!

찰싹!

"헉!"

얼굴에 불이 나는 듯한 뜨거움을 느낀 무한이 긴 꿈에서 깨어났다.

건장한 체구의 사내가 눈에 들어왔다.

검게 탄 얼굴, 목과 머리를 함께 두른 지저분한 천 조각, 다시 무한의 뺨을 때리려고 들어 올린 거칠고 두툼한 손, 어린애가 보기에는 무시무시한 악인처럼 보이는 사내다.

하지만 깨어난 무한을 보고 그가 한 말은 그가 적어도 극악한 악인은 아니라는 것을 말해주었다.

"어라? 깨어났네? 운이 좋구나. 서너 대 더 후려치려 했는데. 그럼 코뼈가 부러졌을 수도 있고. 그렇다고 날 원망하면 안 돼. 지금 깨어나지 않으면 영원히 깨어나지 못할 수도 있다고 독사검 왕께서 말씀하셨거든. 나도 어쩔 수 없었다고. 이해하지?"

이제 막 정신을 차린 무한에게 사내가 길게 변명을 늘어놓았다.

무한이 정신이 없는 와중에도 그의 말에 고개를 끄떡였다.

"그래. 이해하니 다행이다. 그나저나 정신이 좀 드냐?"

앞뒤가 바뀐 질문이다.

애초에 깨어나는 순간 물었어야 할 질문이었다.

"여… 여기가 어디……?"

"흐흐, 적어도 수중지옥은 아니지."

사내가 실실거리며 대답했다.

"제가… 죽지 않은 건가요?"

"살았으니 말을 하지. 설마 내가 귀신으로 보이냐?"

사내가 되물었다.

"아, 아니요."

무한이 누운 채로 고개를 젓고는 몸을 일으키려 했다.

"아아, 됐어. 조금 더 누워 있어, 그런데 물 마실래? 정신 없을 때 강제로 몇 모금 먹이기는 했는데. 목구멍에는 제대로 들어가지 않았을 것 같은데?"

"예."

무한이 얼른 고개를 끄덕였다. 그렇잖아도 갈증으로 목이 타들어가고 있었다.

"알았다. 그럼 어쨌거나 일단 일어는 나야겠네."

사내가 무한을 부축해 나무 침상에 앉혔다. 그리고 작은 나무 잔에 물을 따라 무한에게 건넸다.

"조금씩, 입술을 적신다는 느낌으로 마셔. 갑자기 마시면 탈이 날 수도 있으니까."

사내의 말에 무한이 고개를 끄떡이고는 잠깐 물에 입술을 담갔다가 그대로 한 모금 물을 삼켰다.

"케켁!"

"아이고, 내가 조심하라고 했잖아!"

탁탁!

사례가 들린 무한의 등을 사내가 두꺼운 손으로 두드렸다.

"후우, 후우……."

무한이 크게 숨을 쉬어 기도를 진정시켰다.

"괜찮냐?"

"예. 괜찮아요."

"좋아. 그럼 다시 조심해서 마셔. 그리고 배를 채워야지. 잠깐 기다려. 먹을 걸 가져올 테니."

사내가 무한의 어깨를 툭툭 친 후 선실을 벗어났다.

사내가 나가자 무한이 길게 한숨을 내쉬었다.

몸은 지쳐 있었지만 눈빛은 사경을 헤매던 사람답지 않게 반짝였다.

"일단… 계획대로 된 건가? 그런데 이 배는 어디로 가는 거지?"

이 배가 언제나 이 시기에 사자림 앞 먼 바다를 지나간다는 것은 알고는 있었지만 이 배가 누구의 배인지, 어디로 가는지는 알 수 없었다.

배에 커다란 검은 용의 깃발이 휘날리고 있었지만, 이 깃발의 의미하는 바 역시 알 수 없었다.

지난 팔 년 동안 사자림의 장원에서 한 발자국도 나가지 않았기에 배의 정체를 알아볼 수 없었다.

간혹 장원의 진귀한 석재와 목재를 가지러 오는 자들이 있었지만, 그들에게 이 배의 정체를 물을 수도 없었다.

그가 늦가을 계절풍을 타고 나타나는 이 배의 정체를 묻는 순간 누군가는 자신의 계획을 의심할 수도 있었기 때문이다.

무한이 뒤늦게 선실을 둘러보았다.

오랫동안 기름을 먹여 검은빛으로 변한 선실 벽이 투박하다. 하지만 그만큼 잘 관리되어 튼실하기 이를 데 없었다.

"전선(戰船) 같은 모습인데."

하지만 전선은 아니다. 타고 있는 사람들이 병사로 보이지 않았기 때문이다.

"먼 바다로 나가는 상신인 건 맞는 것 같은데? 그럼 좋지만……."

가급적 사자림에서 먼 곳으로 갈 필요가 있었다.

어린 시절부터 얼굴을 가리고 있던 면피를 벗어버려 당장 사자림 인근의 마을로 간다 해도 그를 알아볼 사람은 없을 테지만, 그래도 가능하면 먼 곳, 그것도 육주가 아닌 다른 땅으로 가는 것이 최선이었다.

덜컥!

무한이 배의 정체에 대해 궁금해하고 있을 때, 문이 열리면서 무한을 깨운 사내가 두툼한 나무 그릇을 들고 들어왔다.

그 안에는 생선과 곡물을 넣어 만든 죽이 들어 있었는데, 짧은 시간에 끓였을 리는 없고 선원들이 가끔 먹는 죽인 듯싶었다.

"먹어봐. 맛은 없지만 몸에는 좋아."

사내가 죽 그릇과 숟가락을 무한에게 건넸다.

"고맙습니다."

무한이 사양하지 않고 허겁지겁 죽을 떠먹기 시작했다.

"거참 말 드럽게 안 듣는 녀석일세. 천천히 먹으라니까."

"괘, 괜찮습니다."

무한이 손과 입을 멈추지 않고 다급하게 대답했다. 대답보다 먹는 것이 바쁜 무한이었다.

사내는 그런 무한을 이해한다는 듯 무한이 죽 그릇을 다 비울 때까지 더 이상 말을 걸지 않았다.

사내는 무한이 한 방울의 죽도 남기지 않고 그릇을 비우자 그제야 다시 입을 열었다.

"오래 굶었냐?"

"그… 그게 얼마나 지났는지 잘……."

"날짜 가는 것도 몰랐다면 바다에 꽤 오래 있었구나. 하긴 살이 퉁퉁 분 걸 보고 그럴 거라 생각했다. 그런데 어쩌다 그렇게 됐어?"

사내가 슬슬 무한의 내력을 묻기 시작했다.

"그게… 그게… 어쩌다 이렇게 되었지……?"

무한이 대답을 하려다 말고 갑자기 바보가 된 것 같은 표정으로 중얼거렸다.

순간 사내의 표정이 변했다.

"설마… 생각나는 게 없는 거냐?"

"그, 그게……."

무한이 너무 당황해 어쩔 줄 모르겠다는 듯 말을 더듬거렸다.

"하! 아무래도 큰 충격을 받았거나, 너무 오래 의식을 잃어 잠시 기억이 사라진 것 같군. 익사의 위험을 겪은 사람에겐 종종 일어나는 일이기는 한데… 그럼 이름도 기억나지 않느냐?"

"이름… 이름… 카… 안. 칸! 칸이라 불렸어요."

무한이 이름은 잊지 않았다는 듯 목소리를 높여 대답했다.

그러자 사내가 고개를 갸웃했다.

"칸? 그건 육주에서 쓰는 이름은 아닌데… 원주족 출신인가? 아니, 그런 것치고는 육주의 말이 너무 자연스럽고. 하긴 뭐, 원주족 중에도 육주에 남아 천인들과 동화된 사람들의 후손들은 육주의 말과 글을 쓰니까. 그래도 칸이라면 확실히 육주의 말은 아니야."

"그, 그럼 난 누굴까요?"

무한이 물었다.

"이 녀석아, 내가 그걸 알면 지금까지 너에게 물었겠냐? 아무튼 곤란하게 되었군. 누군지 알아야 지나가는 상선에라도 부탁해 집으로 돌려보낼 텐데. 에이 뭐, 선장님이 알아서 하시겠지. 먹었으니 걸을 수 있겠냐?"

사내가 무한에게 물었다.

그러자 무한이 말없이 침상에서 일어섰다.

잠시 한 번 휘청거렸지만 이내 두 다리로 자신의 몸무게를 충분히 지탱할 수 있다는 것을 확인한 무한이 대답했다.

"걸을 수 있어요."

"좋아. 그럼 선장님을 만나러 가자. 선장께서 널 어떻게 할지 결정하실 거다. 가자."

사내가 무한의 한 팔을 잡고 선실 밖으로 이끌었다.

*　　　　*　　　　*

한 눈을 검은 안대로 가린 사내가 거대한 배의 중앙, 조타실 뒤쪽에 위치한 선실에서 무한을 기다리고 있었다.

정확하게는 무한을 기다리고 있는 것이 아니라 망망대해에서 해류를 유심히 살피고 있었다.

배 앞으로 펼쳐진 해류의 모습이 기괴했다.

위쪽으로는 검은색에 가까운 짙은 남색의 바다가, 아래쪽으로는 옥빛에 가까운 하늘색의 바다가 펼쳐져 있었다. 그 경계선으로 빠르고 강한 해류가 흐르고 있었는데, 배는 그 해류를 타고 서쪽으로 이동하고 있었다. 북쪽의 한류와 남쪽의 난류가 경계를 이루며 자연스럽게 서쪽으로 몰려가는 해류를 형성하기 때문이었다.

노련한 뱃사람들에게도 위험한 해류기는 하지만, 육주의 바다를 서쪽으로 건너기에는 가장 빠른 길이었다.

"선장님!"

　선실 문을 열어놓고 있었으므로 바로 들어갈 수도 있었지만, 무한을 데려온 사내는 선실 앞에 서서 외눈의 사내에게 자신들이 왔음을 알렸다.

　그의 목소리와 표정에서 외눈의 선장을 무척 두려워하고 존경한다는 것을 알 수 있었다.

"들어와."

　외눈의 선장이 사내를 흘깃 보며 손짓했다.

　그러자 사내가 무한의 등을 밀었다.

　무한이 억지로 끌려온 사람처럼 사내의 손에 밀려 외눈의 선장 앞으로 다가갔다.

　그제야 외눈의 선장이 무한을 제대로 바라봤다.

　그는 잠시 동안 두려움에 떠는 무한의 얼굴을 깊은 눈으로 응시했다. 외눈이어서 오히려 더 강렬한 안광을 지닌 눈이다. 마치 사람의 머릿속을 파고 들어와 그 모든 생각을 읽어낼 것 같은 시선이었다.

　무한이 그 강렬한 시선을 이겨내지 못하고 결국 얼굴을 돌려 선장의 시선을 회피했다.

"나쁘지 않군."

　선장이 중얼거렸다.

　뭐가 나쁘지 않다는 건지는 알 수 없었다. 하지만 그의 말속에서 호의가 느껴지자 무한이 가볍게 한숨을 내쉬었다.

"기억을 잃었다고?"

"그렇습니다. 이름만 기억합니다."

무한을 데려온 사내가 얼른 대답했다. 그러자 외눈의 선장이 손을 들어 사내의 말을 막았다.

"자네에게 물은 게 아니야. 대답은 네가 직접 하거라. 알겠느냐?"

무한이 얼른 고개를 끄떡였다.

"기억이 없다고?"

외눈의 선장이 다시 물었다.

"네……."

무한이 주눅 든 얼굴로 대답했다.

"이름이……."

"칸……."

역시 짧게 대답하는 무한이다.

"칸이라는 말은 이 땅에서 쓰이는 말이 아니지. 이족 중에도 그런 말을 쓰는 것을 들어본 적이 없는데… 무슨 의미냐?"

선장의 물음에 무한이 고개를 저었다.

"저도… 모르겠습니다."

"몰라?"

"기억이……."

무한이 마치 죽을죄를 지은 것 같은 표정으로 말을 얼버무렸다.

"그래? 이름은 기억해도 그 이름의 의미는 기억하지 못한다는 말이지?"

"예……."

무한이 대답했다.

그러자 외눈의 선장이 잠시 생각에 잠겼다가 입을 열었다.

"난 본래 사람을 믿지 않는다."

"······?"

무한은 선장이 무슨 말을 하려는지 두려워 힐끔 선장의 얼굴을 바라봤다.

그러나 선장은 무한을 보고 있지 않았다. 그의 시선은 다시 배 앞으로 펼쳐진 거친 해류를 바라보고 있었다.

"그래서 네가 무슨 말을 하든 온전히 네 말을 믿지 않았을 것이다. 그러니 기억을 잃었다는 네 말도 역시 완전히 믿지는 않는다."

선장의 말에 무한의 두 다리가 뻣뻣하게 굳었다.

자신의 비밀을 모두 아는 것 같은 선장의 말이 너무 두려워서 하마터면 자신이 사자림을 탈출한 철사자 무곤의 아들 무한이라고 실토할 뻔했다.

어쩌면 선장은 무한이 비밀을 실토하게 만들기 위해 이런 식으로 말하는 것인지도 모른다. 어른이라면 몰라도 스물 전의 어린 나이의 사람들에게는 확실히 효과가 있는 말투와 행동이었다.

하지만 무한은 두 손에 힘을 주고 흔들리는 마음을 다잡았다. 그러고는 아무런 말 없이 선장의 다음 말을 기다렸다.

선장이 그런 무한을 지나치듯 슬쩍 바라봤다. 그때는 이미 무한이 그로부터 다시 시선을 돌린 이후였다.

"하지만 아무튼 좋다. 네가 정말 기억을 잃었든지, 아니면 네 신분을 숨기려고 그런 말을 했든지 상관없다. 넌 단 하나만 기억하면 된다."

"예······."

무한이 얼른 대답했다.

"네가 기억해야 할 것은 네가 누구든 이 배, 묵룡대선에선 오직 나의 말에 복종해야 한다는 것이다. 그게 싫다면 네가 물 위에 떠 있던 모습 그대로 돌려보내 줄 수도 있다."

"아, 아닙니다. 선장님의 말씀대로 하겠습니다."

무한이 겁에 질린 듯 얼른 고개를 저으며 대답했다.

"좋아. 이 배가 어떤 배고 어디로 가는지는 아적삼이 설명해 줄 거다. 아적삼!"

"예, 선장님!"

무한을 선장에게 데려온 사내가 얼른 대답했다.

"네가 이 아이를 책임진다."

"예!"

사내 아적삼이 허리를 굽히며 대답했다.

"혹시 본 대선에 위험한 행동을 하면 죽여도 좋다."

"…예, 선장님!"

대답을 하면서도 아적삼은 기억을 잃은 어린 녀석이 무슨 위험이 되겠냐는 듯한 표정을 지었다.

그런 아적삼의 표정을 읽었는지 선장이 경고하듯 말했다.

"만약 이 아이로 인해 배에 어떤 문제라도 생기면 그건 네 책임이다. 이 아이의 잘못에 대한 죄는 네가 받는다. 알겠나?"

"예? 아, 알겠습니다."

그제야 아적삼이 무한을 데리고 있는 일이 생각처럼 간단한 일이 아니라는 것을 깨닫고는 황급히 대답했다.

"좋아. 그럼 나가봐. 열흘 정도 배에 적응시키고, 이후에는 허드렛일이라도 시킨다. 밥값은 해야 하니까."

"알겠습니다."

아적삼이 즉시 대답했다.

"그리고 너!"

"예… 예."

갑자기 자신을 부르는 소리에 무한이 다급하게 대답했다.

"네가 어떤 처지에 있는지는 모르겠다만, 어쨌든 이 배는 앞으로 여러 달 바다에 있을 것이다. 그 말은 우리가 목적하는 곳에 도착할 때까지는 배를 떠날 수 없다는 의미다. 물론, 이 해로는 여러 배들이 지나는 곳이니 가끔 다른 배들을 만날 수 있다. 그때 네가 이 배를 떠나겠다면 그리해 주마. 다만, 본선의 목적지에 도착할 때까지 이 배에 있겠다면 그곳에서 네 앞날을 정해야할 것이다. 그러니 그동안은 아적삼의 말에 복종하거라."

"예, 알겠습니다."

무한이 얼른 대답했다.

"그럼 나가봐."

외눈의 선장이 아적삼에게 손짓을 했다.

"예, 선장님. 가자!"

아적삼이 얼른 무한의 소매를 끌며 말했다.

무한이 고개를 숙이는 듯 마는 듯 인사를 하고는 아적삼의 손에 이끌려 선장의 선실을 벗어났다.

무한이 선실을 나가자 외눈의 선장이 고개를 갸웃하며 중얼거렸다.

"이상하군. 근골은 나쁘지 않은데 왜 저렇게 말랐을까? 바다에 오래 있어 마른 것은 아닌 것 같고. 그럼 결국 누군가에게서 도주한 아이라는 뜻인데. 괜한 분란을 일으킬지도 모르겠군. 근 골이 아까워… 두고 쓰려면 몇 년은 감춰두고 키워야 할지도 모르겠어."

＊　　　　＊　　　　＊

"너 세상에서 가장 뛰어난 바다의 전사가 누군지 아냐?"

이번에는 제대로 된 음식을 무한 쪽으로 밀어 놓으면서 사내 아적삼이 물었다.

마른 고기를 물에 불려 볶은 요리다.

"아뇨."

입안에 가득 고인 침을 삼키면서 무한이 대답했다.

"음, 그렇지. 기억이 없으면 세상의 소문도 잊어버렸겠지. 아무튼, 일단 먹어, 먹어!"

무한의 시선이 고기 요리가 든 접시에 고정돼 있는 것을 본 아적삼이 손짓을 하며 말했다.

"고맙습니다."

무한이 얼른 젓가락을 들고 음식을 먹기 시작했다. 그런 무한을 보며 아적삼이 설교하듯 말을 이었다.

"먹으면서 들어. 먹는 데 정신이 팔려서 잊어버리지 말고. 이 배의 이름은 묵룡대선이다."

'묵룡대선! 이 배가 바로 묵룡대선이구나. 그럼 그 외꾸눈 선장이 전설적인 대영웅 독안룡 탑살이겠네. 생각보다 대단한 배에

탔구나.'

"묵룡대선이요?"

무한이 입에 넣은 고기를 씹으며 되물었다.

속마음과 달리 무덤덤한 무한의 표정에 아적삼이 살짝 실망한 표정을 지었다. 기억을 잃었어도 묵룡대선이라는 이름은 알고 있을 거라 기대한 모양이었다.

"젠장, 정말 모르네."

"대단한 배일 거라고는 생각했어요."

아적삼의 실망을 위로하려는 듯 무한이 말했다.

"네 녀석 따위가 그렇게 말해주지 않아도 이 배는 이미 대단한 배다. 어린놈의 새삼스러운 평가는 필요치 않지."

"죄, 죄송해요."

"뭐, 죄송할 일은 아니고. 아무튼 이 배는 묵룡대선이고 좀 전에 뵈었던 선장님은 저 유명한 독안룡 탑살 님이시다. 누구는 해신이라고 부르지."

"독안룡……."

무한이 고기를 씹던 입을 멈추고 나직하게 뇌까렸다.

"왜? 들어본 것 같아?"

"그런 것도 같아요."

"흐흐, 그래야지. 묵룡대선은 몰라도 해신 독안룡 탑살 님은 알아야지."

아적삼이 만족한 듯 고개를 끄떡였다.

"하지만 뭘 하신 분인지는……."

"아아, 그야 알 수 없겠지. 기억을 잃었는데. 잘 들어라. 독안룡 탑살 님과 묵룡대선은 엄혹했던 흑라의 시대에 흑라의 마졸들이 배를 타고 이 바다를 넘어 육주의 땅을 침범하려던 것을 바다 위에서 저지하신 분이야. 그로 인해 육주의 전사들이 바다를 건너가 죽음의 섬에서 흑라의 마졸들과 일전을 벌일 수 있었던 것이지. 그 싸움으로 인해 육주의 땅이 흑라의 공격에서 안전했던 것이고."

"흑라의 시대… 가 뭐지요?"

무한이 신나서 독안룡 탑살의 무용담을 떠들어대는 아적삼에게 물었다.

순간 아적삼이 허탈한 표정을 지었다.

"뭐야. 내가 지금 헛소리를 지껄이고 있었던 거야? 젠장, 이 땅의 역사부터 하나씩 가르쳐야 한다는 거네? 야… 이건 단단히 걸려 버렸구먼."

"죄… 죄송해요."

무한이 다시 고개를 떨궜다.

"됐다, 됐어. 죄송할 것 없다. 사실 바다를 항해하는 일은 무척 지루한 일이지. 그사이 제자 한 명 가르치는 것도 소일거리로는 나쁜 일이 아니니까."

"제자요?"

"왜? 싫어?"

"제자라는 건… 학문이나 무술… 아니면 다른 재주를 배우는 사람 아닌가요?"

"그러니까 내가 알려주는 것은 스승의 가르침과 달리 하찮은 것이다?"

"그, 그런 말이 아니고요."

"아니긴 뭐가 아냐. 결론이 그렇구먼. 하긴 뭐, 잡다한 일상의 일이나 모두가 알고 있는 세상일을 말해주는 데 스승 소리를 듣는 것은 과분한 일이지. 하지만 말이다."

아적삼이 갑자기 무한을 빤히 바라봤다.

"예……."

무한이 겁을 먹은 듯 낮은 소리로 대답했다.

"나중에, 네가 이 배에서 내릴 때쯤에는 아마도 네 녀석 스스로 날 스승님이라고 부르게 될걸?"

아적삼이 장담했다.

"그… 그렇겠지요."

"흐흐, 지금이야 어쩔 수 없이 영혼 없는 대답을 하지만 두고 보자, 이 녀석. 어디 네 입에서 진심으로 스승님이라는 소리가 나오는지 안 나오는지."

무슨 이유로 아적삼이 장담하는지는 알 수 없었다. 하지만 적어도 무한은 이 중년 선원으로부터 제법 많을 것을 배울 수 있을 거라는 건 짐작할 수 있었다.

이런 자신감이 있는 사람이면 그만큼 머리에 가지고 있는 것이 많다는 의미기 때문이다.

무한의 묵룡대선에서의 생활은 그렇게 선원 아적삼을 스승으로 삼는 것으로 시작됐다.

아적삼이 말해주지 않아도 무한은 묵룡대선과 독안룡 탑살에 대해 정확하게 알고 있었다.

독안룡 탑살은 흑라의 시대 이전에도 유명한 인물이었다, 물론 그때는 세상의 모든 바다를 여행한 대선장으로서의 명성이었다. 당시 그는 묵룡선단이라는 다섯 척으로 이뤄진 상선을 운용했다.

묵룡선단은 육주의 사람이 가볼 수 있은 거의 모든 곳을 여행한 선단이었다.

섬의 숫자를 셀 수 없다는 무산열도는 물론 그 서북쪽의 서북해, 그리고 서북해를 지나면 만날 수 있다는 대마협을 지나 세상 사람들에게 알려지지 않은 서역의 여러 지역까지 여행한 그의 여행담은 육주의 사람들에게 좋은 이야깃거리기도 했다.

그런 그가 흑라의 시대 오 년을 지나면서 단순한 바다의 대상인이 아닌 뛰어난 대전사로서의 존재감을 갖게 된 것이다.

흑라의 시대 초기, 흑라는 사자의 섬을 점령한 후 일백 척의 전선을 건조해 육주의 땅을 공격하려 했다.

육주의 전사들은 겨우 삼십여 척의 전선들로 흑라의 전선을 상대해야 했다.

그때 선봉에 서서 흑라의 전선들을 바다 한가운데에서 궤멸시킨 사람이 바로 독안룡 탑살이었다.

당시 그는 뛰어난 전술은 물론 강력한 무공을 드러냈는데 그 전까지는 전혀 드러나지 않았던 능력이었다.

하지만 그런 능력보다 사람들을 탄복시킨 것은 목숨을 사리지 않는 그의 용기였다.

양도의 대해전으로 불리는 그 해전에서 그는 자신의 한쪽 눈을 잃었을 뿐 아니라, 그가 이끌던 묵룡선 중 세 척이 침몰했고, 남은 두 척 역시 더 이상 거친 바다에서 활동할 수 없을 만큼 큰 피해를 입었다.

당연히 그를 따르던 상단의 무사들 역시 절반 이상이 죽음을 당해, 그의 상단은 와해된 것이나 마찬가지였다.

그래서인지 이후 그는 더 이상 흑라가 보낸 마인들과의 싸움에 관여하지 않았다.

"내 싸움은 양도 대해전에서 끝났다."

그가 흑라의 마인들과의 싸움에서 은퇴를 선언했을 때, 누구도 그를 비난할 수 없었다.

이후 그는 한 척의 배를 다시 건조했다.

그것이 지금의 묵룡대선인데, 그가 새로 만든 묵룡대선은 이전에 그가 이끌던 다섯 척의 묵룡선들보다 세 배나 큰 규모를 자랑했다.

십이영웅이 지금까지도 정확한 위치가 알려지지 않는 흑라의 본거지를 찾아가 그를 죽인 대여정의 시간에도 그는 묵룡대선을 만들고 있었다. 그리고 열두 명의 대전사들이 자신들의 목숨을 희생해 흑라를 죽이고 세상이 평온해질 무렵, 그는 완성된 묵룡대선에 양도의 대해전에서 살아남은 상단의 무사들을 태우고 다시 대항해의 삶을 살기 시작했다.

'그게 바로 저 사람이지.'

무한이 빠르게 해류를 가르는 묵룡대선의 뒤쪽 갑판에 서서, 높고 단단한 망루에서 묵묵히 바다를 바라보고 있는 독안룡 탑살을 보며 생각했다.

'만약 그가 양도의 대해전 이후 은퇴를 선언하지 않았다면 그역시 아버지와 함께 흑라를 찾아갔을까?'

아마도 그랬을 것이다.

그가 은퇴하지 않았다면 육주의 지배자들이 철사자 무곤을 비롯한 열두 명의 대무사들에게 흑라의 본거지에 침투해 그를 죽여줄 것을 부탁했을 때, 반드시 독안룡 탑살도 그 무리에 속했을 것이다.

'그로서는 현명한 선택이었지. 십이영웅의 대여정에 동행하지 않아 권위는 그들에 비해 한발 뒤로 밀렸지만 그래도 살아남았잖아? 죽어서 얻은 명예보다야 살아 있는 게 낫지.'

영웅적인 죽음의 명예 뒤에 따라오는 남은 식솔들의 비참한 삶을 스스로 겪은 무한이 씁쓸한 미소를 지었다.

"야, 뭐 해? 걸레질하지 않고?"

반백의 머리를 휘날리며 태산 같은 기운을 머금은 채 바다를 바라보고 있는 독안룡 탑살에게 정신이 팔려 있던 무한에게 아적삼의 날카로운 호통이 떨어졌다. 그제야 정신을 번쩍 차린 무한이 재빨리 걸레 자루를 움직이며 소리쳤다.

"예, 예, 할게요."

"게으름 피우지 마. 바다 위에서는 누구라도 게으름을 피울수 없다. 그런 놈에게 돌아갈 식량은 없어."

아적삼이 다시 호통을 쳤다.

"예, 알겠습니다."

무한이 힘차게 대답했다.

며칠 아적삼의 보살핌을 받으며 충분한 휴식을 취한 무한은 눈에 띄게 건강해지고 있었다. 애초에 여자아이의 몸 같던 마른 체구에 살도 붙기 시작했다. 그러자 처음과 달리 제법 단단한 몸집으로 변한 무한이었다.

"야, 이놈 이제 보니 제법 사내 티가 나는데? 넌 대체 어떻게 살았길래 그렇게 말랐었던 거냐? 바다에 빠져 굶어서 그리된 것 같지는 않은데. 아마 바다에 빠지기 전의 삶도 평탄하지는 못했던 것 같구나."

겨우 십여 일이 지나지 않아 단단하게 변한 무한의 몸을 보며 아적삼이 한 말이었다. 그만큼 무한의 몸은 몰라보게 변해갔다. 일단 몸에 힘이 붙자 움직임 또한 빨라졌다. 그래서 묵룡대선에서 처음 맡은 일, 후갑판을 청소하는 일도 너끈하게 해내는 무한이었다.

슥슥슥!

걸레질을 하는 일이야 이삼 일만 해도 능숙해지는 법이다. 더군다나 묵룡대선을 만드는 데 사용된 목재들은 충분히 기름을 먹여 석재처럼 단단하고 매끄러워서 걸레질이 더욱 편했다.

가끔 물청소를 할 때가 있는데 바닷물을 길어 올리는 일이 힘겹기는 했지만 몸집이 변하고 체력이 강해진 무한이 못 할 일은 아니었다.

"후우!"

한동안 후갑판을 닦는 일에 몰두했던 무한이 근 이각여 만에 허리를 폈다.

"다 했냐?"

팔짱을 낀 채 갑판에 기대 무한이 청소하는 모습을 지켜보고 있던 아적삼이 물었다.

도와줄 만도 했지만 아적삼은 무한의 일을 절대 도와주지 않았다. 강한 생존력을 길러주기 위해서라고 말했는데 정말 그런 것인지 아니면 귀찮아서인지는 알 수 없었다. 하지만 무한은 아적삼이 시키는 일은 뭐든 열심히 해냈다.

"예, 다 했어요. 아저씨."

무한이 걸레 자루를 짚고 서며 대답했다.

"좋아. 이리 와서 좀 쉬어."

아적삼이 손짓으로 무한을 불렀다. 그러자 무한이 빠르게 아적삼의 곁으로 다가갔다.

"마셔."

아적삼이 손에 들고 있던 술병을 무한에게 건넸다.

"술이잖아요?"

"안 마셔봤어?"

"아마 그럴걸요?"

기억이 없으니 자신이 술을 마셔봤는지 아닌지 알 수 없는 무한이다.

"일단 마셔봐. 머리는 기억을 잃어도 몸은 습관을 잃지 않는 법이어서 술을 마셔보면 마셔봤는지 알 수 있을 거야."

아적삼의 말에 무한이 손으로 자신의 가슴을 두드리며 말했다.

"전 이제 겨우 열다섯이라고요."

"어? 나이는 기억하네?"

"그건 처음에 말씀드렸잖아요."

"그랬나? 아무튼 열다섯이 뭐? 난 열두 살 때부터 술을 마셨어."

아적삼이 여전히 무한에게 술병을 내민 채 말했다.

"안 마실래요."

"어허, 어른이 권하면 마셔야지. 내가 괜히 술을 마시라고 하는 게 아니야. 배를 타다 보면 가끔 필요에 의해 술을 마셔야 할 때가 있어. 그러니까 미리미리 배워둬야지. 이것도 다 스승으로서 널 가르치는 일이다. 오해 말고."

아적삼이 일부러 진지한 표정으로 말을 했다.

무한이 잠시 망설이다가 어쩔 수 없이 술병을 받아 들었다.

"에이……."

술병을 입에 가져가려던 무한이 찌르는 듯한 술 향기에 얼굴을 찌푸렸다.

"나중에는 그 향에 무릉도원을 꿈꾸게 될걸? 흐흐흐, 뱃사람이란 본래 다 그런 것이지. 마셔."

"알았어요."

무한이 이번에는 망설이지 않고 술병을 입에 대고서 술을 한 모금 입에 머금었다.

꿀꺽!

입에 잠시 머물던 술이 목을 넘어가는 소리가 제법 크게 들렸다.

"커컥!"

술이 식도를 타고 넘어가는 순간 무한이 헛기침을 해댔다.

"하하하! 이봐, 적삼. 어린애 좀 그만 놀려. 어린애에게 무슨 술이야!"

무한이 술기운을 못 이겨 헛기침을 하는 것을 본 묵룡대선의 선원들이 한바탕 웃음을 터뜨리며 소리쳤다.

"신경 꺼. 내가 내 제자 가르치는데."

아적삼이 퉁명스럽게 소리쳤다.

"제자는 무슨 제자야. 자네가 무공을 아나, 거래를 아나. 자네나 나나 한낱 선원인데 무슨 제자를 둬!"

"젠장, 뱃사람은 뭐 하루아침에 되나? 이것도 다 배워야지. 문술, 자네하고 나도 십 년 뱃일 끝에 묵룡대선의 선원이 된 거 아냐."

"그야 그렇지만……."

"그리고 뱃일이라도 배우지 않으면 이 아이가 묵룡대선에서 뭘 하겠어. 그렇다고 소룡들처럼 쉴 때 무술을 연마하는 것도 아니고. 그냥 허송세월하다가는 묵룡대선에서 내린 후 외딴 곳에서 잡부로 살 수밖에 없다고. 이게 다 이 아이를 생각해서 하는 일들이야."

아적삼이 당당한 표정으로 소리쳤다.

"아아, 알았어. 농담으로 한 말이니까 신경 끄라고. 정색하기는!"

문술이라 불린 사내가 손을 휘젓고는 배 앞쪽으로 걸어갔다.

묵룡대선은 수십 명의 인원이 함께 생활할 수 있는 대선이다.

단지 사람만 타는 배라면 그렇게 큰 배라 할 수 없겠지만 묵룡대선에는 사람 말고도 산더미 같은 물건들이 실려 있었다. 만약 그 물건들이 아니라면 수백 명도 탈 수 있는 크기였다. 그래서 배 앞쪽으로 걸어간 선부 이문술의 모습은 금세 보이지 않게 되었다.

"하여간 참견은……."

"두 분은 왜 항상 싸우세요?"

이문술이 사라지자 무한이 물었다.

"싸워? 누가?"

"이문술 아저씨하고 아저씨요."

"우리가 싸운다고? 하하, 그렇게 보였냐?"

"그럼 싸우는 게 아니세요?"

무한이 의아한 표정으로 물었다.

그러자 아적삼이 손사래를 쳤다.

"아냐. 이건 그냥 우리가 오랫동안 서로 해온 말투야. 뭐 장난 같은 거지. 물론 처음 본 사람들은 싸운다고 생각할 수도 있겠다만. 사실 이문술과 난 이 배에서 가장 친한 친구 사이야."

"정말요?"

"그럼 우린 다른 상선에서 같이 생활하다가 함께 묵룡대선의 선원이 되었거든. 오래된 인연이지."

"그렇군요. 그래서 항상 싸우는 듯하면서도 또 크게 다투지는 않는군요."

"그렇지, 그렇지. 무료한 바다 위 생활을 그런 식의 농을 하면서 푼다고 할까. 아무튼 문술 그 친구에게도 배울 게 많으니까. 비위를 잘 맞춰둬."

"알았어요. 그런데……."

"웅? 뭐 궁금한 게 있냐?"

"소룡들은 어떤 사람들이에요?"

"음… 그게 궁금했던 모양이구나. 아니면 부러웠던지."

아적삼의 말에 무한이 시인도 부인도 하지 않고 침묵을 지켰다. 그건 곧 아적삼의 말에 동의한다는 뜻이다.

"안타깝지만 부러워도 네가 소룡이 될 수는 없단다. 소룡들은 신장께서 미래의 묵룡대선을 지킬 전사로 키우는 수련자들이야. 우리 같은 일반 선부들과는 다른 사람들이지. 무공이라는 것을 아니?"

"그야……."

"세상에 도검을 든 사람들은 수없이 많지만 그중 무공이라는 것을 쓰는 사람은 드물지. 너도 알다시피 어떤 한 무종의 선택을 받기 전에는 무공을 수련할 수 없으니까. 소룡들은 그런 무종의 행운을 얻은 사람들이다."

"어떤 무종의……?"

"어떤 무종이겠느냐? 선장님으로부터 받는 은혜지."

"선장님도 무종을……?"

무한이 놀란 표정으로 물었다.

"그럼 설마 독안룡 탑살이 그저 뛰어난 해전의 전술로서 흑라의 대선단을 무너뜨렸겠느냐? 십이신무종은 아니어도 선장께선 자신만의 무종을 가지고 계신단다."

아적삼이 고개를 들어 언제나처럼 망루 위에서 옷깃을 휘날리며 태산처럼 서 있는 독안룡 탑살을 존경스러운 눈으로 보며 말했다.

제3장

병사의 검술

묵룡대선에서의 생활이 보름 정도 지나자 무한도 바다 위의 생활에 익숙해지기 시작했다. 그만큼 묵룡대선에 대해 알게 되는 것도 많아졌다.

처음에는 선장 독안룡 탑살에만 관심을 가졌지만 시간이 흐르면서 묵룡대선에 타고 있는 다른 사람들에게도 관심을 갖게 된 무한이다.

"준비!"

냉혹하게 느껴질 만큼 차가운 눈을 가진 중년 사내 입에서 짧고 매서운 목소리가 흘러나왔다.

그를 사방에서 에워싼 다섯 명의 젊은 청년들이 손에 들고 있는 검을 움켜쥐며 길게 호흡을 들이켰다.

그러자 청년들의 옷자락이 마치 바람이 들어간 풍선처럼 부풀어 올랐다.

"한참 부족하다! 이래서 감히 선장님의 무종을 받았다 할 수 있겠는가! 밑바닥까지 끌어 올려!"

매서운 눈의 사내가 그보다 더 매서운 목소리로 재차 일갈했다.

그러자 다섯 청년들의 얼굴이 붉게 달아올랐다. 두 손으로 모아 잡고 있는 검이 주인들의 힘겨움을 느꼈는지 사시나무 떨듯이 떨렸다.

"이제 날 공격하라. 누가 됐든 옷깃이라도 베면 합격이다. 베지 못할 경우 삼 일을 굶는다!"

사내의 말에 청년들의 눈빛이 번뜩이더니 망설이지 않고 중년 사내를 향해 검을 휘둘렀다.

팟!

거의 동시에 다섯 자루의 검이 사내의 머리에서 발끝까지, 전신을 노리고 파고들었다.

그 순간 사내가 검을 들어 자신의 머리를 노리는 청년의 검을 막으며 다른 손으로 가슴 쪽에 파고드는 다른 청년의 검신을 가볍게 밀었다.

사내의 손에 밀린 검이 허공으로 흘러 나갔다.

그 순간 사내가 청년의 등 뒤로 몸을 숨겼다. 그러면서 가볍게 사내의 등 뒤 옷자락을 잡고 방패처럼 자신의 몸 앞으로 끌었다.

그러자 사내를 노리던 나머지 청년들의 검날이 사내가 아닌 동료 청년의 몸으로 향했다.

"엇!"

"헛!"

다섯 청년의 입에서 당황한 음성이 흘러나왔다. 동시에 동료 청년을 향하던 검들이 어지럽게 사방으로 흩어졌다.

쿵!

그 순간 사내에게 옷자락을 잡혀 있던 청년이 허공으로 떠오르더니 서너 걸음 뒤쪽까지 날아가 갑판 위에 나뒹굴었다.

"욱!"

갑판에 떨어진 청년이 쉽사리 몸을 일으키지 못하고 신음을 토해냈다.

동료 중 하나가 쓰러지자 나머지 네 젊은이가 감히 사내를 공격할 생각을 못하고 망설였다.

"벌써 포기하는 거냐?"

사내의 입에서 차가운 말이 흘러나왔다. 질책의 기운이 역력하다.

"아닙니다!"

퍼뜩 정신을 차린 청년들이 검을 고쳐 잡고 다시 사내를 공격하기 시작했다.

창!

사내는 네 청년의 검이 자신의 몸 앞에 도달하자 벼락처럼 검을 휘둘렀다.

"욱!"

사내의 검과 충돌한 청년 한 명이 묵직한 신음 소리를 토해내며 주르륵 뒤로 밀렸다.

사내의 검에 실린 힘을 이겨내지 못하는 모습이다.

그러자 다른 청년들이 동료를 밀어내는 사내의 옆구리와 등을 향해 검을 찔러 넣었다. 비무라고는 하지만 위험하기 이를 데 없는 공격이다.

순간 사내의 몸이 푹 아래로 꺼졌다.

사내가 미끄러지듯 자신의 검으로 밀어낸 청년의 두 다리 사이로 빠져나가며 뒷발을 차올렸다.

퍽!

"억!"

사내의 발에 등이 차인 청년이 동료들 사이로 날아갔다.

"계속 공격해!"

밀려난 동료를 피한 나머지 청년 중 한 명이 독이 오른 목소리로 소리쳤다. 그리고 자신이 먼저 중년 사내를 향해 무서운 속도로 돌진했다.

캉!

청년의 검과 중년 사내의 검이 정면으로 충돌했다.

이번에는 청년의 검이 쉽사리 뒤로 밀리지 않았다. 검에 실린 청년의 힘이 다른 동료들과는 확연한 차이를 보였다.

청년의 검을 막아선 사내의 얼굴에도 언뜻 감탄의 빛이 보였다.

그 순간 다른 두 청년이 사내를 좌우에서 공격했다. 한 명은 검을 든 사내의 팔을, 다른 한 명은 다른 방향의 무릎을 베어갔다.

사내로서는 피할 길이 없어 보이는 공격, 하지만 사내는 전혀 동요하는 빛이 없었다.

턱!

갑자기 사내가 한 손을 내밀었다.

그러자 그의 손이 자신과 검을 맞대고 있는 사내의 목울대를 잡아갔다.

"흡!"

청년의 입에서 당황한 음성이 흘러나왔다.

사내와 청년의 결정적인 차이는 사내는 한 손으로 검을 들고 있고, 청년은 두 손으로 검을 들고 있었다는 것이다.

힘의 차이겠지만, 한 손이 자유로운 사내의 또 다른 공격을 청년이 막아낼 여유가 없었다.

청년이 고개를 틀어 사내의 손을 피했다. 그 순간 청년의 검에서 자연스레 힘이 빠졌다.

그러자 사내가 손의 방향을 바꿔 청년의 가슴을 후려쳤다.

쾅!

"억!"

가슴을 얻어맞은 청년이 신음 소리와 함께 뒤로 날아갔다.

그 순간 사내가 허공으로 몸을 솟구쳤다.

파팟!

날카롭게 공기를 가르는 소리와 함께 다른 두 청년의 검이 사내의 몸 아래위를 좁은 간격으로 교차하며 지나갔다.

그 순간 사내의 두 발이 허공으로 떠올라 동시에 두 청년의 목덜미와 등을 가격했다.

쿠쿵!

그의 발끝에 채인 두 청년의 몸에서 강한 타격음이 터져 나왔다.

"쿡!"

"윽!"

두 청년이 몸의 중심을 잃고 한 명은 한쪽 무릎을 꿇었고, 다른 한 명은 배의 난간에 강하게 부딪혔다.

그것으로 끝이었다.

다섯 청년들은 더 이상 사내를 공격할 엄두를 내지 못하고 거친 숨소리를 토해냈다.

"끝이냐?"

청년들 사이로 걸어온 사내가 물었다.

"아직은… 저희가 부족한 듯합니다."

사내와 검을 맞대고 힘을 겨뤘던 청년이 자세를 바로잡고 공손하게 대답했다.

그러자 다른 청년들도 자세를 바로 하고 검을 두 손으로 잡아 가슴 앞으로 당긴 후 고개를 숙여 비무에서의 패배와 사내에 대한 존경심을 표시했다.

그런 청년들을 보며 사내가 냉정하게 말했다.

"실력은 충분하다. 다만 마음이 강하지 못할 뿐."

사내의 말에 청년들이 잠시 사내가 말한 의미를 생각하다가 그중 한 명이 입을 열었다.

"가르침을 주십시오."

"너희들의 실력이면 충분히 내 옷깃, 아니, 내 몸에 상처 정도는 만들 수 있다. 그런데도 내 옷깃조차 베지 못한 것은 너희들 마음속에 나에 대한 조심스러움이 있었기 때문이다. 내가 너희들의 적이 아니라 스승이라는 생각, 그 생각이 너희들의 검에서 날카로움을 앗아간 것이다."

"……."

사내의 말을 청년들이 쉽사리 반박하지 못했다. 생각해 보니 사내의 말이 틀리지 않았다.

청년들은 사내를 공격하면서도 스승과 마찬가지인 사내를 다치게 하면 어떡하나 하는 망설임이 있었던 것이다.

그런 망설임이 청년들의 검 끝을 무디게 한 것을 부인할 수 없었다.

"너희들의 마음은 고맙다. 그러나 전사는 일단 검을 들면 상대가 누구든 망설임이 없어야 한다. 패배는 바로 그런 한 줌 나약한 마음으로부터 시작된다. 검술이 아무리 뛰어난 사람도 마음에 일말의 망설임이 있다면 누구에게든 패배할 수 있는 법이다. 그러니… 날 상대할 때조차 망설임이 있으면 안 된다. 그것도 버릇이 되는 법이니까."

"알겠습니다."

청년들이 일제히 대답했다.

"대답들이야 잘한다지만 그게 그리 쉬운 문제는 아닐 것 같구나. 아무튼 승부는 승부, 오늘부터 삼 일은 굶어라."

"예, 검왕님!"

"허기진 배는 정신을 맑게 하지. 그 맑은 정신으로 오늘 내가 한 말들을 가슴에 새겨라."

"알겠습니다. 검왕님!"

다섯 청년이 다시 일제히 대답했다.

"오늘은 이것으로 끝이다. 쉬어라!"

검왕이라 불린 사내가 검을 거두고는 뚜벅뚜벅 배 안쪽으로 사라졌다.

그러자 청년들이 긴장이 풀린 듯 서로를 보며 피식피식 웃음을 흘렸다.

"제길, 또 굶는 건가?"

"그러게 말이야. 한 달에 절반은 굶는 것 같아."

"어쩔 수 없지. 승부는 승부니까."

검왕이라 불린 사내와 검의 힘을 겨뤘던 청년이 말했다.

"이젠 버릇이 돼서 덤덤하기까지 하네. 그런데 정말 우리가 독하게 마음을 먹으면 검왕님의 몸에 검을 댈 수 있었을까?"

다섯 중 가장 체구가 큰 청년이 물었다. 체구와 달리 말투에서 순진함이 묻어난다.

"검왕님이 가능하다면 가능한 거겠지."

마른 체형에 키가 큰 청년이 대답했다.

"그렇긴 하지만 그래도 난 검왕님 앞에 서면 여전히 막막한데… 소독, 네 생각은 어때?"

큰 체구의 청년이 검왕이라 불린 사내와 검의 힘을 겨뤘던 청년에게 물었다.

그러자 청년 소독이 잠시 생각에 잠겼다가 입을 열었다.

"죽기를 각오하면 가능하겠지."

"죽기를 각오한다고?"

"그래. 그래야 가능할 거야. 그런데 검왕께서는 아마도 우리가 그렇게 죽기를 각오하고 비무에 임하기를 바라시는 것 같아."

"에이, 그래도 비문데……."

큰 체구의 청년이 설마 하는 표정으로 고개를 저었다.

그러자 청년 소독이 다시 입을 열었다.

"비무를 끝낸 후 검왕께선 뭔가 아쉬운 표정이셨어. 단지 우리가 패했기 때문이 아니라 말씀하신 것처럼 우리가 비무에 임하는 마음이 마음에 들지 않으셨던 거지."

그러자 지금까지 가만히 다른 사람들의 말을 듣고 있던 작고 마른 체구의 청년이 조용히 입을 열었다.

"검왕께서는 묵룡대선의 무사는 누구보다 강한 독심을 가져야 한다고 생각하시니까. 묵룡대선은 사실 독하지 않으면 생존할 수 없는 환경이지."

체구만큼 목소리도 날카롭다.

"하연의 말이 맞긴 해. 우리 묵룡대선은 기항지 몇몇 곳에 거점을 가지고 있기는 하지만 다른 세력들과 달리 바다 위에 떠 있는 이 묵룡대선이 힘의 거의 전부라고 할 수 있어. 세력을 키우는 것도 어려운 일이고."

키가 큰 사내가 말했다.

"독심과 독수… 묵룡대선의 전사라면 반드시 가져야 할 요소들이란 거지?"

큰 체구의 사내가 물었다.

"검왕께서 원하시는 것이 바로 그걸 거야."

청년 소독이 말했다.

"에이, 내가 제일 어려운 일이군."

큰 체구의 사내가 투덜거렸다.

"그만 들어가자. 삼 일 동안 굶으려면 가능한 선실에 처박혀 있어야 하지 않겠어?"

키 큰 청년이 말했다.

"그래야겠지. 삼 일 동안 해전 공부나 하자고. 어? 저 아이가 그 아이지?"

키 큰 청년이 문득 배의 먼 후미, 걸레 자루를 들고 자신들을 바라보고 있는 무한을 발견하고는 물었다.

"음, 그 친구네. 기억이 없다지?"

"불쌍해."

큰 체구의 청년이 말했다.

"불쌍하기는 해도 운도 좋지."

청년 소독이 차분하게 말했다.

"운이 좋아? 바다에 빠져 기억을 잃고 표류한 신세가?"

"그래도 묵룡대선에 구조되었으니까. 다른 상선이라면 노예로 팔려갔을걸? 선장께서 저 아이를 묵룡대선의 선부로 키우실 생각인 것 같던데. 그럼 운이 좋은 거지."

"생각해 보니 그런 것도 같네. 보통 뱃사람들에겐 묵룡대선의 선부가 되는 게 꿈이니까."

큰 덩치의 청년이 고개를 끄떡였다.

"자, 그만 들어가자."

청년 소독이 동료들을 재촉했다.

그러자 소룡들이 무한에 대한 관심을 거두고 선실 안으로 사라졌다.

　무한이 자신도 모르게 들고 있던 걸레 자루를 이리저리 휘둘러보았다.

　묵룡대선에 타고 있는 다섯 명의 수련자들, 소룡이라 불리는 청년들과, 보통은 검왕이라 불리지만 온전하게 부르면 독사검왕이라 불리는 묵룡사왕 서군문의 비무를 본 후 그 여운이 남아 자연스럽게 나온 행동이었다.

　"왜? 검술을 배우고 싶어?"

　갑자기 나타난 아적삼이 걸레 자루를 들고 검술 흉내를 내고 있는 무한에게 물었다.

　"아, 아뇨. 그냥 심심해서……."

　"얼굴에 배우고 싶어요, 라고 써 있는데?"

　아적삼이 놀리듯 물었다.

　"소룡님들이 부럽기는 해요."

　무한이 조심스럽게 자신의 마음을 드러냈다.

　"그래? 그럼 검술을 가르쳐 줄까?"

　"검술도 할 줄 아세요?"

　무한이 놀란 표정으로 물었다.

　"당연하지. 묵룡대선의 선원인데 설마 검 휘두르는 법도 모를까."

　자신을 너무 무시한다고 생각했는지 아적삼이 퉁명스럽게 내답했다.

　"하지만 아저씨는……."

"묵룡대선의 무사가 아니라 선부다 이거지?"

"……."

무한이 침묵으로 아적삼의 말에 동의했다. 자칫 입을 열었다가 아적삼의 기분을 더 상하게 할 수 있었기 때문이다.

"네가 한 가지 오해를 하는 게 있다."

"오해라뇨?"

"이 묵룡대선에 대해서 말이야. 묵룡대선은 상선이지만 한편으로는 전선이기도 하다. 마종 흑라의 세력과 싸우던 때의 전통이 이어지고 있지. 그러니 당연히 이 배의 모든 사람들은 병기를 다룰 줄 안다. 다만 묵룡사왕 등 용전사들은 모두 어느 무종이든 무종의 씨앗을 얻어 내공을 사용할 줄 아는 사람들이고, 선부들은 도검을 다룰 줄은 알지만 무종의 인연을 만나지 못해 공력을 사용치 못한다는 차이가 있는 것이다. 그러니까 나도 너에게 검술은 가르쳐 줄 수 있단 뜻이다."

아적삼이 말한 공력을 사용할 줄 아는 무인들, 소위 말해 무공인들에 대해 무한도 모르는 바가 아니다.

십이신무종을 비롯해 파류의 무종에게라도 인연이 닿아 무종의 씨앗을 받은 무인들, 보통 무인들이라 부르는 사람들은 이 땅에서 특별한 대접을 받는다.

이왕사후가 육주의 땅을 지배하는 것은 그들이 거느린 병사들이 많기도 하지만, 그 병사들 중 각 무종의 무공을 전수받은 무인들이 많았기 때문이다.

한 명의 무인은 적게는 네다섯 명, 많게는 수백의 병사를 상대할 능력이 있다고 알려져 있다.

그래서 그런 무인들을 확보하는 것은 육주의 각 세력들에게 생존과 직결하는 문제였다.

당연히 뛰어난 무인들을 배출하는 십이신무종이 이왕사후는 물론 세상 사람들에게 존경과 존중을 받는 것은 자연스러운 일이었다.

"무종과 인연은 없으셨어요?"

무한이 아적삼에게 물었다.

검술을 익혔다면 당연히 무종의 인연에도 욕심이 있었을 것이다.

무한의 물음에 아적삼이 한숨을 쉬며 말했다.

"너도 알다시피 십이신무종의 제자가 되려면 자질이 뛰어나야 한다. 십이신무종뿐만 아니지. 파류의 무종조차도 보통 사람에게는 전하지 않지 않느냐. 무종들 스스로의 가치를 높이기 위해서 뛰어난 자질을 지닌 제자들을 선별하니까. 내겐 무종의 선택을 받을 자질이 없었지. 몇몇 무종 종파를 찾아가 보기는 했지만……."

아적삼이 우울한 표정으로 말했다.

"검술은 어떻게 익히셨어요?"

"내가 한때 궁산 비룡성의 병사로 있었어. 그때 검 쓰는 법을 배웠지. 뭐. 몇 번의 전쟁에 나갔었고. 그러다가 상선을 타게 되었지. 바다 위 생활 십여 년 만에 이 묵룡대선의 선원으로 뽑히게 된 거야. 그때 전쟁터에서 익힌 검술이 큰 도움이 되었다."

아적함은 자신이 검술을 익히게 된 이야기를 길게 늘어놓고 있었지만 무한의 관심은 전혀 다른 데 있었다.

"궁산 비룡성에 계셨다고요?"

"그곳을 알아?"

아적삼이 뜻밖이라는 듯 물었다.

"제가 기억은 잃었어도 이왕사후나 궁산 비룡성은 기억이 나요."

"그래? 이상하네. 뭐, 가끔 일부 기억만 잃는 경우가 있기는 하지."

아적삼이 별 의심 없이 고개를 끄떡였다.

무한에게 궁산 비룡성은 무척 중요한 의미를 지닌 곳이다.

아버지 철사자 무곤의 두 번째 부인이자, 철사자 사후에 가장 먼저 사자림을 떠난 무한의 계모 주란의 본가가 궁산 비룡성이기 때문이다.

"어땠어요?"

"응? 뭐가?"

"궁산 비룡성에서 병사로 있던 시절이요."

"에이 뭐……."

아적삼이 말꼬리를 흐렸다. 별로 기억하고 싶지 않은 시절인 듯했다.

"비룡성에 가기 전에는 검술을 몰랐다면 힘드셨겠어요."

무한이 다시 물었다.

"후우… 좋지 않았지. 솔직히 말하자면 비룡성에서 난 그저 전장의 맨 앞자리에 세우는 화살받이였어. 대우가 좋고, 잘하면 무종의 인연을 만날 수 있다는 말에 혹해서 철없는 선택을 한 거였다. 첫 번째 전투에서 바로 후회했지."

"몇 년이나 계셨는데요?"

"처음 계약을 맺은 것이 삼 년이었지. 첫 전투를 치르고 나서 바로 나오고 싶었지만, 계약을 어겼다가는 다시 잡혀가 노예로 팔려갈 수도 있어서 그러지도 못했지. 운 좋게 삼 년을 버티고 바로 그만두었다. 이후에 상선을 탔지."

아적삼이 다시 생각해도 다행이라는 듯 안도의 한숨을 내쉬며 말했다.

"삼 년을 어떻게 버티셨어요?"

"그러게 말이다. 나도 어떻게 그 시절을 버텨냈는지 모르겠다. 정확하게 세 번 화살받이 노릇을 했는데 그때 나와 함께 비룡성에 들어와 살아남은 사람이 열 중 셋도 되지 않았다. 전쟁터에 나가지 않을 때는 죽어라고 검술을 수련했지. 무종의 인연은 애초에 포기했고, 내 한 목숨 지키려는 발악이었다. 그 덕에 검술로 보자면 제법 재주가 생겼단다. 그 사실을 확인한 비룡성이 이후에는 본대의 공격진에 넣어주더라. 삼 년 후에도 더 좋은 조건으로 비룡성에 남을 것을 권했지만 초기에 겪은 일을 생각하니 다시 있고 싶지 않더라고. 참… 독한 사람들이었지."

비룡성의 독함은 누구보다 무한이 잘 알고 있었다.

주란은 사자림을 떠난 이후 육주의 땅 북서쪽의 패자이자 이왕사후의 일원인 오사성의 성주와 재혼했다. 대영웅 철사자 무곤의 미망인으로서는 놀랄 만큼 과감한 선택이었다.

그녀에게 사랑 따위는 없었다.

궁산 비룡성은 이왕사후의 한 곳인 오사성의 힘을 얻고, 오사성의 성주 사중산은 육주의 중앙을 가르는 대신화산맥의 서쪽으로 진출할 교두보를 마련할 목적으로 이뤄진 정략혼이었다.

결국 철사자의 미망인 주란에게는 대영웅의 미망인으로서의 명예보다 궁산 비룡성의 실질적인 이득이 중요했던 것이다.

물론 그녀의 선택을 무작정 비난할 수는 없었다. 육주를 오백 년 동안 지배했던 천록왕국의 혈손이 끊긴 이후, 이 땅은 약육강식의 땅이 되었기 때문이다.

그래서 궁산 비룡성의 생존과 번영을 위한 주란의 선택을 이해하지 못할 바는 아니었다.

물론 그럼에도 불구하고 철사자 무곤의 미망인으로서 한평생 살아가는 것의 아름다움과는 비교할 수 없는 선택이 분명했지만.

그래서 생존을 위해 비정할 수밖에 없는 비룡성을 떠난 아적삼의 선택도 충분히 이해할 수 있었다.

"결국 잘하신 선택이었네요."

"그렇지. 묵룡대선의 선원이 되었으니까."

아적삼이 과거 고생을 충분히 보상받았다는 표정으로 말했다.

"묵룡대선은 다른가요?"

무한이 물었다.

"응? 뭐가?"

"궁산 비룡성 등 육주의 다른 가문들과……."

"확실히 다르지. 선장님이 누구냐. 흑라의 마인들과 맞서 자신의 모든 것을 바친 대영웅이시지. 그런 분은 절대 사사로운 이득을 위해 자신의 사람들을 희생시키지 않는단다. 다만, 선장님을 따르는 사람들이 스스로 자신을 희생할 뿐이지."

"보기에는……."

무한이 말꼬리를 흐렸다.

그가 본 독안룡 탑살의 첫 인상은 무척 도도하고 냉정한 모습이었다.

"인상만 그러셔. 마음 깊은 곳에는 사람에 대한 애정이 깊은 분이시지. 널 거두신 것만 봐도 그렇잖아. 넌… 정말 운이 좋은 거야. 다른 배에 걸렸으면……."

"노예로 팔려갔겠지요."

"십중팔구는 그랬을 거다. 요즘 네 나이 또래의 노예들이 값이 비싼 편이거든. 흑라의 시대에 워낙 많은 사람들이 죽어서 모든 성주와 가문들이 젊고 어린 노예들을 모으는 데 혈안이 되어 있지."

단지 무한을 겁주기 위해 한 말은 아니었다. 현재 세상의 정세가 정확히 그랬다.

마종 흑라가 죽었지만 세상은 전혀 평화롭지 않았다. 사람들은 더욱 세력 싸움에 몰두하고 있었다. 결국 이 거친 세월은 천록왕국의 뒤를 잇는 육주의 제왕이 탄생할 때까지 계속될 것이라는 게 사람들의 생각이었다.

"가르쳐 주세요."

"응?"

"검술이요."

"배울래?"

"뭐… 걸레질보다야 낫지 않을까요?"

"검술을 배운다고 걸레질을 하지 않아도 되는 건 아닌데."

"물론 청소도 열심히 할게요."

무한이 걸레 자루를 흔들며 말했다.

"한 가지 알아둬야 할 게 있다. 일단 나에게 검술을 배우기 시작하면 나중에라도 무종의 선택을 받기가 어려워진다. 무종의 종파들은 배타적이어서 다른 무공을 배운 사람들을 제자로 받아들이지 않아. 더군다나 일개 병사 출신인 나와 같은 사람의 검술을 배운 사람은 더더욱 그렇겠지."

"어차피 무종과는 인연이 없을 것 같은데요, 뭐. 그들은 특별한 자질을 가진 아이들을 선택하잖아요."

"처음에는 나도 그렇게 생각했는데… 네가 몸이 회복되고 나니까 좀 다른 생각도 드는구나. 생각보다 근골이 나쁘지 않아 보여. 그래서 하는 말이다."

아적삼은 진심으로 무한의 앞날을 걱정해서 하는 말이었다. 바다에서 갓 건져 올렸을 때의 무한은 무종은커녕 아적삼의 검술조차 배우지 못할 몸을 가진 것 같았는데, 몸이 회복되고 근육이 붙자 제법 뛰어난 근골이라는 것이 드러난 것이다.

"에이, 그래도 전 아저씨 검술을 배울래요. 무종의 인연이라는 게 어디 쉬운가요. 몸만 된다고 되는 것도 아니고… 대체로 좋은 가문의 아이들이 선택되잖아요."

"그야 그렇지만."

"아저씨 검술을 배우면 적어도 이 묵룡대선의 정식 선원이 될 수 있는 기회는 생길 것 아니에요. 그렇지 않으면 육지에 닿으면 내려야 한다고 하니까."

"하긴 그렇구나. 네게 검술에 대한 재주가 조금 있다면 어리지만 선장님께 정식 선원으로 남는 문제를 부탁해 볼 수 있지."

아적삼이 고개를 끄떡였다.

"그러니까요. 제겐 행운이죠."

무한이 빙긋 미소를 지었다.

"이 자식… 웃으니까 더 잘생겼네. 선원으로 살아가기엔 아까워."

미소 짓는 무한을 보며 아적삼이 중얼거렸다.

"생긴 게 밥 먹여주나요."

무한이 퉁명스럽게 대답했다.

"하긴, 남창 노릇을 하며 사는 것은 말도 안 되고. 좋아. 검술을 가르쳐 주마. 전쟁터에서 실전을 통해 배운 검술이라 멋은 없지만 제법 쓸모는 있을 거야."

"고맙습니다!"

무한이 큰 소리로 외쳤다.

"흐흐, 내일부터는 그런 소리 안 나올걸? 안 가르치면 모를까, 일단 가르치기로 한 이상 난 허투루 가르치지 않아. 검이란 놈을 드는 순간 누구나 목숨을 걸고 싸우는 거니까."

"각오하고 있어요!"

무한이 자신 있게 대답했다.

"그 용기는 가상하다. 하지만 두고 보자고. 무척 서둘러야 해. 두어 달 뒤면 이 배는 목적지에 도착할 거니까. 그 안에 얼추 재주를 보여야 한다. 그래야 선장님께 널 배에 남겨달라고 부탁드릴 수 있어."

"알겠어요. 열심히 할게요."

이번에는 무한도 진지하게 대답했다.

"좋아. 시간이 얼마 없지만 열심히 해보자. 오늘 밤에 총관께 허락을 받겠다."

아적삼은 자신의 팔자에 제자랄 수 있는 사람을, 그것도 무한처럼 근골도 좋고 잘난 제자를 얻었다는 것이 무척 기쁜 모양이었다.

그의 두툼한 손이 무한의 어깨를 힘차게 두드린 것은 아마도 그 기쁨의 표현이었을 것이다.

*   *   *

아적삼이 무한에게 검술을 가르치는 것은 선장 독안룡 탑살에게까지 허락받을 일은 아니었다.

묵룡대선 선원들의 우두머리라고 할 수 있는 총관 함로의 허락이 있으면 되는 일이었고, 함로 역시 무한을 묵룡대선의 선원으로 키워볼 생각이 있었으므로 쉽게 검술 수련을 허락했다.

그날 이후 무한의 검술 수련이 시작되었다. 하지만 그 시작이 결코 행복한 것만은 아니었다.

아적삼의 말은 결코 과장이 아니었다. 검술을 배우기로 한 다음 날부터 무한은 전혀 다른 형태의 고통에 직면했다.

말은 검술 수련이라고 했지만, 아적삼은 무한에게 처음부터 검을 주지 않았다. 대신 무한은 지금까지 살면서 그가 쓰지 않았던 근육들을 단련하는 데 대부분의 시간을 보냈다.

일상적인 생활조차 특이한 자세로 보내야 할 때가 많았다. 걸레질조차도 특별하게 해야 했다. 기마 자세를 취한 후 항상 한 손으로만 자루를 잡게 했다.

처음에는 팔에 힘이 없어서 걸레질을 하는 데 다른 때보다 세 배는 더 시간이 걸릴 정도였다.

검을 들 팔에 힘을 기르고, 적을 향해 돌진하기 위해 다리 안쪽 근육을 키우기 위한 수련이라고 아적삼이 설명했지만, 무한으로서는 지루하고 고통스러운 수련이 아닐 수 없었다.

걸음걸이도 허투루 걸을 수 없었다.

일정한 보폭 사이에서 움직여야 했고, 일직선으로 움직이는 것이 아니라 좌우 사선으로 걸어 다녀야 했다.

거대한 묵룡대선의 수많은 계단을 뜀뛰듯 오르내렸다.

그 외에도 평소 하지 않던 자세, 그리고 쓰지 않던 근육을 사용하느라 하루 일과가 끝나고 허름한 선실 침상에 누우면 온몸에 퍼지는 고통으로 잠을 이룰 수 없을 정도였다.

하지만 시간은 그 고통을 익숙하게 만들었다. 오 일 정도 지나자 근육의 고통들이 사라지기 시작했고, 십여 일이 지나자 아적삼이 요구하는 대로 몸을 움직이는 것이 더 이상 불편하지 않았다.

그리고 그즈음에는 묵룡대선의 선원들도 무한이 아적삼에게 검술을 배우고 있다는 사실을 알게 됐다.

"칸, 운이 좋구나. 적삼의 검술은 우리 선원들 중 최고야. 좋은 선생을 만난 거야."

아적삼을 만나기만 하면 목청껏 싸워대는 선원 이문술이지만 아적삼의 검술은 높게 평가했다.

이문술만이 아니었다. 묵룡대선의 선원들 대부분은 무한이 아적삼에게 검술을 배우게 된 것을 축하했다.

무종과 인연이 닿아 공력을 사용하는 무인이 된 묵룡대선의 용전사들 중에서도 무한의 검술 수련에 대해 한두 마디 말을 건네는 사람도 있었다. 그들 역시 아적삼의 검술이 제법 대단하다는 말을 빼놓지 않았다.

그러나 대부분의 묵룡대선 용전사들은 무한의 검술 수련에 큰 관심을 두지 않았다.

애초에 내공을 사용하는 그들의 무공과 근육의 힘으로 검을 사용하는 병사의 검술은 완전히 다른 류의 무술이었기 때문이다.

그러나 어쨌든 무한의 검술 수련은 묵룡대선의 선원들 사이에 한차례 작은 화젯거리가 되긴 했다.

아마도 그건 오랫동안 이어지는 바다 위 무료한 항해 때문일 수도 있었다.

어떤 일이든 조금이라도 흥밋거리를 제공하는 일에 관심을 가질 수밖에 없는 시간이었던 것이다.

"어쨌든 눈이 좋아야 해. 결국은 상대의 움직임을 보고 내 몸과 검을 어디로 보낼지 결정해야 하니까. 무턱대고 움직이다가는 단번에 골로 가는 거지."

무한의 팔에 어느 정도 힘이 붙자 아적삼은 본격적으로 자신이 체득한 검술을 가르치기 시작했다.

그러나 사실 대단하거나 특별할 것 없는 가르침이었다.

상대의 움직임을 세심하게 살피는 것, 그리고 그로부터 상대방의 의도를 읽고 그에 맞춰 내 움직임과 검의 방향을 결정하는 것, 그것이 아적삼이 무한에게 가르친 검술의 거의 전부였다.

문제는 얼마나 정확하고 빠르게 상대방의 움직임과 의도를 파악할 수 있는가와, 그런 상대방보다 조금이라도 빨리 검을 휘두를 수 있는가였다.

그건 끊임없이 반복되는 경험을 통해 체득할 수 있다고 아적삼은 말했다. 그래서 새로운 고통이 시작됐다.

아적삼은 확고한 신념이 있었다. 몸으로 체험하는 것이 가장 빠르고 확실한 배움이라는 것이었다. 그래서 무한에게도 자신의 신념대로 검술을 가르쳤다.

무한이 한 팔로 자유롭게 검을 들 수 있게 되자 그 순간부터 비무를 통해 검술을 가르치기 시작한 것이다.

첫날 비무에서 무한은 아적삼의 목검을 단 한 번도 막거나 피하지 못했다. 비무가 끝난 후 그의 온몸이 시커먼 피멍으로 뒤덮인 것은 당연했다.

그 고통으로 그날 밤 한숨도 자지 못한 무한은 그 다음 날 아침 여전히 같은 시간에 일어나 오전 내내 갑판 청소를 해야 했다.

그리고 사후에는 아물지도 않은 멍든 몸으로 다시 아적삼의 목검을 상대했다.

두 번째 날도 거의 모든 목검을 몸으로 받아낸 무한의 몸에서는 급기야 피가 터져 나오기 시작했다.

그럼에도 불구하고 세 번째 날도 같은 일과가 반복됐다.

그 세 번째 날 무한은 본능적으로 생존 욕구가 일어났다.

'야, 이러다 정말 죽을 수도 있겠구나.'

피멍이 드는 것은 물론 살이 터져 피가 나는데도 멈추지 않는 아적삼의 공격을 몸으로 받아내며 든 생각이었다.

아적삼이 자신에게 검술을 가르치는 것이 아니라 마치 자신을 죽이려는 사람처럼 느껴질 정도였다.

그리고 그때부터 무한의 몸과 움직임이 변했다. 검술을 익히기 위해서가 아니라 살기 위한 생존 본능에 따라 몸이 반응하기 시작한 것이다.

머리로 의도한 것이 아니라 무한의 몸이 본능적으로 아적삼의 검을 피하려는 움직임을 만들어내기 시작했다.

그 이후부터 차차 아적삼의 목검을 피하거나 막아내는 횟수가 늘어나기 시작했다.

탁탁탁!

무한이 부지런히 목검을 움직였다. 팔과 다리는 물론 머리로 떨어지는 아적삼의 목검이 무한의 검에 막혀 튕겨 나갔다.

물론 그럴 때마다 무한은 아적삼보다 더 많이 뒤로 물러났다. 여전히 무한의 팔 힘은 수십 년 검을 휘둘러온 아적삼의 힘을 당할 수 없었다. 그러나 적어도 맨 몸으로 아적삼의 목검을 막아내지는 않는 무한이다.

"좋아. 많이 늘었구나!"

쉬지 않고 목검을 후려치며 아적삼이 말했다.

무한은 온몸으로 날아드는 아적삼의 검을 피하거나 막아내느라 아적삼의 칭찬에 대답할 여유가 없었다. 그는 몸을 들짐승처럼 웅크리고, 번득이는 눈으로 아적삼의 눈과 검 끝을 바라보고 있었다.

'오늘은 많이 맞지 않았어.'

입을 열어 대답하지는 못했지만 속으로는 지금까지 열 대도 맞지 않은 자신이 대견한 무한이다.

검술 수련 한 달 만에 이뤄낸 쾌거였다.

처음 대련을 시작할 때는 하루에 백 대를 넘게 맞았었다. 그 횟수를 열 대 안쪽으로 줄인 것은 무한이 생각해도 놀라운 발전이었다.

"이제 좀 더 위험한 놀이를 해 볼까?"

아적삼이 입가에 미소를 지으며 물었다.

"지금까지도 충분히 위험했던 것 같은데요?"

무한이 아적삼이 잠시 여유를 두자 드디어 입을 열었다.

"물론 위험하긴 했지. 그러나 지금까지는 잘못돼 봐야 팔다리가 부러져 나가는 정도였다. 그런데 이제부터는 잘못하면 목숨이 끊어질 수 있다."

아적삼이 손으로 목을 그어 보이며 말했다.

장난스레 하는 말이지만 결코 허튼 말은 아니다.

"무슨 수련을 목숨을 걸고 해요."

"그래야 실전에서도 제대로 싸울 수 있으니까."

아적삼이 담담하게 말했다. 하지만 그 담담함 속에 거부할 수 없는 단호함이 담겨 있다.

"어떻게 하실 건데요?"

무한이 물었다. 거부할 수 없다는 걸 알기 때문이다.

"말 그대로 이제부터는 한 번 찔리면 즉사하는 급소를 공격할 거야. 전쟁터에 나가면 초짜들은 상대의 팔다리 몸통을 공격한다. 하지만 노련한 자들은 상대의 급소를 공격하지. 그렇게 되면 힘을 비축하면서 상대를 즉사시킬 수 있거든."

"목검에 찔려도 위험하겠네요?"

무한이 겁을 먹은 표정으로 물었다. 급소는 검이 아니라 손으로 맞아도 위험하다. 하물며 강한 힘을 가진 목검에 찔리거나 맞으면 정말 죽을 수도 있었다.

"운이 아주 나쁘면 죽을 수도 있지."

아적삼이 부인하지 않았다.

"그 위험한 걸 꼭 해야 해요?"

"강요는 아니다. 네가 선택하기에 달렸지. 그러나 이런 수련을 하지 않으면 정식으로 묵룡대선의 선원이 되기 힘들 거야. 지금이야 평온한 항해를 하지만 무산열도에 들어가기만 해도 위험한 일이 많거든. 그때 제 몫을 해내지 못하면 첫 항구에서 배에서 내려야 할 거다. 물론 그 경우에도 살 방도는 마련해 주마. 고생은 좀 하겠지만……."

아적삼의 말에 무한이 얼굴을 찌푸렸다.

자신에게 선택권이 있는 듯하지만 다시 생각하면 선택의 여지가 없는 일이었기 때문이다.

무한으로서는 당분간 묵룡대선에 머무는 것이 가장 안전했다.

"할게요."

무한이 시무룩하게 대답했다.

"하하, 좋아. 그 정도 배짱은 있어야 내 제자지. 자, 시작한다."

"뭐가 그렇게 급해요?"

무한이 황급히 목검을 들어 올리며 소리쳤다.

"배움에 빠른 것은 없다. 항상 늦을 뿐이지!"

픽!

"욱!"

말이 채 끝나기도 전에 뻗은 아적삼의 목검이 무한의 심장 부위를 찔렀다.

무한은 갑작스러운 공격에 미처 아적삼의 목검을 막아내지 못하고 조금 뒤로 물러나는 것으로 충격을 약화시켰다. 그러나 급소를 가격한 목검의 충격은 강렬했다. 숨도 제대로 쉴 수 없었다.

"커컥!"

무한이 호흡을 하기 위해 커컥거리며 다시 몇 걸음 뒤로 물러났다.

"진검이었다면 죽지는 않았겠지만 서 있지도 못했을 거다. 다음 공격에는 반드시 죽었을 거고."

"예고도 없이 공격하는 게 어디 있어요?"

겨우 숨을 되찾은 무한이 소리쳤다.

"요놈아! 칼 든 적이 예고하고 공격하느냐?"

아적삼이 놀리듯 소리치며 다시 예고 없이 목검을 찔렀다.

팟!

이번에는 낭심을 향한 공격이다.

"이크!"

이번에는 단단히 준비하고 있었지만, 설마 낭심을 공격할 거라고는 예상치 못한 무한이 화들짝 놀라 목검을 휘둘러 아적삼의 공격을 막아냈다.

"뭐 하는 거예요?"

무한이 가까스로 아적삼이 목검을 밀어내고는 화가 나 소리쳤다.

"왜? 고자가 될까 봐 겁나냐?"

아적삼이 히죽거렸다.

"그럼 제자를 고자로 만들고 싶어요? 아직 한 번도 써보지 않았는데……."

"흐흐, 기억도 없는 놈이 어떻게 알아? 썼는지 안 썼는지!"

"겨우 열다섯 살이에요. 설마 내가!"

무한이 다시 화를 냈다.

"요놈아, 문술 아저씨는 열셋에 첫 경험을 했다더라."

"에이, 설마요."

"자기 입으로 자랑했으니 사실일걸?"

"그래도……."

"아무튼 안 썼다 치고 앞으로 사내구실 하려면 최선을 다해라."

아적삼이 불쑥 다시 무한의 낭심을 찔렀다.

"아 참! 또!"

무한이 이번에는 좀 더 수월하게 아적삼의 목검을 피했다.

그렇게 무한의 검술 수련은 조금 더 높은 단계로 이어졌다.

제4장

괴선(怪船)

　무한은 검술의 실체가 힘이 아니라 날카로움이라는 것을 깨달았다.

　한 사람을 상대할 때와 달리 여러 사람과 싸워야 하는 전장에서는 특히 그랬다. 사람의 힘은 한계가 있으므로 검을 힘으로 다루면 단 이각도 제대로 싸우기 힘들었다.

　하지만 사혈을 노리는 쾌검의 경우 하루 밤낮도 싸워낼 수도 있을 것 같았다. 이것이야말로 아적삼이 무한에게 전수하려는 검술의 진수였다.

　"혈랑이라고 불렸어. 젊을 시절에. 물론 지금도 젊지만. 아무튼 생긴 거나 말하는 것과 달리 손속은 무척 독한 사람이지. 내가 전쟁터에서 적삼을 만나면 피하고 말거야. 늑대가 물어뜯듯 거칠고 날카로워서 상대할 엄두가 나지 않을 테니까. 그래서 적삼의 검을 난 혈랑검이라고 불러. 적삼도 그 검술 이름을 마음에 들어 하는 눈치고, 물론 다른 사람들 앞에서는 말하지 말라고 투덜대지. 괜히 사람들의 관심을 받는 게 싫으니까. 하지만 어쨌든 적삼의 검은 혈랑검이다. 그만큼 거친 검술이지."

선원 이문술이 어느 날 무한에게 말한, 아적삼의 검술에 대한 평이었다.

그 말의 의미를 제대로 알지 못했었는데, 급소를 공격하는 쾌검을 수련하면서 무한은 아적삼의 검술에 대한 이문술의 평가를 그제야 이해할 수 있었다.

제대로만 익히면 아적삼의 검술은 상대를 죽이는 데 여러 번의 칼질이 필요 없었다. 단 한 번의 찌름. 많아도 두어 번이면 상대를 즉사시킬 수 있었다.

이런 검을 완벽하게 수련해 전쟁터에 나가면 두려울 것이 없을 것 같았다.

"그래서 궁금한 게 있어. 정말 정식으로 적삼이 무공을 수련한 무인들과 싸우면 어떤 승부가 날까 하는 것 말이야. 가끔 적삼의 쾌검술이면 무인도 상대할 수 있을 것 같은 느낌이 든단 말이야."

이문술의 말에 과장은 없었다. 특히 아적삼에 대해 말할 때는 깎아내리면 내렸지 높일 이유가 없는 이문술이었다.

그런 이문술의 평가였으므로 무한도 아적삼이 무종을 받아 공력을 사용할 수 있는 무인과 대결해도 되지 않을까 하는 생각을 하곤 했다.

그래서 그 문제를 슬쩍 아적삼에게 물었을 때, 아적삼은 단호하게 고개를 저었다.

"불가능하다. 이문술 그 친구가 아직 제대로 된 무인을 만나지 못해서 그래. 무인들의 공력, 내공은 절대 보통 사람이 상대할 수 있는 것이 아니다. 공력이란 것은… 단순히 힘을 증가시키는 것이 아니야. 안력과 청력을 크게 발달시키고, 움직임의 속도 또한 타고난 것보다 수배에 이르게 만들지. 나의 검이 병사들 사이에서야 쾌검 중의 쾌검으로 불렸지만 무인들과 비교하면 하잘 것없는 것이다. 그러니 나중에라도 괜한 호승심에 무인과 겨루는 일 따위는 하지 마."

아적삼의 말이 너무 단호해서 무한이 더 이상 그 일을 입에 올릴 수도 없을 정도였다.

하지만 한편으로는 지나치게 강한 아적삼의 부인이, 어쩌면 그 일이 가능할 수도 있지 않을까 하는 생각을 하게 만들었다.

아적삼이 걱정하는 것은 무한의 섣부른 행동이지 그 자신의 쾌검술에 대한 비하가 아닌 것처럼 느껴졌기 때문이다.

그래서 무한은 오히려 그날 이후 좀 더 치열하게 아적삼의 쾌검술을 수련하기 시작했다.

그렇게 다시 보름여의 시간이 흘렀다. 무한의 검은 날이 갈수록 날카로워졌다. 하지만 그즈음부터 무한의 검술 수련 시간이 줄어들기 시작했다.

묵룡대선이 특별한 힘을 들이지 않고 대해를 가로지르게 해주는 대서류가 한류와 난류의 힘이 약해짐에 따라 서서히 사라지고 있었다.

그때부터는 편서풍에 의지해야 했다.

하지만 그 바람조차 잔잔할 때가 있었다. 그럴 때는 노를 저어 묵룡대선을 움직여야 했다.

하지만 대해에서 노를 저어 파도를 가르는 일은 녹록한 일이 아니었다. 그래서 가끔은 노꾼은 물론 다른 일을 하는 선원들까지 노 젓는 일에 동원되는 경우도 있었다.

특히 대서류가 끝나감에 따라 묵룡대선이 향하는 항로를 방해하는 해류의 흐름들이 나타날 때는 모든 선원이 노 젓는 일에 투입됐다.

덕분에 아적삼의 할 일이 많아져 무한이 검술 연습을 할 시간이 크게 줄어들었던 것이다.

하지만 그렇다고 묵룡대선의 항해가 큰 위기에 처한 것은 아니었다. 속도는 조금 늦춰졌지만 묵룡대선은 멈추지 않고 서쪽을 향해 전진하고 있었다.

그리고 드디어 무한이 묵룡대선에 구조된 지 두 달이 되었을 때 배는 새로운 바다로 접어들고 있었다.

"이리 와봐."

시간이 제법 지났지만 여전히 무한이 하는 일은 후갑판의 청소다.

오늘도 아침부터 몸에 땀이 날 정도로 후갑판을 닦고 있는데 문득 아적삼이 무한을 불렀다.

검술 수련은 본래 일이 끝났을 때 하는 것이라 이 시간에 아적삼이 무한을 찾는 것은 자주 있는 일이 아니었다.

"무슨 일이 있나요?"

아적삼이 대걸레를 한쪽에 세워두고 배 중간쯤에 서 있는 아적삼에게 다가갔다.

"저걸 좀 봐라."

아적삼이 다가온 무한을 보지도 않고 손을 들어 묵룡대선 앞쪽의 바다를 가리켰다.

"어… 와류인가요?"

무한이 놀란 얼굴로 물었다.

해류가 한 방향으로 흐르지 않고 회전하며 거대한 원을 만들고 있었다.

"음."

"이런 큰 바다 중간에 와류가 나타난다니 이상하네요."

대해(大海) 한가운데서 좀체 볼 수 없는 와류다. 본래 와류라는 것은 육지와 가까워, 바닷속 지형이 해류에 영향을 미치는 곳에서 주로 나타난다.

그래서 이렇게 수심이 깊은 대해에서 와류를 만나는 것은 드문 일이다.

"두 가지를 의미하지. 하나는 이곳의 수심이 생각보다 깊지 않다는 것, 다른 하나는 육주의 바다를 다 건넜다는 뜻이다. 이제 우리는 드디어 무산열도 아래 위치한 길고 긴 바다 무산해협으로 진입하게 된다."

"아……."

무한이 나직하게 탄식을 흘렸다.

탄성일 수도 있었다.

사실 육주의 땅에 사는 사람들에게는 천해라 불리는 육주의 바다까지가 자신들의 세계였다. 그 바다 건너의 세계는 자신들과 다른 사람들의 세계였다.

쓰는 말도 다르고 사용하는 글도 여러 종류다. 물론 육주의 말을 쓰는 사람들도 섞여 있기는 하지만, 그 비율이 그리 많지 않았다.

그래서 스스로 천섬이라고 부르는 육주의 땅에 사는 사람들은 육주를 벗어난 세상에 사는 사람들을 미개한 야만족으로 멸시하는 성향이 있었다.

특히 검은 마종 흑라의 시대 이후에는 더더욱 그런 경향이 강해졌다.

흑라의 세력이 일어난 곳이 바다 건너 거대한 검은 대륙 파나류이기 때문이다.

정작 그 흑라를 추종했던 마인들 중 상당수는 육주의 땅에서 파나류로 건너간 자신들과 같은 부류의 사람들이었음에도 불구하고.

흑라가 나타나기 전에는 육주의 바다 천해의 연해에 있는 이족들의 마을들과도 활발한 무역이 이뤄졌다. 육주의 사람들이 바다를 건너 이주해 만든 도시나 성도 있었고, 그 땅에 새로운 영지를 만든 성주들도 탄생했다.

그러나 흑라의 시대가 그 모든 것을 후퇴시켰다.

육주의 땅에서 이주한 성이나 도읍들이 가장 먼저 흑라의 마인들에게 공격당했기 때문이다.

그래서 흑라의 시대가 끝났음에도 육주의 사람들은 다시 파나류나 무산열도로 들어가는 것을 꺼려하고 있었다. 아주 적은 수의 대담한 상인들과 모험가들을 제외하고는. 그런 사람들 중 한 사람이 독안룡 탑살이었다.

그 두려움과 미지의 흥분이 교차되는 세상이 무한 앞에 펼쳐지고 있었다.

"지금부터는 항상 조심해야 한다."

새로운 세계에 대한 흥분으로 들떠 있는 무한에게 아적삼이 충고했다.

"위험한가요?"

"지금까지와는 비교할 수 없지. 일단 바다부터 다르다. 이제부터 저런 와류들을 수없이 만날 거야. 무산열도의 입구가 되는 곳을 만화류라 부른다. 저런 와류들이 셀 수 없이 많은 꽃처럼 나타난다는 뜻에서 붙은 이름이지."

"몇백 개 되나요?"

"그 이상이다. 생겼다가 사라지기를 반복하니까. 아무튼 수심도 일정치 않아 무척 위험한 뱃길이지. 하지만 정작 위험한 것은 바다가 아니다."

"그럼요?"

"어느 순간 아무런 예고 없이 화살이 날아들 수도 있다. 물론 이 묵룡대선은 배의 난간이 높아 그런 기습적인 공격에 쉽게 당하지 않지만 빈틈은 언제나 있는 것이니까."

"누가 감히 묵룡대선을 공격하죠?"

"멍청한 놈! 육주의 땅에서나 묵룡대선이 침범할 수 없는 존재지 육주의 땅을 벗어나면 그저 큰 상선일 뿐이야. 이 만화류가 바로 그 시작점이고."

"아……!"

무한이 그제야 자신이 처해 있는 현실을 인식했는지 낮게 탄식을 흘렸다.

"그러니까 정신 차려. 물론 묵룡대선은 어떤 놈들이 와도 쉽게 당할 배는 아니지만, 그래도 그 와중에 위험한 일이 생길 수 있으니까."

"알았어요."

"그리고 오늘부터 검술 수련은 밤에 하자."

"밤에요?"

"음, 선실에서. 지금부터는 배에 탄 모든 사람들의 신경이 날카로워질 거야. 괜히 검술 수련 한다고 사람들 신경 쓰이게 할 필요 없어."

"알겠어요."

무한이 얼른 대답했다.

이렇게까지 조심하는 아적삼의 모습에서 이미 위험에 빠진 것 같은 느낌까지 들었다.

"그렇다고 너무 겁먹지 말고. 전에도 말했지만 칼을 잘 쓰는 놈이나 못 쓰는 놈이나 일단 싸움이 벌어지면 독한 놈이 이기게 마련이다. 실력이 있어도 상대 배 속에 검을 찔러 넣을 독심이 없으면 네가 죽는 거야. 그런 독심이 있으려면 두려움을 극복해야 해."

"예."

무한이 긴장한 표정으로 침을 꿀꺽 삼키면서 대답했다. 대답은 해도 겁먹은 표정이 역력하다.

그러자 아적삼이 다시 입을 열었다.

"칸, 겁이나 두려움은 누구나 느끼는 거야. 나도 수십 번 전쟁을 치러봤지만 싸울 때마다 두렵단다. 하지만 살려면 그 두려움을 극복하는 방법을 찾아야 해. 그래야 근육이 제대로 움직여. 두려움에 정신이 장악당하면 일단 근육이 경직되거든. 그렇게 되면 꼼짝없이 죽는 거야."

"어떻게 이겨내죠?"

"그야 사람마다 다르지."

"아저씨의 경우는요?"

"나? 나야… 나는… 허 참, 그리고 보니 모르겠네. 궁산 비룡성에서 화살받이로 전쟁터에 나갔을 때만 해도 겁이 나서 검을 제대로 들지도 못했었는데. 언제부터 그 두려움을 이겨내게 되었을까?"

"경험인가요?"

"경험이랄 수도 있는데… 아! 그리고 보니 세 번째 화살받이로 나갔을 때 오기가 생겼던 거 같아."

아적삼이 뭔가 떠오른 표정으로 말했다.

"오기요?"

"응? 적에 대한 적개심보다는 내 등 뒤에서 화살받이로 날 몰아대는 비룡성 수뇌들에 대한 오기였던 것 같다. 그놈들 화살받이로 죽을 수는 없다는 뭐, 그런 오기가 일어나자 팔다리가 움직이더라고. 억울했던 거지. 뭐."

"그랬군요."

무한이 고개를 끄떡였다. 그러면서 자신도 그런 이유 하나쯤은 가지고 있다는 생각에 안도했다.

철사자 무곤의 아들로서 겪어야 했던 과거, 세상 강자들의 경계 어린 눈빛과 시간이 흐르자 밀려드는 멸시의 시선들. 그런 시간들이 어쩌면 두려움을 극복할 수 있는 이유가 될 수도 있을 것 같았다.

'적어도 언젠가는 그들에게 뭔가를 보여줘야 하니까. 철사자의 아들로서.'

무한이 입술을 살짝 물었다.

그 모습을 유심히 보고 있던 아적삼이 물었다.

"왜, 뭔가 이유를 찾았어?"

"예?"

"두려움을 극복할 이유 말이야."

"뭐… 이제 찾아보려고요."

무한이 대답을 얼버무렸다.

"그래. 찾아야 할 거야. 사람에게는 무슨 일을 하든 이유가 있어야 해. 살아야 할 이유, 두려움을 극복해야 할 이유, 누군가를 사랑해야 할 이유, 그리고 때로는 누굴 반드시 죽여야 할 이유까지도. 그런 이유가 있어야 세상을 제대로 살아갈 수 있단다."

"예, 아저씨. 명심할게요."

"좋아. 그럼 가서 일해. 저녁에 보자."

"예."

무한이 대답을 하고는 자신의 청소 구역인 묵룡대선의 후미

갑판을 걸어갔다.

그런데 그 모습을 보고 있던 아적삼이 묘한 표정으로 중얼거렸다.

"내가 보기에 네 녀석은 이미 그 이유를 찾은 것 같은데? 설마… 기억을 잃어버린 게 아닌 건가? 후우… 하긴 뭐 어때. 과거를 감춘다는 것은 과거로 돌아가지 않겠다는 뜻인데. 기억을 하든 말든 내 제자 칸이지. 그런데… 역시 내 제자 노릇 하기에는 근골이 너무 아까워. 쯧! 한 번 말해볼까?"

아적삼이 문득 시선을 배의 앞쪽 망루로 옮겼다. 그곳에는 언제나처럼 독안룡 탑살이 거대한 산처럼 서 있었다.

*   *   *

대서류를 타고 항해했던 시간이 얼마나 평화로웠는지는 사람들의 표정에서도 드러났다.

무산열도와 검은 대륙 사이의 길고 거대한 해협은 해협이라기보다 또 다른 대양과 같은 길이었다. 이 긴 해협을 지나면 거대한 서북해가 나타나는데 북해라 통칭하는 무산열도 위쪽 대양의 서쪽에 해당한다.

해협의 서쪽 끝, 서북해로 진출하는 마지막 지점을 혼마류라 부르는데, 그곳부터 서북해로 이어지는 서쪽의 대양은 육주의 사람들이 여행하지 않는 미지의 바다였다. 물론 아주 드물게 그 바다를 여행하고 돌아오는 사람들이 있기는 했다. 독안룡 탑살처럼.

하지만 그 여행을 감행한 대담한 여행가들 중에서 살아 돌아온 사람은 열 명 중 한두 명에 지나지 않았기에, 평범한 상인이나 뱃사람들은 감히 서북해로 진출할 엄두를 내지 못했다.

더군다나 이전에는 무산해협의 중부까지 제법 많은 상선의 왕래가 있었지만, 흑라의 시대를 거치면서 그 숫자가 크게 줄어든 상태였다.

상선의 왕래가 줄면 필연적으로 해적들의 출몰이 잦아진다.

해적들은 간혹 왕래하는 상선을 공격하거나, 혹은 무산열도의 수천 개 섬에 흩어져 거주하는 이족들의 마을과 성을 약탈했다.

그 약탈을 통해 세력을 키우고 커진 힘으로 좀 더 큰 마을과 성을 약탈하는 악순환이 이어지면서, 이 거대한 해협은 더욱더 위험한 바다로 변해가고 있었다.

묵룡대선은 바로 그 위험한 바다의 초입에 있었다. 자연스레 사람들은 말과 행동을 조심했다.

그래서 무한도 일하지 않는 시간은 거의 선실에 틀어박혀 있었다. 선실에서는 검술 수련이 이어졌다.

좁은 선실에서의 검술 수련은 장단점이 있었다. 단점은 몸의 움직임이 자유롭지 않아 아적삼이 요구하는 자세를 취하기 어렵다는 것, 장점은 좁고 불편한 공간이어서 검의 날카로움을 좀 더 섬세하게 수련할 수 있다는 것이었다.

"전쟁터에서는 딱 이렇다고 생각하면 돼. 백병전이 벌어지면 공간의 여유가 없어. 동료와는 등을 지고 서고, 적과도 검 한두 자루 거리를 둘 뿐이지. 그 속에서 제대로 검을 휘둘러야 하는 거야. 그러니까 선실에서 검술을 수련하는 것이 도움이 될 거다.

걸리적거리는 게 많아서 처음에는 쉽지 않겠지만."

처음 좁은 선실에서 수련을 시작할 때 아적삼이 한 말이었다.

그의 말처럼 무한의 검은 선실 여러 곳에 부딪혔다. 가끔은 선실 벽에 깊게 박힌 검을 빼내느라 고생도 했다.

그러나 언제나처럼 시간은 그 모든 것을 익숙하게 만들었다.

선실에서의 수련이 며칠 지나자 무한은 좁은 공간에 신경 쓰지 않고 오로지 아적삼의 검을 막거나 피하고 반격하는 데 집중할 수 있었다.

사실 아적삼은 그런 무한의 적응력에 크게 놀라고 있었다.

무한이 자만할까 봐 입 밖으로 내뱉지는 않았지만, 무한의 검술 습득 속도는 아적삼의 예상을 훨씬 뛰어넘었다.

그래서 아적삼은 간혹 그의 절친한 친구이자 말싸움 상대인 이문술에게 무한에게 자신의 검술을 가르친 것을 후회하고는 했다.

"그 아이는 언제든 무종과 인연을 맺을 수도 있었을 것 같아. 괜히 내가 검술을 가르쳐서 무인이 될 기회를 놓친 것은 아닌지……."

"젠장, 사람 사는 건 다 운명대로 가는 거야. 자네가 검술을 가르치지 않았다면 아예 검조차 잡아보지 못했을 수도 있어. 그리고 또 누가 아나? 인연이 닿으면 비록 병사의 검술을 익혔더라도 무종 종파와 인연을 맺는 복이 찾아올지."

아적삼의 후회에 이문술은 평소 자신의 인생철학인 운명론을 떠들면서 위로했다. 그러나 그런 이문술조차도 무한의 검술 습득 속도에 놀라기는 마찬가지였다.

그즈음 무한의 검술 수련에도 변화가 생겼다.

어느 날 아적삼이 선실에서 한바탕 대련을 한 후 숨을 헐떡이며 무한에게 말했다.

"칸, 이젠 내 밑천도 다 떨어진 것 같다."

"그게 무슨 말씀이세요? 전 아직 아저씨의 공격을 제대로 막아내지 못하고 있는데. 반격도 거의 못하고……."

"그건 기술을 몰라서가 아니라 그 기술이 숙련되지 않았기 때문이다. 칼 쓰는 법은 모두 가르친 셈이야. 그러니까 이제는 너 혼자서도 수련을 할 수 있을 거야. 대련은 좀 줄이자꾸나."

"설마 뭘 감추시는 건 아니죠?"

"감추긴 뭘 감춰?"

"아저씨만의 필살기 같은 거요."

"요런 맹랑한 녀석을 봤나. 흐흐흐, 나도 그런 필살기가 있었으면 좋겠다. 하지만 그런 건 없어. 사실 검술이란 것도 특별한 뭐가 있는 건 아냐. 빠르고 강하게 휘두르는 것이 전부지. 무인들이야 모르지만."

물론 무한도 아적삼이 자신에게 아낌없이 검술을 가르쳤다는 것을 알고 있었다.

"알겠어요. 열심히 수련할게요."

"대련은 오 일에 한 번 정도 하자꾸나."

"예, 스승님!"

"스승님?"

아적삼이 뜨악한 표정으로 무한을 보며 되물었다.

"제 스승님 맞잖아요?"

"그렇긴 한데, 지금까지는 그렇게 부르지 않았잖아?"

"그래도 오늘은 그렇게 불러드리고 싶어요. 특별한 날이잖아요."

"특별한 날?"

"제가 스승님의 검술을 모두 도둑질한 날이니까요."

"뭐? 도둑질? 하하하! 그렇구나. 정말 내 검술을 모두 톡톡 털렸구나. 하지만 네 녀석이 대련에서 날 이기려면 아직 멀었어, 말했지만 아직은 내가 너보다 힘이 세고 빠르니까."

"물론 그렇죠. 하지만 곧 따라잡을 거예요."

"흐흐흐, 그럼 나야 좋지. 스승이란 사람들은 제자가 자신을 뛰어넘을 때가 가장 즐거운 법이니까."

아적삼이 진심으로 말했다.

그날 이후 무한의 수련법이 변했다. 대련이 아니라면 선실 밖에서 가볍게 동작을 취하는 것도 큰 문제가 아니었다.

무한은 갑판을 청소하거나 혹은 다른 허드렛일을 하면서도 쉬지 않고 아적삼에게 배운 검술을 연습했다. 맨손으로 하는 연습이지만 그의 팔 움직임은 하루가 다르게 빠르고 강해졌다. 바람 가르는 소리가 뒤늦게 들릴 정도의 속도였다.

＊　　　　　＊　　　　　＊

"뭐지?"

혼자만의 수련이 깊어가던 어느 늦은 밤, 피곤한 하루를 뒤로 하고 깊은 잠에 빠져 있던 무한이 뭔가 이상한 느낌에 문득 잠을 깼다.

이유 없이 뛰는 심장, 찬물이라도 뒤집어쓴 것처럼 서늘한 느낌이 드는 등골······.

무한이 이 이유 없는 신체의 변화에 놀라 침상에서 일어났다.

그리고 그 순간 날카로운 음성이 무한의 귀를 파고들었다.

"해적이다!"

"모두 전투 준비!"

부우우웅!

날카로운 경고음에 뒤이어 물소의 뿔로 만든 뿔피리 소리가 무겁고 길게 퍼져 나갔다. 선실 밖에서 바쁘게 움직이는 선원들이 만들어내는 소음이 어지럽게 이어졌다.

"어쩌지?"

무한이 갑자기 바보가 된 것처럼 중얼거렸다.

묵룡대선의 선원이라면 당연히 해적을 맞아 싸울 준비를 해야 한다. 비록 진검은 없지만 목검이라도 들고 갑판으로 뛰어나가는 것이 묵룡대선의 선원으로 해야 할 일이었다.

그러나 무한은 비록 갑판 청소를 하고 아적삼에게 검술을 배우고 있지만 정식 선원이 아니었다. 굳이 구분하자면 손님 비슷한 신분이라고 할 수 있었다.

그런 그가 묵룡대선의 싸움에 함부로 뛰어들어도 되는 건지 쉽게 판단이 서지 않았다. 더군다나 그의 실력으로는 도움은커녕 방해가 될 가능성이 컸다.

하지만 그 고민은 오래가지 않았다.

"무한! 깼느냐?"

선실 문이 열리면서 아적삼이 급히 고개를 들이밀었다.

"예, 아저씨!"

"해적 놈들이다. 나와라!"

"저도요?"

무한이 되물었다.

"그럼 설마 숨어 있을 생각이었냐?"

"그, 그건 아니지만……."

"그럼 나와. 배에 탄 사람이라면 신분이 뭐든, 나이가 많든 적든, 적이 공격하면 같이 싸우는 거다."

"예, 아저씨!"

아적삼의 말에 무한이 더 이상 고민하지 않고 목검을 집어 들고서 선실을 뛰쳐 나갔다.

그런 무한을 아적삼이 잡았다.

"잠깐!"

"왜요?"

"그걸로 뭘 어쩌려고?"

아적삼이 무한의 손에 들린 목검을 턱으로 가리키며 물었다.

"싸워야죠. 목검으로라도."

"아서라. 단번에 잘릴 거야. 네 팔다리도 함께. 자!"

아적삼이 무한에게 한 자루 검을 건넸다. 길이가 그리 길지 않지만 그렇다고 단검도 아니다.

"이건……."

"일단 이걸 써. 가벼워서 처음 쓰기에는 편할 거다. 나중에 제대로 된 검을 마련해 주마."

"하지만 진검은 처음인데……."

"누구에게나 처음은 있는 거니까 엄살떨지 마. 더군다나 해적 나부랭이를 상대하는 거라면 첫 경험치곤 나쁘지 않지. 받아."

아적삼이 말에 무한이 목검을 놓고 진검을 받아 들었다.

크기는 작지만 쇠와 나무의 차이만큼 무게감이 느껴졌다.

"빨리 그 무게에 익숙해져야 해. 통제 가능한 무게와 부담되는 무게는 검술을 펼치는 데 큰 차이가 있으니까."

"예."

무한이 얼른 대답했다.

"금세 익숙해지긴 할 거다. 그리 무거운 검이 아니니까."

"알았어요."

"좋아. 가자."

검을 건넨 아적삼이 앞서서 갑판으로 달려 올라갔다.

아적삼의 말로는 배에 탄 자라면 신분과 나이에 구애받지 않고 적과 싸워야 한다고 했지만, 그래도 갑판 위에서는 신분에 따라 자리가 정해졌다.

적이 보이는 앞쪽 갑판에는 선장 독안룡 탑살을 비롯한 용전사들이, 배의 중간에는 노련한 선원들이 병기를 들고 서 있었다.

그 뒤쪽으로 젊은 축에 드는 선원들이 자리를 잡았고, 무한은 그보다도 훨씬 더 뒤쪽에 있었다.

물론 배의 가장 뒤쪽은 다시 용전사들 차지였다. 그러나 후미를 지키는 용전사들의 숫자는 겨우 다섯 명, 그리고 그들을 돕기 위해 수련 중인 소룡들이 용전사들과 함께 있었다.

하지만 위치야 어떻든 갑판 위에 모인 묵룡대선의 선원들 시선은 모두 앞쪽을 향해 있었다.

무한 역시 두렵고 긴장된 마음을 억누르며 전방을 바라봤다.

밤의 안개가 깔린 바다 끝에, 푸른 달빛을 받아 펄럭이는 검은 깃발과 바람을 한껏 품은 검은 돛이 안개 위쪽으로 모습을 드러내고 있었다.

"깃발을 올리고 소선(小船)을 내려라. 검왕과 창왕이 용전사 다섯씩을 이끌고 각각의 소선에 탄다."

독안룡 탑살의 명이 떨어졌다.

탑살의 명령이 떨어지자 독사검왕 서군문과 창왕 두라문이 묵룡대선 옆구리에 매달려 있던 소선들 중 두 척을 바다에 내렸다.

"가자!"

두 척의 빠르고 날렵하게 생긴 소선이 바다에 내려지자 서군문과 두라문이 용전사 다섯씩을 이끌고 훌쩍 날아올라 바다 위 소선에 내려섰다.

단단한 체구의 어른들이 내려섰음에도 불구하고 소선은 거의 요동이 없었다. 무공의 힘이다.

무한이 부러운 시선으로 소선에 올라서는 용전사들을 보고 있는데 다시 탑살의 목소리가 들렸다.

"사풍왕은 궁수들을 이끌고 선수에서 검왕과 창왕을 엄호한다."

"예! 선장님!"

묵룡사왕 중 가장 빠른 발과 날카로운 궁술을 지니고 있는 사풍왕 보로가 즉시 대답하고는, 역시 다섯 명의 활 든 용전사들을 이끌고 묵룡대선의 앞쪽에 삐쭉 나와 있는 용두 위에 올라섰다.

그렇게 묵룡대선의 전사들이 단단한 진용을 갖추는 사이 안개 위로 떠오르던 검은 깃발과 검은 돛들이 더욱 선명해졌다.

"뭐지? 깃발이 비었어. 뭘 하는 놈들이지?"

누군가의 입에서 의혹 어린 목소리가 흘러나왔다.

본래 대양에서는 해적들조차도 자신들을 상징하는 문양을 사용한다.

그 문양들은 가장 먼저 깃발에 새겨지고, 이후에 여유가 되는 자들은 돛에 새긴다. 그리고 전통 있는 곳이라면 옷과 병장기에도 자신들의 문양을 새겨 넣는 법이다.

그런데 안개 위로 떠오른 괴선의 깃발은 온통 검은색일 뿐 어떤 문양도 새겨져 있지 않았다.

깃발에 문양이 없으니 당연히 돛에도 문양이 없다. 그건 곧 안개 속에서 나타난 괴선이 세상에 널리 알려진 해적들이 아니라는 뜻이다.

"긴장을 늦추지 말되 두려워도 마라. 정체를 드러내지 못하는 자들은 결코 강한 자들이 아니다!"

정체 모를 적에 선원들이 두려움을 느낄 것을 걱정한 대도왕 병마도산이 굵은 목소리로 소리쳤다. 병마도산의 말이 효과가 있었는지 선원들 사이의 긴장감이 한 겹 누그러졌다.

그사이 안개가 좌우로 갈리면서 괴선이 온전한 모습을 드러냈다.

"아!"

누군가의 입에서 다시 탄성인지 탄식인지 모를 소리가 흘러나왔다.

배는 괴선이 아니라 귀선이었다.

검은색 돛 곳곳에 구멍이 나 있었고, 배의 갑판이나 옆구리 쪽에도 오래된 상흔들이 적지 않았다. 귀선의 뱃머리에는, 정체를 알 수 없는 괴이한 얼굴을 새긴 선수상(船首像)이 세워져 있어 귀기스러움을 더했다. 그럼에도 불구하고 난파선은 아니었다. 왜냐하면 그 위에 사람이 타고 있었기 때문이다.

오래되어 때가 탄 것인지, 아니면 처음부터 탁한 색이었는지 모를 옷을 입고, 투박한 갑옷을 걸친 자들이 귀선의 갑판에 늘어서 있었다.

소유한 병장기의 종류는 다양했고, 앞에 늘어선 자들은 쇠뇌를 들고 있었다.

"방패를 세워라!"

귀선에 탄 자들이 들고 있는 쇠뇌를 발견한 독안룡 탑살이 침착하게 명을 내렸다.

그러자 묵룡대선의 선원들이 배 곳곳에 능숙하게 커다란 방패를 세워 쇠뇌의 공격에 대비했다. 본래 묵룡대선의 선원들은 처음 배에 타는 순간부터 방패술을 익힌다. 원거리 해전에서 방패는 적의 공격으로부터 자신과 배를 지키는 가장 중요한 병기였다.

묵룡대선이 해전에서 무적을 자랑하는 이유 중 하나도 독안룡 탑살의 방패술이 선원들에게 아낌없이 전해졌기 때문이다.

당연히 이런 해전에서 묵룡대선의 선원들은 능숙하게 방패 전술을 펼칠 수 있었다.

갑판 위에 단단한 방패의 진이 만들어지자 사풍왕 보로가 귀선을 향해 소리쳤다.

"이 배는 육주의 영웅 독안룡께서 지휘하는 묵룡대선이다. 정체를 밝히고, 뱃길을 열어라!"

긴말이 필요 없었다. 독안룡 탑살, 묵룡대선, 이 두 마디면 충분하다. 이 경고를 듣고도 물러나지 않으면 싸움밖에는 다른 길이 없다. 그리고 귀선의 괴인들은 싸움을 선택했다.

촤아악!

귀선이 속도를 줄이지 않고 전진했다. 귀선의 뱃머리에 걸려 갈라지는 파도 소리가 강하게 일어났다.

그러자 독안룡 탑살이 소선에 오른 서군문과 두라문에게 고개를 끄떡였다.

"가자!"

탑살의 지시를 받은 서군문과 두라문이 명을 내리자 두 배가 귀선이 다가오는 방향 좌우로 빠르게 이동했다.

그런데 그 순간 귀선의 뱃머리에 서 있던 검은 그림자의 손이 올라갔다. 그러자 귀선의 선수부에 늘어서 있던 자들이 쇠뇌를 날리기 시작했다.

쐐애액!

"방패!"

귀선에서 눈을 떼고 있지 않던 사풍왕 보로가 소리쳤다.

보로의 외침에 방패를 든 묵룡대선의 선원들이 고개를 숙이며 방패를 사선으로 치켜들었다.

퍼퍼픽!

"억!"

"컥!"

방패를 들어 날아오는 쇠뇌의 화살을 막았지만, 귀선에서 날리는 쇠뇌의 위력은 막강했다.

방패를 든 자들 중 힘이 달리는 자들은 뒤로 밀려났고, 개중에는 엉덩방아를 찧는 사람도 있었다. 그리고 일부는 방패와 방패 사이를 뚫고 들어온 강전에 맞아 갑판 위에 나뒹굴었다.

"반격한다!"

독안룡 탑살이 선원들이 나뒹구는 와중에도 차분하게 명을 내렸다. 그러자 사풍왕 보로가 먼저 철궁을 들어 올리며 소리쳤다.

"쇠뇌를 쏘는 자들을 우선 겨냥하라!"

피융!

그의 말이 끝나기 무섭게 철궁에서 화살이 떠났다.

바람 가르는 소리보다는 공기를 폭발시키는 소리에 가까운 파공음을 일으키며 사풍왕 보로의 화살이 허공을 날았다.

픽!

멀리서도 들릴 수 있을 만큼 강한 파열음, 그리고 귀선에서 쇠뇌를 든 자가 안개 깔린 바다로 떨어졌다. 사풍왕 보로의 화살에 격중당한 것이다.

뒤를 이어 묵룡대선의 전사들이 날리는 화살이 날카롭게 귀선을 파고들었다. 많은 숫자의 화살은 아니었지만, 그 한 대, 한 대에 강한 힘이 깃들어 있어서 귀선의 괴인들 서넛이 다시 화살을 맞고 바다로 고꾸라졌다.

그리고 그쯤이 돼서야 귀선의 괴인들도 검은색 방패를 들어올려 화살을 막기 시작했다.

묵룡대선과 귀선이 서로를 향해 화살을 쏘아대며 망설임 없이 전진했다. 충돌하면 양쪽 다 큰 피해를 볼 것이 분명했지만, 양쪽의 수장들은 후퇴를 명하지 않았다.

싸움은, 특히 바다 위의 싸움은 기세가 중요하기 때문이었다.

그 와중에도 날카롭고 강렬한 소리가 바다를 가득 메웠다. 서로를 향해 쏴대는 강한 화살들이 끊이지 않고 배와 배 사이를 오갔다.

거리가 가까워질수록 화살이 더 강력해졌고, 묵룡대선의 선원들은 방패를 들고도 갑판에 바싹 엎드려 적의 화살을 피해야 했다.

무한도 마찬가지였다. 그는 배의 후미, 갑판과 난간 사이에 바싹 엎드려 날아오는 화살을 피했다.

비록 절대무적이라고까지 불리는 철사자 무곤을 아버지로 두었지만, 사람의 목숨이 죽어나가는 싸움을 경험하는 것은 이번이 처음이었다.

앞선 화살 공격에 당한 묵룡대선의 선원이 피를 흘리며 선실 안쪽으로 이끌려 들어가는 광경을 목격했을 때는 먹은 것을 토할 뻔하기도 했다.

"정신 바짝 차렷!"

난간 밖으로 고개를 내밀고 토악질을 하려던 순간 재빨리 그를 낚아채 바닥에 찍어 누른 아적삼이 아니었다면, 그는 아마도 귀선에서 날린 다음 화살의 표적이 되었을 것이다.

그렇게 아적삼의 도움을 받은 이후에는 줄곧 머리를 배의 갑판에 대고 겨우 눈만 들어 적선을 살피고 있는 무한이었다.

서로를 향해 화살을 날리며 전진한 묵룡대선과 귀선의 거리가 거의 배 한 척 거리로 가까워졌다. 가까이 다가온 귀선은 놀랄 만큼 컸다. 세상에서 가장 클 것이라는 묵룡대선과 비교해도 그리 큰 차이가 나지 않았다.

그러나 그럼에도 불구하고 충돌을 한다면 불리한 쪽은 귀선이었다. 묵룡대선은 크기도 크지만, 그 단단함도 천하제일이었다.

흑라의 대선단을 막아낸 독안룡 탑살이 직접 설계해서 만든 묵룡대선이다. 해전에 필요한 모든 장비가 구비되어 있었고, 극단적인 전술인 적과의 충돌전에 대한 대비도 완벽했다.

"용두를 내려!"

배의 선수에 서 있던 사풍왕 보로가 소리쳤다.

그르릉!

보로의 명에 따라 검은 용머리 모습을 하고 있던 묵룡대선의 선수상이 천천히 해수면과 수평이 되게 내려왔다.

용머리를 한 선수상은 강철로 만들어져 전선간의 충돌전에서는 상대에게 엄청난 타격을 줄 수 있는 위험한 병기였다.

"속도를 높여라!"

탑살이 귀선에 시선을 고정한 채 명을 내렸다.

"속도를 높여라. 최대치다!"

탑살의 명을 받은 노장(櫓將) 일승이 노꾼들을 독려했다.

쿠우우!

노꾼들이 힘을 내자 바람의 힘과 노의 힘을 받은 묵룡대선이 묵직한 소리를 내며 속도를 높였다.

그런데 그 순간, 갑자기 귀선이 방향을 틀었다.

콰아아!

갑작스레 방향을 튼 귀선의 선체가 거의 수면에 닿을 정도로 기울어졌다. 그 상태로 침몰하지 않고 균형을 유지하는 것이 놀라울 정도였다.

그런데 묵룡대선의 왼쪽 편으로 빠르게 방향을 튼 귀선의 옆구리에서 날카로운 톱니 모양의 괴상한 병기가 거대한 뿔처럼 툭 튀어나왔다. 이대로 스쳐 지나면 묵룡대선의 좌측면이 완전히 파괴될 수 있는 상황이 된 것이다.

"우현으로!"

태산 같던 탑살이 이번만큼은 다급하게 명령을 내렸다.

탑살의 다급한 명에 조타장 울돌이 묵룡대선의 키를 급격하게 꺾었다.

"선원들은 좌현으로!"

탑살의 명이 이어졌다.

콰아아!

묵룡대선이 오른쪽으로 급격하게 방향을 트는 바람에, 무게 중심이 무너지는 것을 막기 위해 선원들을 왼쪽으로 이동시킨 것이다. 묵룡대선의 선원들이 급박한 와중에서 능숙하게 왼쪽 갑판으로 이동했다.

그 순간 묵룡대선과 귀선이 아슬아슬하게 교차했다.

그르르!

귀선에서 삐져나온 톱니 모양의 기병이 묵룡대선의 옆구리를 아슬아슬하게 긁으며 지나갔다.

"쐐! 이 빌어먹을 놈들!"

사풍왕 보로가 분노한 목소리로 소리쳤다.

그러자 용전사들이 근접한 적선을 향해 화살을 쏟아붓기 시작했다.

파파팍!

묵룡대선에서 날린 화살들이 날카롭게 귀선에 꽂혔다. 그러자 귀선에서도 쇠뇌로 날린 화살들이 날아들었다.

"숙여!"

누군가의 입에서 날카로운 경고성이 터졌다.

묵룡대선의 선원들이 일제히 왼편 난간 아래로 머리를 숙였다.

퍼퍼퍽!

귀선에서 날린 화살들이 한 뼘 이상 깊숙이 배의 갑판을 뚫고 박혔다.

그사이 두 척의 배가 한순간에 서로의 뒤쪽으로 빠져나갔다.

워낙 빠른 속도로 움직였기에 묵룡대선과 귀선의 거리가 순식간에 벌어졌다.

그런데 멀어지는 귀선을 따라붙는 사람들이 있었다. 소선을 타고 바다에 내려가 있던 독사검왕 서군문과 창왕 두라문이었다.

퍼퍽!

바다에서의 전투를 위해 만들어진 소선에서 쏜 거대한 쇠작살이 귀선의 후미에 박혔다. 쇠작살과 연결된 굵은 밧줄이 두 척의 소선을 끌었다. 귀선과 소선들 사이의 거리는 밧줄로 인해 일정하게 유지됐다.

"공격한다!"

독사검왕 서군문이 날카롭게 외쳤다.

순간 소선에 타고 있던 묵룡대선의 용전사들이 서군문과 두라문을 선두로 귀선을 향해 날아올랐다.

타탁!

그들은 귀선과 소선을 연결한 밧줄을 밟으며 순식간에 귀선의 후미에 도달한 후, 그 탄력을 이용해 한두 번의 도약으로 귀선의 후갑판에 도달했다. 그리고 귀선에 타고 있던 괴인들과 두려움 없이 격돌해 갔다.

제5장

아름다운 전쟁은 없다

쩍!

어깨와 팔이 단번에 분리됐다. 붉은 피가 꽃처럼 일어났다.

푸르스름한 달빛 아래 투박한 갑옷을 입은 괴인이 바다로 고꾸라졌다.

떨어지는 적을 넘어서며 독사검왕 서군문이 적의 배로 진입했다. 그러자 배 안쪽에서 야수의 소리 같은 목소리가 들려왔다.

"모두 죽여라……."

사람의 말을 하고 있으니 야수는 아니다. 다만 묵빛의 가벼운 갑주 위에 검은 가면을 쓴 사람의 모습이 야수처럼 보일 뿐이다.

귀기가 물씬 풍기는 가면을 쓴 자의 음산한 명령에 수십 명의 귀선 괴인들이 독사검왕 등 귀선에 오른 묵룡대선의 용전사들을 향해 달려들었다.

모두 낡았지만 경장의 검은 갑주를 걸치고 있었고, 가면이 아니면 검은 천으로라도 얼굴을 가리고 있었다.

물론 검은 천에조차 상대에게 위협감을 주기 위해서인지 정체 모를 괴수의 얼굴이 그려져 있었다.

"겁이 많은 놈들일수록 흉악한 가면으로 얼굴을 가리지. 항복하라. 병기를 버리고 엎드리는 자는 살려준다."

독사검왕 서군문이 달려드는 괴인들을 향해 소리쳤다.

그사이 귀선에 올라온 열 명의 용전사들이 그를 중심으로 반원의 진형을 갖췄다.

묵룡대선 위에서와 달리 크기가 작은 방패를 앞세운 용전사들의 검진은 성벽같이 단단해 보였다. 그리고 일단 완성이 되자 검진에서 강렬한 기운이 일어났다.

하지만 귀선의 괴인들은 용전사들의 기세에 아랑곳하지 않고 시퍼런 날이 번쩍이는 병기를 휘두르며 돌격했다.

"이놈들!"

창왕 두라문이 괴인들을 향해 욕설을 터뜨리며 장창을 뻗어 냈다.

슉!

두라문의 창이 한껏 앞으로 뻗어나가더니 그 길이가 한계에 이르렀다 싶은 순간 재차 그 끝에서 푸르스름한 빛이 번뜩였다.

파파팟!

두라문의 창끝에서 번뜩인 빛이 화살처럼 전진해 달려드는 괴인 셋을 동시에 관통했다.

"크억!"

두라문의 창에 꿰뚫린 괴인들이 억눌린 비명 소리를 내며 잘린 고목처럼 쓰러졌다. 그들의 목과 가슴의 급소에서 핏줄기가 솟구쳤다.

놀라운 창술, 대묵룡대선의 묵룡사왕이라 불릴 자격이 있는 창술이다.

그러나 그 놀라운 창술에도 불구하고 괴인들의 진격은 멈추지 않았다. 심지어 괴인들은 두라문의 창에 죽은 동료의 몸을 지지대 삼아 밟고 올라 허공으로 도약하기까지 했다.

죽은 자들을 동료가 아닌 싸움을 위한 하나의 도구로 취급하는 괴인들이다.

"악독한 놈들!"

죽은 동료의 시신을 발판 삼아 사용하는 모습을 본 독사검왕 서군문의 입에서 분노의 음성이 흘러나왔다.

서군문이 열십자로 검을 그었다.

서걱!

섬뜩한 절단음이 들리며 용전사들을 향해 달려들던 괴인의 가슴이 갈라졌다.

"큭!"

쿵!

가슴을 베인 괴인이 그대로 갑판에 곤두박질쳤다.

그러나 역시 괴인들은 동료의 시신을 밟고 넘으며 계속 전진했다.

"진형을 유지하라. 진형이 흔들리면 위험해진다."

서군문이 적과 충돌하는 용전사들에게 경고했다.

그리고 드디어 용전사들이 괴인들과 접전을 벌이기 시작했다.

카카캉!

순식간에 귀선의 후미가 병장기의 충돌음으로 요란해졌다.

귀선의 괴인들은 죽음을 도외시하고 배에 오른 용전사들을 공격했다.

숫자로 보면 압도적으로 괴인들이 많았다. 하지만 괴인들의 난폭한 공격에도 불구하고 용전사들은 단단한 진형을 유지한 채 괴인들을 막아냈다.

평소 꾸준하게 검진법을 수련한 결과가 전장에서 그 효과를 드러내고 있었다.

용전사들 한 명, 한 명의 무공은 괴인들에 비해 훨씬 강했다. 일대일의 대결에서는 절대 괴인들이 용전사들을 이길 수 없었다.

그래서 상대하는 적이 두 명 이상을 넘지 않게 검진을 유지하는 것이 무척 중요했다. 독사검왕 서군문이 진형을 유지하는 데 각별하게 신경 쓰는 이유였다.

하지만 그렇다고 묵룡대선의 무인들이 마냥 유리한 것만도 아니었다. 시간과 체력이라는 변수가 도사리고 있었기 때문이다.

시체가 서서히 늘어갔다.

그러나 용전사들을 공격하는 괴인들의 숫자는 줄어들지 않았다.

"빌어먹을, 대체 이 배에 얼마나 많은 괴물들이 타고 있는 거야?"

지치지 않고 밀려드는 괴인들을 보며 창왕 두라문이 질린 표정으로 중얼거렸다.

묵룡사왕 두라문이 그런 말을 할 정도면 다른 용전사들은 이미 오래전에 지쳐 있을 것이다.

그럼에도 그들은 겉으로는 지친 기색 없이 적을 상대하고 있었다.

"최대한 버틴다. 선장께서 기회를 만드실 것이다. 그때까지 이놈들을 묶어둔다!"

지친 용전사들을 서군문이 독려했다.

"옛, 검왕!"

용전사들이 지쳤음에도 불구하고 우렁차게 대답했다.

그사이 어느새 묵룡대선이 귀선을 따라붙고 있었다.

묵룡대선이 앞서가는 귀선을 따라붙을 수 있었던 것은 서군문과 두라문 두 사람이 타고 있던 소선을 귀선의 꼬리에 매달아놓았기 때문이다.

작기는 하지만 두 척의 소선이 꼬리에 매달려 있자 귀선의 속도가 느려질 수밖에 없었다. 그리고 그 작은 속도의 차이가 묵룡대선의 추격을 허용했다.

차차창!

귀선을 따라붙은 묵룡대선의 갑판 위에까지 용전사들과 괴인들의 싸움 소리가 들렸다.

푸른 달빛 아래서 용맹하게 싸우는 용전사들의 모습이 눈으로 식별할 수 있을 정도로 가까웠다.

"서둘러야 할 것 같습니다."

귀선에서의 사투를 벌이고 있는 용전사들을 살피던 사풍왕 보로가 고개를 돌려 독안룡 탑살이 서 있는 망루를 보고 소리쳤다.

노련한 그의 눈에 용전사들이 지쳐가는 것이 보였던 것이다.

"좋아. 배를 붙여라!"

독안룡 탑살이 명령했다.

"하지만 선장님, 묵룡대선이 손상될 수 있습니다."

사풍객 보로가 소리쳤다.

여전히 귀선의 측면에는 날카롭게 튀어나온 톱니 모양의 기병이 번뜩이고 있었다. 배를 붙이는 순간 묵룡대선의 측면이 기병에 긁히거나 깊게 찔려 큰 피해를 볼 수 있었다.

"내게 맡겨라!"

독안룡 탑살이 무표정하게 대답했다.

"…알겠습니다."

독안룡 탑살이 뭘 어떻게 하겠다는 건지 알 수 없는 사풍객 보로가 걱정스러운 표정을 지으면서도 더 이상 반대하지 않고 대답했다.

그사이 탑살의 명을 들은 조타장 울돌이 배의 방향을 귀선 쪽으로 꺾었다.

쿠우우!

묵룡대선이 거친 물살을 일으키며 귀선을 향해 접근했다. 두 배의 거리가 순식간에 십여 장 안쪽으로 좁혀졌다. 그 순간 독안룡 탑살이 움직였다.

저벅저벅!

망루를 떠난 탑살이 묵직하게 걸음을 옮겨 배의 측면으로 이동했다.

"궁수들은 활을 쏴서 귀선의 측면에 공간을 만들어라!"

묵룡대선의 오른쪽 측면으로 이동한 탑살이 다시 명을 내렸다.

"넘어가시렵니까?"

보로가 소리쳐 물었다.

탑살이 대답 없이 고개를 끄떡였다.

"따르겠습니다."

사풍객 보로가 선수에서 몸을 날려 탑살의 뒤쪽으로 다가왔다.

"내가 모시지."

보로가 다가오자 탑살의 뒤에 서 있던 대도왕 병마도산이 보로를 만류했다.

"형님은 배를 지켜주시오. 내가 가겠소."

보로가 고집을 피웠다.

그러자 탑살이 두 사람 역할을 정했다.

"도산이 나와 간다. 적선에 자리를 만들면 바로 넘어오도록! 사풍객은 배를 지킨다."

"선장님!"

사풍객 보로가 억울한 듯 탑살을 불렀다.

"귀선에서의 상황이 어찌 될지 불명확해. 이런 경우 원거리에서 화살로 귀선에 오른 용전사들을 보호할 필요가 있다. 누가 그 일을 하겠는가?"

탑살에 보로에게 물었다.

"그, 그야……."

보로가 대답을 하지 못하고 말을 얼버무렸다. 궁수들을 지휘하는 자신이 할 일이었기 때문이다.

"그럼 뒤를 부탁하지."

탑살이 결정을 내리고 벼락처럼 몸을 날렸다.

"아!"

누가 먼저랄 것도 없이 사람들의 입에서 탄성이 터져 나왔다.

푸른 달빛을 쏟아내는 검푸른 바다 위, 두 척의 거대한 전선이 밀착하느라 가운데로 몰린 파도가 갑판 위까지 쳐 오르고 있었다.

그 위를 독안룡 탑살이 날개가 달린 용처럼 날아올랐다. 그의 손에는 한 자루 묵직한 도끼가 들려 있었다.

두 척의 배가 가깝게 접근했다고 해도 그 거리가 오 장이 넘었다. 그런 거리를 한 번의 도약으로 날아 넘는다는 것은 보통 사람들은 생각할 수 없는 일이었다.

그러나 독안룡 탑살은 단 한 번의 도약으로 귀선 측면에 날카롭게 튀어나온 괴병기 위로 향했다.

"활을 쏴! 선장님을 엄호하라!"

보로가 급히 활을 든 용전사들에게 소리쳤다.

그러자 용전사들이 탑살의 주위로 강전들을 쏴대기 시작했다.

쐐애액!

독안룡 탑살 주위로 날카로운 화살들이 지나쳐 갔다.

갑작스러운 탑살의 월선(越船)에 놀라 그를 막기 위해 배의 좌측 난간으로 몰려오던 귀선의 괴인들이 용전사들의 화살 공격을 받고 급히 뒤로 물러났다.

그사이 괴선의 옆구리에서 튀어나온 톱니 모양의 병기 위에 내려선 탑살이 벼락처럼 들고 있던 도끼를 내려쳤다.

콰앙!

묵직한 도끼가 괴병기의 연결 부근을 가격했다.

콰직!

도끼가 깊숙하게 괴병기의 뿌리에 박히며 배의 일부를 부쉈다.

쾅!

연결 부위를 도끼로 찍은 탑살이 도끼를 그대로 둔 채 한 발을 들어 밟고 있던 괴병기를 찼다.

콰지직!

탑살의 발길질에 괴병기가 묵직한 파열음을 만들며 바다로 떨어졌다.

탁!

단번에 괴병기를 귀선에서 분리해 버린 독안룡 탑살이 찢어진 귀선의 옆구리를 밟고 다시 허공으로 솟구쳤다.

허공으로 솟구친 그의 손에는 어느새 도끼 대신 한 자루 검이 쥐어져 있었다.

독안룡 탑살의 손에 들린 검이 푸른 달빛을 받아 눈부시게 번뜩였다. 적을 향해 겨눠진 그의 검에서 푸르스름한 빛줄기가 흘러나왔다. 무공을 극한으로 수련한 자들만이 만들어낼 수 있다는 검기다.

콰앙!

탑살의 검에서 뻗어 나온 검기가 그대로 그를 향해 달려드는 괴인들 가운데로 떨어졌다.

"크악!"

콰지직!

그렇잖아도 낡아 보이는 귀선의 갑판이 박살 나면서 비명 소리가 터져 나왔다. 독안룡 탑살의 발밑에서부터 괴인들이 서 있는 앞쪽으로 갑판이 길을 내듯 부서졌다.

가공할 무공에 놀란 괴인들이 감히 독안룡 탑살을 공격하지 못했다.

그사이 더 이상 탑살이 파괴한 괴병기의 방해를 받지 않게 된 묵룡대선으로부터 대도왕 병마도산을 필두로 용전사들이 귀선으로 날아 넘어왔다.

"감히 묵룡대선을 넘본 놈들이다. 모두 죽여라!"

귀선으로 넘어온 병마도산이 대도를 휘둘러 괴인 한 명의 허리를 잘라 버리면서 소리쳤다.

"와아!"

"죽어랏!"

독안룡 탑살의 전율적인 무공과 대도왕 병마도산의 호랑이 같은 독려에 전의가 솟구친 묵룡대선의 용전사들이 고함 소리를 지르며 괴인들을 향해 돌진하기 시작했다.

*　　　　*　　　　*

"후우… 엄청나요!"

무한이 놀라움과 두려움이 교차하는 표정으로 중얼거렸다. 한편으로는 무척 의기소침한 표정을 짓기도 했다.

거침없이 적들을 향해 뛰어드는 용전사들의 모습을 보면서 자신이 한없이 작아지는 느낌을 받은 모양이었다.

"우리와는 다른 사람들이니까."

어느새 곁에 다가선 아적삼이 위로하듯 말했다. 무종의 씨앗을 받은 무인을 보통 사람들과 비교할 수는 없다는 뜻이었다.

"꼭 무공만 가지고 말하는 것은 아니고요."

"그럼?"

"용기요. 저 괴인들을 향해 돌진할 수 있는 용기… 저에게는 저런 용기가 없어요. 멀리서 보는 것만으로 겁이 나는데……."

"용기라… 글쎄, 그렇다고 해도 내 생각은 좀 다른데."

아적삼이 고개를 저었다.

"어떻게요?"

"용전사들의 용기는 온전히 그들 자신에게서 나오는 것이 아니니까. 독안룡 탑살이라는 강력한 영웅이 만들어낸 기운에 동화된 것뿐이다. 순수하게 개인의 용기라면 여기 남아 있는 묵룡대선의 선원들 용기 역시 저들에게 못지않을 거다. 너를 포함해서."

어쩌면 무한이 너무 의기소침해 보여서 기운을 북돋아주기 위해 한 말일 수도 있었다. 하지만 한편으로는 진심이 느껴지기도 했다.

"하지만 어쨌든 용전사들은 적선에서 싸우고 있잖아요. 그들 스스로 선택해서요."

"뭐, 그렇게 따지면 그들의 용기라고도 할 수 있지. 하지만, 너도 나이가 들고 세상 경험이 쌓이면 자연스럽게 저 정도는 할 수 있다. 그리고 사실 타고난 용기란 없어. 다만 어쨌든 극복해야 할 상황이 있는 거지."

무한은 고개를 끄떡였다.

정확하지는 않지만 아적삼이 하려는 말의 의미가 무엇인지 알 것 같았다.

사실 천 길 낭떠러지 아래로 몸을 던져 죽음을 위장한 탈출을 감행한 무한의 행동 역시 대단한 용기가 필요한 일이었다.

목숨을 건 도박을 할 용기가 어린 무한에게 생긴 것은 어쩔 수 없이 그 도박을 선택해야만 할 상황이었기 때문이다.

결국 상황이 만든 용기였다.

"아저씨 말씀이 맞는 것 같아요. 누구나 절박한 상황이 되면 없던 용기도 생기죠."

"하! 요런 똑똑한 놈을 보았나. 금세 내 말을 알아듣다니. 역시 내 제자로는 아까워."

아적삼이 위험한 상황이라는 것도 잊은 듯 웃음을 터뜨렸다.

그사이 독안룡 탑살이 이끄는 용전사들은 귀선의 측면을 완전히 장악하고 있었다.

그러자 귀선의 후미로 올라갔던 독사검왕 서군문과 창왕 두 라문 쪽의 전세도 변하기 시작했다.

괴인들이 배의 앞쪽으로 후퇴하기 시작한 것이다.

"곧 끝나겠네. 우린 할 일 없겠어."

아적삼이 귀선 쪽의 전황을 살피며 중얼거렸다.

"유리한 거죠?"

어린 무한이 보아도 용전사들이 서서히 귀선을 장악해 가는 것이 보였다.

"음, 확실히 유리하군. 그런데 이상하기도 해."

"뭐가요?"

"저놈들 우두머리가 왜 싸움에 나서지 않지? 전세가 저렇게 밀리면 당연히 우두머리들이 나서야 하는데 용전사들과 싸우는 자들 중에는 우두머리라고 볼 놈이 없는 것 같아."

아적삼이 눈을 가늘게 뜨며 귀선에서 용전사들과 싸우고 있는 괴인들을 살피며 말했다.

그러고 보니 이상한 일이었다. 정말 귀선을 지휘하는 자가 보이지 않았다.

괴인들 중 강한 무공을 가진 것 같은 자들이 몇몇 보이기는 하지만 그렇다고 그들이 귀선의 우두머리인 것 같지는 않았다.

"정말 이상하네요."

"이거 왠지 기분이 싸한데……."

"예?"

"뭔가 우리가 눈치채지 못하는 일이 있는 것 같은데… 엇?"

아적삼이 의뭉스러운 눈빛으로 귀선과 묵룡대선 주위를 둘러보다 갑자기 헛바람을 토해냈다.

그러고는 날카롭게 소리쳤다.

"적이다! 배 후미에 적이다!"

아적삼의 경고가 채 끝나기도 전에 묵룡대선의 후미로 검은 그림자들이 솟구쳐 올랐다.

"악!"

"막앗! 컥!"

다급한 고함 소리와 격렬한 비명이 연이어 터져 나왔다. 배 뒤에 있던 묵룡대선의 선원들에게서 터져 나온 비명과 고함이었다.

그들의 손에도 도검이 들려 있었지만, 배 후미로 날아오른 괴인들을 당해낼 수 없었다.

특별한 도구 없이 단번에 묵룡대선에 올라선 것을 보면 무공을 가진 자들이 분명했다.

옷차림도 괴상했다.

마치 북해 인근에 사는 바다표범들처럼 매끈한 검은 가죽으로 만든 옷은 입은 사람의 몸을 고스란히 드러내 보였다. 이런 옷은 바다 일을 하는 수부들이 입는 옷이었다.

애초에 귀선에서 벌어지고 있는 싸움을 틈타 묵룡대선의 수면 아래로 잠수해 와 묵룡대선의 후미를 기습할 준비를 하고 있었던 것이 분명했다.

준비된 자들의 기습이었으므로, 묵룡대선 선원들이 위험에 빠진 것은 당연했다.

본래 귀선이 처음 나타났을 때는 묵룡대선의 후미에도 몇몇의 용전사들이 배치되어 있었다.

그러나 그들은 독안룡 탑살이 귀선으로 건너가 적을 공략하면서 전세가 유리해지자 귀선과 맞닿아 있는 측면으로 이동해 있었다. 싸움이 귀선에서 끝날 것이라 생각했던 것이다.

용전사들이 이동한 배의 후미는 일반 선원들이 지키고 있다가 강한 무공을 가진 괴인들의 기습에 속절없이 당하고 만 것이다.

"물러나라. 뒤로 물러나!"

순식간에 다섯 명의 선원이 목숨을 잃고 쓰러진 후미의 갑판으로 한 사내가 무서운 속도로 달려오며 소리쳤다.

손에는 검은 철궁이 들려 있었고, 미처 후미의 갑판에 도달하기도 전에 철궁에서 세 대의 화살을 쐈다.

사풍왕 보로였다.

파파팟!

사풍왕 보로가 쏜 세 대의 화살의 빛과 같은 속도로 허공을 갈랐다.

그리고 정확하게 세 명의 적에게 꽂혀 들어갔다.

그런데 그 순간, 검은 가죽옷 차림의 괴인들이 흐릿한 잔영을 남기며 몸을 틀었다.

그러자 보로의 화살이 아슬아슬하게 괴인들을 스쳐 지나 검은 바다로 떨어졌다.

"젠장!"

보로의 화살을 피하는 괴인들을 보며 아적삼이 욕설을 터뜨렸다. 아직 그 자신이 싸움에 뛰어든 것은 아니지만, 사풍왕 보로의 화살을 피하는 실력이라면 곧 배의 선원 모두가 혈풍에 휘말릴 것이라는 사실을 직감한 것이다.

"각오 단단히 해. 선실로 들어가 있던지."

애초에 무한을 선실에서 데리고 나온 사람이 아적삼이었다. 묵룡대선의 선원이라면 당연히 외적과 맞서 싸워야 한다는 논리였다.

그러나 사실 아적삼이 무한을 데리고 나온 이유는 따로 있었다. 무한에게 실전을, 특히 무공을 수련한 자들의 실전 싸움을 보여주고 싶었던 것이다.

그는 결코 어린 무한이 무서운 적과 칼부림을 하는 것을 원치 않았다. 아직 무한은 그럴 준비가 되어 있지 않은 나이였다.

그래서 기습을 받아 묵룡대선의 일반 선원들도 싸움에 휘말릴 상황이 되자 무한에게 다시 선실로 들어가라고 권한 것이다.

"아뇨. 여기 있겠어요."

이번에는 무한이 갑판 위에 남겠다고 선언했다.

"위험해."

"알고 나온 거잖아요."

"난 다만 네게 실제 싸움을 보여주려 했을 뿐이다. 넌 아직 정식 선원도 아니고……."

"그래도 어쨌든 지금은 묵룡대선에 타고 있으니까요."

무한이 고집을 부렸다.

"정말 괜찮겠냐?"

아적삼이 무한과 눈을 맞추며 물었다.

무한이 고개를 끄떡였다. 그의 눈빛은 두려움에 흔들리고 있었지만, 그 두려움에 정신이 굴복할 정도는 아니었다.

"알았다. 이것도 네 선택이니까. 네가 보통 녀석이 아니라는 것쯤은 나도 이미 알고 있고. 하지만 어쨌든 싸움에 휘말리면

난 널 지켜줄 능력이 없다. 내 한 목숨 지키기 바쁠 거야."

"알아요."

"젠장, 기대도 하지 않는다 이거냐? 좀 서운하네."

"아저씨도 조심하세요."

"오냐. 일단은 최대한 싸움을 피해보자."

아적삼이 무한을 데리고 뒤쪽으로 물러나며 말했다.

"크흐흐, 모두 죽여라. 살아 숨 쉬는 것들은 단 하나도 살려두지 말라."

얼굴까지 검은 가죽으로 가린 괴인들 중 붉은 안광을 뿜어내는 자가 섬뜩한 명령을 내렸다.

그러자 그를 따라 배에 오른 십여 명의 괴인들이 사풍왕 보로가 이끄는 용전사들을 거침없이 공격하기 시작했다.

괴인들의 능력은 사풍왕 보로와 용전사들을 놀라게 만들 정도였다.

기습을 한 자들은 모두 무공을 사용하는 것으로 보였다. 비록 독안룡 탑살과 같은 전율적인 무공은 아니더라도 일반 선원들이 감당할 수준이 아니었다.

그래서 싸움은 결국 사풍왕 보로와 다섯 명의 용전사들, 그리고 아직 용전사의 신분이 되지 않았지만 무공을 수련 중인 소룡들이 맡을 수밖에 없었다.

그로 인해 전력의 차이가 생겨났다.

용전사들은 적어도 두어 명의 적들은 상대할 수 있었다. 적을 베지는 못해도 괴인들이 묵룡대선의 중심으로 침입하는 것은 막을 수 있는 능력을 갖춘 용전사들이었다.

하지만 소룡들은 그렇지 못했다.

그들의 무공은 용전사들과 견줄 수 있을지 몰라도 실전 경험이 턱없이 부족했다. 소룡들은 홀로 괴인들의 공격을 감당하기 어려웠다.

용전사들은 자신들의 적을 상대하는 와중에 소룡들까지 도와야 하는 상황이 되었다. 싸움은 당연히 괴인들에게 유리하게 흘러갔다.

결국 묵룡대선 갑판의 후미가 괴인들에게 장악당하고 그들이 용전사들의 틈을 벌려 배의 중심으로 밀고 들어왔다.

용전사 중 일부는 목숨이 위험할 정도의 부상까지 입은 상태로 검을 휘두르고 있었다.

그쯤 되자 일반 선원들의 참전도 더 이상 미룰 수 없게 되었다.

"모두 검을 들어라. 다섯이 한 조가 되어 적을 막는다!"

묵룡대선에서 독안룡 탑살을 제외하면 가장 큰 권한을 지닌 총관 함로가 명을 내렸다.

그러자 선원들이 두려운 눈빛을 드러내면서도 평소 연습한 대로 다섯씩 짝을 지어 용전사들의 뒤쪽에 도열했다.

용전사들과 소룡들 틈을 비집고 안으로 파고드는 괴인들을 막기 위함이었다.

그리고 급기야 틈이 벌어졌다. 그 틈으로 기다렸다는 듯이 괴인들이 파고들었다.

"와라!"

아적삼과 이문술이 한 조가 되어 용전사들을 뚫고 나오는 괴인들을 막았다.

"크크크!"

괴인들 입에서 야수와 같은 소리가 흘러나왔다. 자신들의 본성을 드러내는 것인지 아니면 상대를 겁주기 위해 일부러 내는 소리인지는 알 수 없었다.

어쨌든 그런 괴성과 살기 가득한 표정이 묵룡대선의 선원들을 두렵게 만드는 것은 사실이었다.

하지만 묵룡대선의 선원들은 두려움에 굴복하지 않았다. 아적삼이 무한에게 말한 대로 절박한 상황이 만들어내는 용기가 그들로 하여금 야수와 같은 괴인들을 향해 검을 휘두르게 만들었다.

콰아아!

괴인들의 병장기가 석포처럼 묵룡대선의 선원들에게 떨어졌다.

다섯 명씩 한 조를 이룬 아적삼 등이 함께 방패와 검을 들어 괴인 한 명의 도를 막아냈다.

콰쾅!

괴인의 도가 선원들의 방패를 짓눌러 물러나게 만들면서 갑판에 내리꽂혔다.

콰지직!

괴인의 도에 격중된 갑판의 일부가 아래로 무너져 내렸다.

아적삼 등은 어느새 대여섯 걸음 뒤로 물러나 있었다. 그러나 다행스럽게도 함께 괴인을 상대해서인지 죽거나 부상을 입은 사람은 없었다. 그러나 그런 행운이 다른 선원들에게까지 이어진 것은 아니었다.

"악!"

"커억!"

곳곳에서 괴인들의 병장기에 베이는 묵룡대선 선원들의 비명 소리가 터져 나왔다. 그러자 용전사들이 진형을 벗어나 각자 근처의 선원들을 돕기 위해 흩어졌다.

묵룡대선 위에서 본격적인 난전이 시작된 것이다.

무한은 배의 난간에 등을 기대고, 두 손으로 검을 부여잡은 후 조금씩 조금씩 뒤로 물러났다.

다른 선원들은 다섯이 하나의 조로 묶여 적을 상대하고 있었지만 애초는 무한은 같이 싸울 동료가 없었다. 그래서 그는 싸움에 참여하지 않은 몇몇 선원들과 함께 싸움터에서 가장 먼 곳에 위치해 있었다.

본능적으로 뒤로 물러나고 있던 무한이 문득 더 이상 물러나려면 아적삼의 말처럼 선실로 들어가야 한다는 것을 깨달았다.

'어리석은 겁쟁이!'

한순간 무한이 강렬한 자괴감에 휩싸였다.

절대무적 철사자 무곤의 아들로서 오욕으로 점철된 칠 년을 보낸 무한이다.

어린 나이에도 불구하고 세상 사람들이 은연중에 보내는 모욕을 모두 참아내고, 오랜 계획 끝에 천 길 낭떠러지에서 몸을 던지는 모험으로 세상으로부터 탈출한 그였다. 그래서 그는 스스로 그 어떤 상황도 이겨낼 정신력이 있다고 믿고 있었다.

그런데 피가 화산처럼 터져 나오고, 사람의 목숨이 들풀처럼 스러지는 전장은 완전히 다른 세계였다. 지금껏 그가 경험했던 그 어떤 것보다도 두렵고 강렬한 위협이었다.

심장이 오그라들고 정신이 혼미해질 정도였다. 만약 지금 적이 그의 목에 칼을 들이밀면 어떤 반항도 하지 못하고 죽고 말 것이다.

그런데 그 순간 갑자기 배가 크게 움직였다.

천개의 와류가 일어난다는 만화류의 강력한 와류 중 하나에 묵룡대선과 귀선이 동시에 휘말린 것이다.

콰아아!

"조심해. 와류다!"

누군가의 경고가 터져 나왔다.

동시에 배가 바다에 갑판이 닿을 정도로 기울어졌다.

"어어!"

싸우던 자들조차도 일단 바다에 빠지지 않기 위해 싸움을 멈추고 잡을 곳을 찾거나 그도 없으면 병장기를 갑판에 박아 기울어지는 몸을 의지했다.

쿠우우!

깊게 한 번 기울어졌던 배가 그 반동으로 다시 본래의 위치로 돌아가며 무거운 소음을 만들어냈다.

철썩!

배가 바로 세워지는 충격으로 강한 파도가 일어났다.

콰아아!

갑판 위까지 올라온 파도가 해일처럼 배를 덮쳤다.

"조심해!"

다시 누군가의 경고가 터져 나왔다.

무한이 본능적으로 배의 난간을 콱 움켜쥐었다. 순간 차갑고 강렬한 파도가 무한을 덮쳤다.

"크흡!"

무한이 급히 입을 닫았다.

그럼에도 불구하고 한 무더기의 바닷물이 그의 입으로 들어와 배 속으로 밀려들어 갔다.

"우욱!"

무한이 자신도 모르게 헛구역질을 해댔다. 그 순간 다시 거대한 파도가 무한을 덮쳤다.

"윽!"

매질을 하듯 때려대는 차가운 바닷물에 무한의 정신이 번쩍 들었다.

콰아아!

그사이 배 위로 밀려들어 온 바닷물이 사람과 물건들을 한쪽으로 쓸어갔다. 무한이 난간을 강하게 움켜쥐고 파도에 휩쓸리지 않으려 애를 썼다. 그렇게 두어 번의 파도가 밀려들어 온 후에야 배는 와류를 벗어나 다시 본래의 모습을 되찾았다.

배가 균형을 찾자 멈췄던 싸움이 다시 시작됐다. 그리고 이번에는 좀 더 위험한 싸움이 진행됐다.

배가 요동치고 산더미 같은 파도가 밀려든 덕에 싸움의 상대가 바뀌고 묵룡대선 선원들의 진형도 거의 와해되어 있었던 것이다. 싸움은 완전한 난전으로 변했다. 이젠 오로지 자신의 목숨을 스스로 책임져야 하는 시간이 된 것이다.

"악!"

"크악!"

몇 마디의 비명이 새로운 싸움을 알렸다.

죽은 자들은 묵룡대선의 선원들이었다.

배를 기습한 괴인들은 파도에 휩쓸려 진형을 이탈한 묵룡대선의 선원들을 손쉽게 공격했다.

"정신 차렷! 선원들은 한데 모여라. 용전사들은 선원들을 보호해!"

사풍왕 보로가 위기임을 파악하고 급하게 소리쳤다.

순식간에 서너 명의 동료를 잃은 묵룡대선의 선원들이 다급하게 주위의 동료들과 새로운 진형을 만들었다.

평소에 손발을 맞춘 사람들이 아니어도 절박한 마음과 오랜 경험으로 묵룡대원 선원들이 꾸역꾸역 괴인들의 공격을 막아냈다.

그사이 혼란 속에서 위치가 바뀐 용전사와 소룡들도 배 곳곳에서 괴인들을 상대로 난전을 벌이고 있었다.

"죽이라……!"

갑자기 들린 낮고 음울한 소리에 무한의 등줄기에 소름이 돋았다. 머리카락들이 올올히 위로 솟구치는 느낌이다. 그런데 이

전보다 그나마 나아진 것도 있었다.

겁에 질려 손발도 제대로 움직이지 못하던 그가 두어 차례 차가운 파도를 뒤집어쓰고 난 후 제정신을 차렸다는 점이었다.

무한이 두 손으로 검을 움켜잡고 음울한 목소리가 들린 곳으로 몸을 돌렸다.

다행이 목소리의 주인은 무한이 목표가 아니었다. 괴인들 중에서도 제법 큰 체구에 속하는 괴인이 소룡들 중 한 명인 여전사 하연을 몰아붙이며 내뱉은 말이었다.

"악귀 같은 놈! 네 손에 죽을 것 같으냐?"

소룡 하연이 앙칼진 목소리로 소리치며 검을 뻗어냈다.

위기 속에서도 절제된 검법을 펼치는 소룡 하연이다. 평소의 고된 수련을 통해 실력 이상의 정신력을 가진 것이 분명했다.

"계집, 검에 어울리는 손이 아니다. 술이나 따르면 어울리는 손이다."

콰앙!

괴인이 빠르게 밀려드는 하연의 검을 튕겨내며 말했다.

"흡!"

주르륵!

괴인의 강력한 도에 밀린 소룡 하연이 비명 같은 신음 소리를 내며 뒤로 밀렸다. 그러자 괴인이 거대한 체구의 몸을 가볍게 날려 하연의 머리 위로 떨어져 내렸다. 그러면서 도를 휘둘러 하연의 검을 후려쳤다.

캉!

미처 앞서 받은 충격을 회복할 시간도 없이 재차 공격받은 소룡 하연이 강력한 괴인의 공격에 손에서 검을 놓쳤다.

턱!

검을 놓치고 당황하는 하연의 멱살을 괴인이 움켜쥐었다.

"넌, 내 거다. 내려가서 기다려!"

괴인이 가볍게 하연을 들어 올렸다. 하연은 당황해 맥없이 괴인의 손에 제압됐다.

그녀는 비록 아직 용전사는 아니지만 독안룡으로부터 무종의 씨앗을 받은 무인이었다. 이렇게 무기력하게 누군가의 손에 제압될 사람이 아니었다. 그런데 하연은 괴인에게 어떤 반항도 하지 못했다.

괴인의 힘이 하연이 반항조차 시도하지 못할 만큼 강해서는 아니었다. 하연은 괴인의 괴이하고 파괴적인 기세에 눌렸고, 그동안 묵룡대선의 소룡으로서 가졌던 자부심이 무너진 충격에 반발할 의지조차 상실했던 것이다.

괴인이 그런 하연을 들어 바다로 던지려고 했다. 아마도 묵룡대선 밖의 바다에 괴인의 동료들이 더 있는 듯했다.

그런데 하연이 짐짝처럼 바다에 던져지려는 찰나, 갑자기 날카로운 외침과 함께 한 자루 검이 괴인의 옆구리를 찔러갔다.

"놓아라, 이놈!"

"이런 쥐새끼 같은 놈이?"

하연을 바다에 던지려던 괴인이 하연을 갑판에 내동댕이치고 훌쩍 옆으로 움직였다.

퍽!

괴인의 옆구리를 노리던 검이 배의 난간에 꽂혔다.

그러자 괴인이 난간에 박힌 검을 빼내려는 사내의 등을 도로 내려쳤다.

"헉!"

미처 검을 빼내지 못한 사내가 괴인의 공격에 당황해 검을 놓고 갑판을 굴렀다.

쾅!

괴인의 도가 그대로 사내가 있던 갑판을 부숴 버렸다.

도가 떨어진 곳에 큰 구멍이 뚫려 갑판 아래 선실이 보일 정도였다.

괴인의 움직임은 체구와 어울리지 않게 빨랐다. 괴인이 재빨리 자신을 기습한 사내의 검을 뽑아 벼락처럼 사내에게 던졌다.

"네놈 거니까 가져가라!"

쐐액!

괴인이 던진 검이 겨우 몸을 일으키려던 사내의 몸을 관통했다.

"억!"

옆구리에 길게 검이 박힌 사내가 격한 신음 소리를 토해냈다.

"소독!"

하연이 절망적인 목소리로 외쳤다. 사내는 소룡들 중 가장 뛰어난 무공을 지녔다는 소독이었다.

평소 말이 없고 과묵한 소독은 은연중에 묵룡대선에 탄 소룡들 중 우두머리로 인정받고 있었다.

"크흐흐, 죽을 놈 걱정은 말고 네 걱정을 해야지. 아니, 내 계집이 되는 것을 걱정할 필요는 없다. 제법 괜찮게 살게 될 테니까."

소룡 소독을 단번에 물리친 괴인이 다시 하연에게 다가서며 말했다.

"이, 더러운 놈! 차라리 날 죽여!"

하연이 다가오는 괴인을 향해 소리쳤다.

"그 말을 우린 칭찬으로 듣지."

괴인이 음습한 미소를 흘리며 말했다.

턱!

괴인의 손이 다시 하연의 멱살을 움켜쥐었다. 하지만 이번에는 하연도 몸부림을 쳐 반항했다. 일단 반항을 시작하자 괴인도 하연을 제압하는 것이 그리 쉽지 않았다.

"역시 곱게 데려갈 수는 없겠군."

괴인이 하연을 한 손으로 누르며 도를 들어 올렸다.

"죽여!"

하연이 악을 썼다.

"죽일 수는 없다. 그건 해적의 본분이 아니니까."

괴인이 고개를 저으며 칼등으로 하연을 내려치려는 순간, 갑자기 괴인의 등 뒤에 사람 그림자가 어른거렸다. 순간 괴인이 재차 하연을 내동댕이치며 몸을 옆으로 굴렸다.

"죽어라, 이 개자식아!"

소룡 소독이 검으로 괴인의 등을 내려찍으며 소리쳤다.

옆구리에 박혔던 그의 검이 어느새 그의 손에 들려 있었다. 소독이 괴인과 하연에게 다가온 발자국을 따라 검은 피가 번들거렸다.

소독이 자신을 관통한 검을 뽑아 다시 괴인을 공격할 것이라고는 누구도 예상치 못한 일이다. 그래서 괴인도 당황스러울 수밖에 없었다. 평소 독심으로 유명한 소독의 성격이 그대로 드러나는 행동이다.

하지만 소독의 검은 괴인의 등을 찌르지 못했다. 괴인이 옆으로 구른 탓에 아슬아슬하게 그의 허벅지를 찌르는 것으로 만족해야 했다. 그러나 그것만으로도 놀라운 반격이었다.

퍽!

괴인의 허벅지를 뚫고 들어간 검이 갑판에 박혔다.

"큭!"

괴인의 입에서 신음 소리가 터져 나왔다.

"이놈!"

허벅지가 검에 꿰뚫려 갑판에 박혔음에도 괴인이 도를 휘둘렀다.

"컥!"

괴인의 도가 소독의 허벅지를 깊게 벴다.

소독이 신음과 함께 괴인 옆으로 쓰러졌다.

"년놈들, 모두 죽여주마!"

괴인이 한 손으로 도를 치켜들고, 다른 한 손으로는 허벅지를 관통한 소독의 검을 잡아 빼며 소리쳤다.

그런데 그 순간 작고 가는 한 자루 검이 괴인을 찔러왔다.

제6장

검을 들다

　무한은 자신이 왜 이렇게 무모한 짓을 하는지 도저히 이해할
수 없었다.

　그러나 괴인이 미친 괴물처럼 쓰러진 소룡 소독과 하연을 죽
이려는 순간, 자신도 모르게 괴인을 향해 검을 뺄고 있었다.

　어쩌면 죽음의 위기에 처한 소룡 하연과 한순간 시선이 마주
쳤기 때문인지도 모른다. 하지만 그렇다고 그에게 하연과 소독
을 구하기 위해 자신의 목숨을 포기할 의무는 없었다.

　평소 소룡들과 특별한 친분을 맺은 것도 아니다. 오히려 묵룡
대선의 소룡들과는 아예 교류가 없었다.

　하지만 어쨌든 그는 소룡들조차 어쩌지 못한 괴인을 향해 검
을 뺄고 있었다.

　그런데 그런 무한의 검이 놀랍도록 빨랐다.

아적삼에게 배운 쾌검이 극한으로 펼쳐진 모습이다. 아니, 오히려 수련을 할 때보다 몇 배는 빨라 보였다. 혼란한 정신 상태에서 펼친 검법이라고는 믿을 수 없을 쾌검이었다.

그래서 괴인은 무한의 검이 거의 자신에게 도달했을 때쯤에야 무한의 공격을 알아챘다.

애초에 무한의 존재는 신경도 쓰지 않았던 괴인이다.

그런데 괴인으로서는 무척 곤란한 일이 있었다. 바로 움직이지 않는 그의 다리였다.

갑판에 다리를 박아버린 소독의 검을 그는 미처 제거하지 못하고 있었다. 하연과 소독을 죽이기 위해 다리에서 검을 빼려다 무한의 공격을 받자 그 기회를 놓친 것이다.

덕분에 그가 움직일 수 있는 공간이 거의 없었다.

"이 죽일 놈이!"

괴인이 무한을 향해 욕설을 토해내며 재빨리 몸을 눕혔다.

그리고 그것이 그의 두 번째 실수였다.

그는 무한의 검으로부터 자신의 몸을 보호하려 했지만, 정작 무한은 그이 몸통이 아닌 그의 팔을 노리고 있었기 때문이다.

무한은 몸을 뒤로 눕히며 도를 세워 자신의 검을 막으려는 괴인의 팔목 급소를 노렸다.

그리고 무한의 검은 정확하게 괴인의 팔목 급소를 파고들었다. 하루에도 수백 번 아적삼이 가르쳐 준 쾌검을 연습한 결과가 무의식중에 나타난 것이다.

팟!

무한의 검이 번개처럼 괴인의 팔목을 찌르고 나왔다.

"윽!"

몸을 반쯤 뒤로 눕히고 있던 괴인의 입에서 신음 소리가 터져 나왔다.

동시에 그는 자신에게 무슨 일이 일어났는지 깨달았다.

"빌어먹을!"

괴인의 입에서 욕설이 흘러나왔다.

도를 든 오른팔은 더 이상 사용할 수 없었다. 손목 힘줄이 잘려 도를 든 채 덜렁거리는 손으로는 아무것도 할 수 없었다.

그러나 괴인에게는 왼손이 남아 있었다.

쑥!

괴인이 누운 채로 자신의 다리와 배의 갑판을 동시에 뚫은 소룡 소독의 검을 빼 들었다.

그의 다리에서 붉은 피가 솟구쳤다. 하지만 괴인은 지혈 따위는 생각도 하지 않았다.

괴인이 팔과 다리에 치명적인 부상을 입고도 훌쩍 몸을 세웠다.

"온몸을 찢어 죽이겠다."

괴인이 검을 든 채 주춤주춤 뒤로 물러나는 무한을 보며 늑대처럼 으르렁거렸다.

'잘못한 거야. 내가 내 무덤을 판 거야.'

뒤늦게 후회가 밀려왔다. 도대체 왜 자신이 괴인을 공격했는지 이해할 수 없었다.

하지만 일은 이미 벌어졌고, 아마도 자신은 반드시 죽을 것이다.

'젠장, 죽을 때 죽더라도 기왕 죽는 거 검이나 제대로 휘둘러보자!'

갑자기 어디에 숨어 있었는지 전의가 솟구쳤다.

죽음에 대한 두려움은 여전했지만, 죽을 것을 각오하자 용기라는 놈이 머리를 들어 올린 것이다.

"어디 죽여봐라. 이 개자식아!"

무한이 두 손으로 검을 들어 괴인을 겨누며 소리쳤다.

"네놈 혀부터 뽑아주마."

괴인이 악귀 같은 안광을 토해내며 도를 휘둘렀다.

웅!

무한이 온 힘을 다해 괴인의 도를 막았지만, 괴인 같은 무공 고수의 공격을 받아낼 능력이 애초에 무한에게는 없었다.

캉!

무한의 검이 괴인의 도에 반토막이 나며 손에서 튕겨 나갔다.

"윽!"

검을 놓친 손에 전해지는 전율적인 괴인의 힘에 놀란 무한이 신음을 토하며 주춤 뒤로 물러났다. 그러다가 갑판에 깔린 작은 턱에 뒷발이 걸렸다.

"엇!"

무한이 몸의 중심을 잃고 우당탕거리며 엉덩방아를 찧었다.

그런 무한을 향해 괴인이 다가왔다.

"온몸을 마디마디 부숴주마."

콱!

"악!"

괴인이 들고 있던 검을 갑판에 꽂더니 맨손으로 무한의 오른쪽 어깨를 움켜쥐었다.

우두둑!

"악!"

무한의 입에서 비명이 터져 나왔다.

괴인의 왼손에 실린 강력한 공력이 무한의 어깨뼈를 탈골시킨 것이다. 어쩌면 뼈가 부서졌을 수도 있었다.

"엄살 피우지 마라. 이제 겨우 시작인데."

괴인이 무한의 팔을 완전히 뽑아버리려는 듯 손으로는 무한의 팔목을 잡고 발로 무한의 가슴을 짓누르며 말했다.

"죽여!"

무한이 고통을 잊으려는 듯 악을 쓰며 소리쳤다.

"좀 더 즐긴 후에!"

괴인이 정말 즐거운지 미소를 지으며 대답했다. 소름 끼치는 악마의 미소다.

"이 악마……."

"후후, 악마란 말은 내게 너무 고마운 칭찬이지."

괴인이 무한의 팔을 당기며 실소를 흘렸다.

그런데 그 순간, 갑자기 한 줄기 빛이 무한의 팔을 잡아당기는 괴인의 왼팔을 향해 뻗어왔다.

번쩍!

"억!"

괴인의 입에서 당혹스러운 음성이 흘러나왔다. 그의 눈이 본능적으로 자신의 팔로 향했다.

그러자 현실 같지 않은 광경이 그의 눈에 들어왔다.

그의 손은 여전히 무한의 팔을 잡아당기고 있었지만, 그 팔은 그의 몸에서 떨어져 나가 있었다.

잘려 나간 팔의 단면은 너무 매끄러웠다. 오랜 세월 요리를 해 온 요리사가 단번에 잘라낸 고기처럼 어떤 흠집도 보이지 않았다.

그러나 그것도 한순간, 너무 빨리 잘려 나가 미처 피조차 흐르지 않았던 팔에서 피가 쏟아지기 시작했다.

그 순간 괴인이 정말 괴수 같은 비명을 질러댔다.

"크아악!"

"헉!"

무한은 휘둘러지는 괴인의 팔에서 쏟아지는 피가 그를 덮치자 헛바람을 토해내며 재빨리 몸을 옆으로 굴렸다.

그러면서도 시선은 여전히 괴인을 향해 있었다.

그때 무한에게 오른 손목 급소를 찔리고, 다시 왼팔이 잘려 나간 괴인의 심장을 한 자루 검이 관통하고 있었다.

"끄으윽!"

괴인이 고통스러운 신음 소리를 내뱉었다.

"악마란 말을 좋아한다고? 악마란 본래 지옥에 있어야 어울리지. 네게 어울리는 곳으로 보내주마!"

괴인의 심장에 검을 꽂아 넣은 사내가 괴인을 보며 중얼거렸다.

"독… 안룡!"

"날 아는군. 그럼 살지 못한다는 것도 알겠군."

콱!

독안룡 탑살이 괴인의 가슴에 꽂힌 검을 좀 더 깊게 박아 넣었다가 쑥 뺐다.

그러자 이미 숨이 끊긴 괴인의 몸이 갑판으로 쓰러졌다.

"너 따위가 누울 묵룡대선이 아니다."

독안룡 탑살이 쓰러지는 괴인의 목덜미를 잡아 바다에 집어던져 버렸다.

푸른 달빛이 핏빛으로 변해 있었다. 얼굴에 괴인의 피를 뒤집어썼기 때문일 수도 있지만, 묵룡대선에서 벌어지는 혈전으로 인해 배가 사람들의 피로 물들었기 때문일 수도 있었다.

"괜찮으냐?"

정신이 반쯤 나가 있는 무한의 귀에 거역할 수 없는 힘이 느껴지는 목소리가 들렸다.

"예? …예!"

무한이 자신을 바라보고 있는 독안룡 탑살의 물음에 얼떨결에 대답했다.

"오른쪽 손가락을 움직여 봐라."

독안룡이 다시 말했다.

그러자 무한이 즉시 손가락을 움직였다.

"윽!"

손가락을 움직이자 부서진 어깨의 신경도 같이 움직여 뜨거운 고통이 일어났다.

"어깨가 크게 상한 것 같구나. 하지만 손가락을 움직일 수 있으니 신경이 끊어진 것은 아니다. 어깨를 최대한 움직이지 말거라. 나중에 치료해 주마."

"예, 선장님!"

무한이 얼른 대답했다.

그러자 독안룡 탑살이 소룡 하연과 소독을 돌아보며 말했다.

"너희들은 더 이상 싸움에 관여치 말라. 이 아이가 너희들 목숨을 지켰으니, 이젠 너희들이 이 아이를 지켜라."

탑살의 뜻밖의 명에 소독과 하연이 놀란 표정을 짓다가 독안룡 탑살과 시선이 닿자 이내 명령에 복종했다.

"알겠습니다."

소독이 대답했다.

"무인의 계산법은 그렇다. 목숨을 빚졌으면 목숨으로 갚는다. 오늘 이 아이의 목숨을 지키는 것이 곧 무인으로서 너희들의 명예를 지키는 일이다. 알겠느냐?"

독안룡 탑살이 다시 두 사람에게 그들이 무한을 지켜야 하는 이유를 좀 더 정확하게 설명했다.

"예, 선장님!"

탑살의 설명에 수긍한 소독와 하연이 동시에 대답했다.

"좋아. 그럼 이곳은 너희들에게 맡기마."

독안룡 탑살이 고개를 한번 끄떡이고는 훌쩍 몸을 날렸다.

어느새 독안룡은 묵룡대선의 선원들과 혈전을 벌이고 있는 괴인들을 향해 날아갔다.

"묵룡대선을 침범한 자, 누구라도 살아 돌아갈 수 없다. 나 탑살이 있는 한!"

싸움은 순식간에 끝이 났다.

기습적으로 묵룡대선의 후미를 공격해 망루가 있는 배의 중심까지 진출했던 괴인들은 독안룡 탑살이 묵룡대선으로 돌아온 순간부터 급격하게 소멸되기 시작했다.

독안룡 탑살의 위력은 그의 무공에서만 기인하는 것이 아니었다.

그는 싸움의 판세를 읽는 노련한 눈이 있었고, 정확하게 누굴 죽여야 이 싸움의 전세가 바뀌는지도 알고 있었다.

그래서 그가 묵룡대선으로 돌아와 무한을 죽이려던 괴인을 죽이고 연이어 두 명의 괴인을 더 죽이자, 나머지 괴인들은 기둥이 무너진 집처럼 허물어지기 시작했다.

더불어 독안룡의 존재가 용전사들과 선원들에게 전의를 불어넣어 준 것도 전세가 바뀐 큰 이유였다.

어쨌든 그렇게 묵룡대선에 침입했던 괴인들은 거의 죽거나 일부만 다시 바닷속으로 뛰어들었다.

대신 독안룡 탑살이 포기해야 하는 것도 있었다.

묵룡대선이 위험에 처하자 그와 용전사들도 적선을 완전히 장악하지 못하고 후퇴했던 것이다.

그사이 두 배의 거리가 다시 멀어졌고, 귀선의 괴인들은 상당한 피해를 입었지만 여전히 건재했다.

더군다나 귀선은 도주하지 않고 재차 묵룡대선을 공격할 준비까지 하고 있었다.

독안룡 탑살은 묵룡대선에서 적들을 완전히 몰아낸 후, 총관 함로에게 배의 재정비를 맡기고 자신은 망루에 올라 귀선을 살피기 시작했다.

"지독한 놈들이군. 배가 저렇게 부서졌는데……."

지친 몸으로 무한을 지키고 있던 소독이 난간에 기대 일정한 거리를 두고 묵룡대선을 따르고 있는 귀선을 보며 혀를 내둘렀다.

몸에 엄청난 부상을 입고 있지만 소독은 아무런 부상도 입지 않은 사람처럼 행동했다. 독한 것은 따라오는 귀선이 아니라 아마도 소독 자신일 것이다.

"대체 어떤 자들일까?"

하연이 미간을 찌푸리며 물었다.

"단순한 해적들 같지는 않아. 해적들이라면 감히 묵룡대선을 공격할 엄두를 내지 못했을 거야."

소독이 대답했다.

"이 바다에 저런 자들이 있다는 이야기는 듣지 못했잖아?"

"그러게 말이야. 그동안 배운 해적 집단 중에서 저런 모습을 한 자들은 없었던 것 같은데……."

소룡들의 수련에는 묵룡대선이 항해하는 모든 바다에서 활동하는 세력들에 대한 공부도 포함되어 있었다. 그중에서도 가장 중요한 지식 중 하나가 해적들에 대한 것이었다. 누가 뭐래도 묵룡대선이 상선이기 때문이다.

"선장님은 아실까?"

하연이 어느새 묵룡대선의 망루에 올라가 귀선을 응시하고 있는 독안룡 탑살을 바라보며 말했다.

"당연히 아실 것 같은데."

소독이 말꼬리를 흐렸다.

세상의 바다에서 독안룡 탑살은 제왕이다. 역사상 가장 강력했다는 마종 흑라의 침입을 바다에서 막아낸 그다.

그러므로 육주의 바다에 대한 그의 지식은 방대했다. 바다 위 작은 섬의 존재조차 그 특징을 알고 있을 정도였다.

그러므로 당연히 탑살이 귀선의 정체에 대해 알고 있을 거란 생각을 하는 소독이었다. 하지만 그렇다고 확신할 수 없는 일이었다.

그렇게 무한을 가운데 두고 소독과 하연이 귀선의 정체에 대해 대화를 나누고 있는 곳에, 불쑥 아적삼이 다가왔다.

"칸, 많이 다친 거냐?"

묵룡대선의 모든 선원들은 싸움의 뒤처리를 하느라 분주했다. 그래서 아적삼 역시 뒤늦게 무한을 살펴보러 온 것이다.

"팔이 조금……."

무한이 오른쪽 팔을 왼손으로 잡은 채로 말했다.

"설마 못 쓰게 된 거냐?"

아적삼이 화들짝 놀라 되물었다. 그는 지금까지 무한이 그렇게 큰 부상을 입은 줄 모르고 있었다.

"선장님께서 탈골이 되고 뼈가 부서지기는 했지만 신경은 살아 있으니 치료할 수 있다고 하셨어요. 나중에 치료해 주신다고……."

"아이쿠, 불행 중 다행이네. 이 개 같은 놈들이 대체 어디서 몰려와서는!"

아적삼이 화를 내며 묵룡대선 뒤쪽으로 보이는 귀선을 향해 눈을 부라렸다.

"아저씨는 괜찮으세요?"

무한이 물었다.

"두어 곳 상처는 났지만 괜찮다. 이쯤이야 뭐 상처도 아니고⋯ 아, 소룡들께서는 괜찮으신가?"

아적삼이 뒤늦게 소룡 소독과 하연의 상태를 물었다.

소룡들은 묵룡대선의 미래를 책임질 사람들이지만 그렇다고 묵룡대선의 선원들과 다른 신분으로 취급받지는 않았다.

독안룡 탑살이 묵룡대선을 한가족처럼 단단하게 이끌어가는 것은 맡은 일에 상관없이 그 구성원 한 명, 한 명을 차별 없이 존중하기 때문이다.

그래서 비록 무공을 지니지 못한 일개 선원이지만 소룡들보다 오랜 세월 묵룡대선의 선원으로 지낸 아적삼이 소룡들을 편하게 대할 수 있었다.

존중은 하지만, 그렇다고 비굴할 필요도 없는 관계인 것이다.

"저희들은 괜찮습니다. 조금 다치기는 했지만, 모두 여기 소형제 덕분이지요."

소독이 대답했다.

"칸의 덕분이라니⋯ 그게 무슨 말이신가?"

아적삼은 무한이 하연과 소독을 괴인 고수의 손에서 구한 사실을 모르고 있었다.

물론 이들과 함께 있는 것으로 보아 함께 싸웠다는 것 정도는 짐작할 수 있었다. 하지만 그 경우라도 무한이 도움을 받으면 받았지 도와줄 실력은 아니었다.

"칸 형제의 팔이 다친 것은 놈들에게서 우리 목숨을 구하려다 그렇게 된 겁니다. 우리에겐 목숨의 은인이지요. 그래서 선장께서도 우리에게 싸움이 끝날 때까지 칸 형제를 지키라고 특별히 명을 하셨습니다. 무인은 목숨의 은혜를 입었으면 목숨으로 갚은 것이라면서……."

"어? 그런 일이… 어떻게 한 거냐?"

아적삼이 여전히 소독이 한 말을 믿을 수 없다는 표정으로 무한에게 물었다.

"어쩌다 보니 그렇게 됐어요. 솔직히 제정신으로 한 일도 아니고요. 사실 운이 좋았던 거죠."

무한이 어깨를 으쓱하며 겸연쩍은 표정으로 말했다.

"아무리 운이 좋아도……."

"때마침 선장님께서 도와주시지 않았다면 꼼짝 없이 이 팔이 뽑힐 뻔했어요. 에이, 다시 생각해도 오싹하네. 악마 같은 놈. 죽이려면 그냥 죽이지 팔을 뽑으려고 하다니."

무한이 괴인이 하려던 짓이 떠오르자 소름이 끼치는지 치를 떨며 욕설을 내뱉었다.

"야! 미친놈아! 대체 무슨 생각으로 그런 괴물을 공격한 거야?"

무한의 무모했던 싸움을 알게 된 아적삼이 무한에게 소리쳤다.

"제정신이 아니었다니까요."

"아무리 그래도 그렇지, 그게 무슨……!"

아적삼이 다시 무한을 다그치려다가 급히 입을 닫았다. 그의 말대로라면 소룡 소독와 하연을 죽게 두었어야 한다는 말이 되기 때문이었다.

"뭐, 전부 다 살았으면 됐죠."

무한이 웃으며 대답했다.

"그래… 뭐, 그렇긴 하다만."

아적삼도 소독과 하연을 의식해 말을 얼버무렸다.

그러자 소독이 말했다.

"소형제의 이름이 칸이라고 했지?"

"예, 소룡 님!"

"소룡 님은 무슨! 나이도 얼추 비슷한데 그냥 형님이라고 불러."

"예? 형님이요?"

무한이 갑작스러운 소독의 제안에 놀란 표정으로 되물었다.

"본래 이 묵룡대선에선 맡은 일의 차이는 있어도 신분의 차별이 없어. 그렇지 않나요?"

소독이 아적삼에게 물었다.

"그야… 그렇지. 물론 그래도 우리 소룡 님들이야 좀 다른 존재지만."

"다르긴요. 다 같은 묵룡대선의 사람이죠. 아무튼 그러니까 칸 아우가 날 형님이라고 부른다고 해서 이상할 것은 없어. 더군다나 칸 아우는 내 생명의 은인이니 날 형님으로 대해주면 오히려 내가 고마운 일이지."

"그럼 난 누님이 되는 건가?"

소룡 하연이 소독의 말에 맞장구를 쳤다.

"그, 그것이……."

어제까지, 아니, 방금 전까지 무한에게 소룡들은 다른 세계의 사람들이었다. 묵룡대선에선 아무리 신분의 차이가 없다 해도 소룡들은 특별한 존재들이었다.

그런 사람들과 호형호제하는 것이 부담스럽지 않을 수 없는 무한이었다.

무한의 생각을 아는지 소독이 다시 입을 열었다.

"당장이야 어색할 수 있지만 함께 지내다 보면 익숙해질 거야. 그리고 우리도 그리 잘난 놈들은 아니고. 아무튼 아저씨가 오셨으니 우린 그만 가볼게. 솔직히 나도 지금 서 있기도 힘든 지경이라. 곧 다시 보자."

소독이 괴인에게 찔린 옆구리와 다리를 만지며 말했다.

"예… 예."

무한이 얼떨결에 고개를 숙이며 대답했다.

"좋아. 그럼 우린 그만 가자."

소독이 하연에게 말했다.

"그래. 동생! 나중에 봐."

하연이 무한에게 부드럽게 말하고는 소독을 부축해서 중앙 선실이 있는 곳으로 걸어갔다.

"그것참… 이상한 일일세."

선실로 들어가는 소독과 하연을 보며 아적삼이 중얼거렸다.

"그러게요. 갑자기 형, 동생을 하자니……."

무한이 대답했다.

"그게 이상하다는 게 아니라."

"그럼 뭐요?"

"본래 이번 항해에 동행한 소룡들 중 으뜸은 소독이지. 그런데 저 친구는 성격이 무척 냉정하고 독하다고 알려졌거든."

"그런가요? 하긴 쉽게 다가갈 수 없는 사람인 것 같긴 해요."

무한이 고개를 끄떡였다.

"그런데 널 대하는 걸 보니 생각보다 부드러운데?"

"내가 목숨을 구해줘서 그런가 보죠."

"아니, 아니야. 어쩌면 겉으로 보는 것과 달리 정이 많은 사람일 수도 있겠어. 그런 의미에서 잘 사귀어봐."

"예?"

"신분의 차이가 없다지만 소룡들은 언제가 묵룡대선의 주인이 될 사람들이지. 소룡들 중에서 선장님의 후계자가 결정될 것이라 소룡들 간 경쟁도 치열하고. 그중 가장 주목을 받는 친구가 바로 소독이야. 그러니까 나중을 위해서라도 친해두면 나쁠 것 없지."

"그 말은 다른 소룡들도 있다는 건가요? 묵룡대선에 탄 사람들 말고?"

"그럼 설마 묵룡대선의 운명을 저들 다섯 소룡들에게만 맡겨두었겠어? 나도 정확한 위치는 모르지만 세상 사람들이 모르는 비처에서 소룡들이 성장하고 있단다. 평소에는 육지에서 무공과 지식을 익히고, 그중 다섯씩 짝을 지어 교대로 묵룡대선에 올라 바다에서의 경험을 쌓는 거지. 운이 좋으면 오늘처럼 실전 경험을 할 수도 있고."

"세상에 알려진 것과는 다르다는 거군요."

"뭐가?"

"묵룡대선은 오직 바다에만 존재한다고 알려졌잖아요. 물론 작은 거점들이야 주요 항구마다 있겠지만……."

"음, 이 배 한 척만으론 살아갈 수는 없는 세상이니까. 가장 중요한 거점 중 하나가 이 항해의 목적지인 봄섬이라는 곳이야. 상춘도라고도 부르는 곳이지. 무산열도 서쪽에 치우친 작은 섬이지."

"봄섬… 그곳에 다른 소룡들이 있나요?"

"그건 아니야. 소룡들의 거처는 비밀이야."

"어딘지 모르신다는 건 가보지 않은 곳이란 뜻이죠?"

무한이 물었다.

"뭐. 소룡들의 수련처는 선원들이 갈 수 있는 곳은 아니지. 가끔 봄섬에 올 때는 만나지만. 이번에 보게 될 거야. 봄섬에 도착하면. 그들도 선장님을 뵈러 와야 하니까."

아적삼이 어깨를 으쓱하며 대답했다.

"생각보다 체계적이군요."

"그런 준비 없이 배 한 척으로 세상의 바다를 지배할 수는 없는 일이다. 그나저나 저 새끼들은 언제까지 따라오려나?"

아적삼이 화제를 바꿨다. 그의 시선이 묵룡대선 뒤쪽에서 일정한 거리를 두고 따라오고 있는 귀선으로 향했다.

"또 싸우려 할까요?"

"이대로 끝나지는 않을 거 같은데. 선장께서 싸움을 피하시려

했다면 배의 속도를 높여 놈들을 따돌렸을 것이고, 놈들도 해적질을 포기했다면 우릴 따라오지 않을 테니까. 싸우긴 싸울 건데 일단 서로 전열을 정비할 시간이 필요한 거지. 그래도 이렇게는 너무 불안한데. 제대로 휴식을 취할 수도 없고… 어?"

갑자가 아적삼이 놀란 듯한 표정을 지었다.

"왜요?"

"푸른 깃발이 올랐어."

"푸른 깃발이라뇨?"

무한이 뒤를 돌아보며 되물었다.

무한의 눈에 묵룡대선을 쫓고 있는 해적선 선수에 푸른 깃발이 펄럭이는 것이 보였다.

"푸른 깃발은 바다에서 교전 중 상대에게 일시적인 휴전을 제의하는 거다. 이쪽에서도 푸른 깃발을 올리면 휴전은 성립된다. 청기가 내려질 때까지. 하지만……."

아적삼이 이해가 가지 않는다는 듯 고개를 갸웃했다.

"왜요? 서로 휴식이 필요하면 푸른 깃발을 올릴 수도 있잖아요?"

"그렇긴 한데… 그건 정상적인 세력들 간의 싸움에서나 있는 일이야. 해적 놈들이 푸른 깃발을 올려 휴전을 청한다는 소리는 들어본 적 없다. 주제넘은 짓이지."

아적삼이 퉁명스럽게 말했다.

해적 주제에 청기를 올려 묵룡대선에 휴전을 청한 것이 가소롭게 느껴지는 모양이었다.

그런데 그 순간, 묵룡대선의 망루에서도 푸른색 깃발이 올라갔다.

"휴전을 받으셨어요!"

무한이 망루에 깃발이 걸리는 것을 발견하고 소리쳤다.

"음… 역시 알고 계신 건가?"

"뭘요?"

"놈들의 정체 말이다. 만약 단순한 해적이었다면 묵룡대선의 체면 때문에라도 푸른 깃발을 무시했을 것인데…….."

"단순한 해적이 아니라는 말이죠?"

"그런 것 같구나. 누굴까?"

아적삼이 망루의 독안룡 탑살을 보며 중얼거렸다. 그때 선실 쪽에서 이문술이 아적삼에게 소리쳤다.

"뭣들 하고 있어? 와서 밥 먹어! 굶어 죽을 거야? 칼 맞아 죽지 않아서 서운해?"

"에라, 이놈아. 형님에게 하는 말투하고는!"

아적삼이 이문술을 보며 욕설을 해댔다.

"흐흐흐, 형님이라니. 내 덕에 목숨 붙어 있는 주제에. 내가 두 번 구해줬다."

"내가 세 번 구해준 건 잊었냐?"

"글쎄, 난 기억에 없는데? 아무튼 와서 밥들이나 처먹어, 괜히 청승 떨지 말고."

이문술이 걸쭉한 농담을 해대고는 선실 안으로 들어갔다.

"가자. 일단 배를 채우고 상처를 치료하자꾸나. 아니지. 상처는 선장님이 치료해 주신다고 했다고?"

"예, 그렇게 말씀하셨어요."

"음, 이 정도 상처는 산 의원도 충분히 치료할 수 있는데 이상한 일이군. 산 의원님이 치료하지 못할 정도는 아닌 것 같은데."

아적삼의 표정이 조금 불안해 보였다.

"걱정해야 돼요?"

아적삼의 표정을 읽은 무한이 조심스럽게 물었다.

"아니다. 다만, 에이 아니다. 선장님의 관심을 받으며 좋지 뭐. 나보다야. 기왕에 검을 배운 이상… 아무튼 칸, 너도 평범한 인생을 살기는 그른 모양이다."

"무슨 말씀이세요?"

"시작부터 이렇게 특별하고 독한 놈과 싸웠으니 말이다. 후우… 이렇게 전사가 되어가는 것이지. 운명이 그렇다면. 가자. 일단 배를 채우자."

아적삼이 고개를 저으며 알 수 없는 말을 중얼거리고는 무한을 부축해 선실로 향했다.

*　　　　*　　　　*

잘 구워진 고기들, 가슴을 뜨겁게 만드는 독주!

아마도 무한이 묵룡대선에 구조된 이후 가장 풍성한 음식일 것이다.

혈전을 치르고 난 선원들에게 제공된 음식은 행복감을 느끼게 할 정도였다.

하긴 이런 날 저녁이 푸짐하지 않으면 어느 때 식사가 풍성할까 싶은 날이긴 했다.

목숨을 내놓고 싸운 자라면 누구나 하룻저녁 훌륭한 식사를 받을 자격이 있었다.

무한도 풍성한 저녁을 마음껏 즐겼다.

독안룡 탑살이 치료를 해준다고 했지만, 그래도 묵룡대선에서 선원들의 건강을 책임지는 의원 산자노가 다친 어깨가 더 이상 움직이지 않도록 붕대로 단단히 감아줬기에 성한 왼손으로 음식을 먹는 것은 어렵지 않았다.

그렇다고 저녁 식사가 길지는 않았다. 언제라도 적선에서 푸른 깃발을 거두면 싸움이 시작될 것이기 때문이다.

술에 만취하는 사람도 없었다. 선원들은 그저 하루 낮, 생사의 갈림길에서 오그라들었을 심장을 따뜻하게 데워줄 정도만 독주를 마셨다.

채 반시진이 걸리지 않아 끝난 풍요로운 저녁 만찬 후에는 모든 선원들이 각자의 위치로 돌아갔다.

몸이 성한 사람들은 갑판 위로 올라가 적선을 경계했다. 그들은 잠도 갑판에서 자게 될 것이다.

휴전의 약속이 있지만 적선이 손을 뻗으면 닿을 거리에서 함께 이동 중이었다. 그 와중에 감히 선실에 들어가 편한 잠자리를 찾을 선원은 없었다.

부상자들만이 선실로 들어가 휴식을 취했다. 물론 개중에 부상이 깊은 사람들은 의원이 환자를 치료하는 의원 선실로 옮겨져 치료를 받았다.

무한 역시 그런 부상자 중 한 명이었다.

하지만 의원의 선실에 머물기는 했지만, 의원의 치료를 제대로 받는 것은 아니었다.

그는 그곳에서 독안룡 탑살을 기다리고 있었다.

"그냥 치료해 주시면 안 돼요?"

기다림은 무한을 불안하게 만들었다. 독안룡 탑살은 자정이 다 될 때까지도 의원의 선실에 나타나지 않았다.

그래서 무한은 의원 산자노에게 자신을 치료해 줄 것을 부탁했다.

의원 산자노는 두 명의 보조 의원을 데리고 묵룡대선의 선원들의 건강을 책임지고 있었다.

"안 돼."

괴인들의 공격에 팔이 잘린 선원을 치료하고 있던 산자노가 냉정하게 대답했다.

"하지만 이렇게 시간을 보내다가는 팔을 영영 못 쓸 수도 있잖아요? 선장님이 약속을 잊으셨을 수도 있고요."

무한의 투덜거렸다.

그러자 의원 산자노가 상처를 꿰매던 피 묻은 바늘을 든 채 무한을 돌아보며 말했다.

"내가 그렇게 엉성해 보이냐?"

"예?"

"네놈 팔이 못 쓰게 될 것 같았으면 이미 손을 썼다는 말이다. 내가 볼 때, 넌 그 상태로 치료 안 해도 닷새쯤은 버틸 수 있어. 그때 치료해도 늦지 않다는 거지. 그러니까 기다려. 더군다나 선장님은 당신이 한 약속을 잊는 분이 아니야. 그 상대가 아무리 어린 너라도 말이다."

"하지만……."

"어허! 이놈이! 어른이 말하면 입 닥치고 시키는 대로 해. 아예 선실로 보내 버리기 전에."

산자노가 호통을 쳤다.

그러자 무한이 어쩔 수 없이 입을 닫았다.

"잘 들어. 물론 나도 네 어깨를 치료할 수 있다. 하지만 내가 치료하면 완전히 회복하는 데 두어 달이 걸릴 거야. 상처는 쉽게 아물어도 근육 안쪽에 파열된 연골과 뼈는 쉽게 아물지 않을 테니까. 하지만 선장님이 치료를 도와주시면 열흘이면 족하지."

"정말요?"

무한이 다시 입을 열었다.

"햐! 이 새끼가 정말… 왜 사람 말을 그렇게 못 믿어? 어린놈이 왜 이렇게 의심병 환자가 됐냐? 너 기억도 없다며?"

산자노가 무한에게 눈을 부라렸다.

"아뇨, 아뇨. 믿지 못하는 게 아니라 신기해서 그렇죠. 선장님의 치료법은 뭐가 특별한가요? 아니면 선장님이 의원님보다 의술이 더 뛰어난가요?"

"그놈 참 말 많네. 의술로 말하자면 선장님이 나보다 나을 수 없지. 내가 말이야. 배를 타고 있어서 그렇지 육주의 큰 성에서 의원 노릇을 하면 금방 부자가 될 거다."

"그런데 왜 배를 타세요?"

"사는 데 재물이 전부는 아니니까. 묵룡대선을 타면 보통 사람들이 가보지 못한 세계를 여행할 수 있거든. 또 묵룡대선의 선원이란 명예는 제법 가치가 있지."

"그렇군요. 의원님은 재물보다 명예를 중시하시는 분이군요."

무한이 고개를 끄떡였다.

"그럼, 사내라면 당연히 재물보다 명예지."

산자노가 대답했다.

"그런데 선장님의 의술이 의원님보다 나은 것이 아니라면 어떻게 제 회복 속도가 의원님이 치료했을 때보다 더 빠를 수 있는 거죠?"

"그게 바로 무인의 힘, 내공의 힘이지."

"내공의 힘이요?"

"그래. 말하자면 이런 거다. 병을 진단하고, 약을 처방하는 것은 고유의 의술이지. 그런데 뼈와 근육의 부상을 치료하는 부분에서는 고유의 의술보다 무인들의 내공이 유용하게 쓰인다. 내공의 힘이란 것이 참 오묘해서 피를 빠르게 흐르게 할 수도 있고, 몸의 기운을 북돋아 뼈와 살에 생명력을 불어넣기도 하거든. 물론… 그렇게까지 하려면 엄청난 내공을 가지고 있어야 하지. 네놈은 운 좋게도 그런 선장님을 만난 거고."

산자노가 독안룡 탑살이 어떻게 무한을 치료할 것인지 자세하게 설명했다.

"무공이란 참 재미있는 거군요."

무한이 중얼거렸다.

"재밌다고? 하여간 이상한 놈이야. 무공을 그렇게 말하는 놈은 또 처음 보네. 본래는 무척 위험한 것이라고들 생각하는데."

"그야 뭐 사람 죽이는 데 쓰니까 그렇죠."

"그러니 말이다. 하긴, 생각해 보면 칼이라는 것도 사람을 죽이면 흉기고, 살리면 의술의 도구지. 요리하는 사람이 쓰면 요리의 도구고… 쓰는 사람에게 달린 문제긴 해. 아무튼 그러니까 넌 행운인 줄 알고 침상에 자빠져 있어."

"알았어요."

무한이 걱정할 게 없어진 사람처럼 침상에 벌렁 누웠다.

"아얏!"

침상에 눕느라 다친 어깨에 충격을 받은 무한이 비명을 내질렀다.

"어이구, 저 칠칠치 못한 놈. 대체 선장께서는 저런 놈의 어디를 보고……."

산자노가 고개를 저으며 투덜거렸다.

"뭐, 적과 싸우다 다친 사람, 선장님이 치료해 주시는 게 큰 문젠가요?"

무한이 누운 채로 반박했다.

"그게 아니라 이놈아, 내공으로 누군가의 상처를 치료한다는 것은 곧 무종을… 에이, 나중에 선장님께 들어라."

"무종을 뭐요?"

"그만 입 닥치고 잠이나 자. 난 바쁘니까. 더 해줄 말도 없고."

산자노가 손을 내저으며 입을 닫았다.

무한도 부상자 치료로 바쁜 산자노를 더 이상 방해하지 않고 잠을 청했다.

그런 무한을 독안룡 탑살이 찾아온 것은 자정이 넘어서였다.

"그래도 제가 돕는 것이……"

산자노가 조심스럽게 말했다.

탑살이 무한을 그의 선실로 데려가 치료하겠다고 했기 때문이다.

의원 입장에서 볼 때 무한의 부상을 치료하는 데는 무인의 힘만으론 한계가 있었다.

"한 시진 정도 데리고 있다가 다시 이리로 보내지. 이후에는 산 의원이 맡아 치료하면 되고."

"알겠습니다."

산자노가 더 이상 고집을 부리지 않았다.

무인들이 자신의 공력을 사용할 때 외인에게 노출되는 것을 꺼려한다는 것을 알고 있기 때문이다. 그 상대가 비록 묵룡대선의 의원이라 해도 마찬가지였다.

"가자."

독안룡 탑살이 긴장한 표정으로 서 있는 무한에게 말하고는 산자노의 선실을 벗어났다.

무한이 잠시 머뭇거리다가 산자노가 눈짓으로 재촉하자 서둘러 독안룡 탑살을 따라 걸음을 옮겼다.

묵룡대선에 평소 탑살이 사용하는 선실은 두 개다. 조타실 위쪽, 망루에 붙어 있는 선실과 갑판 아래쪽에 마련된 선실이었다.

낮에는 주로 망루에 붙어 있는 선실에 머물고, 밤에는 갑판 아래 선실로 내려와 휴식을 취했다.

탑살이 무한을 데려간 곳은 망루 쪽 선실이었다. 조용한 치료를 위해 산자노의 동행조차 거부한 탑살의 선택으로는 이상한 선택이었다.

망루 옆 선실 역시 독립된 공간이기는 하지만 사방으로 창이 있어 외부의 시선에 노출될 수도 있었기 때문이다. 그럼에도 불구하고 탑살은 무한을 망루의 선실로 데려갔다.

선실은 포도주빛이 도는 목재로 만들어져 있었다. 오래된 목재임에도 수시로 기름칠을 해서인지 상한 곳이 없다.

질 좋은 목재를 사용한 것 외에는 화려한 장식이나 가구들은 찾아볼 수가 없는, 투박한 모습을 하고 있는 선장실이다.

선실에 들어선 탑살은 먼저 망루 쪽으로 걸어나가 묵룡대선의 뒤를 따르고 있는 귀선을 살폈다.

귀선의 선수에는 여전히 푸른 깃발이 펄럭이고 있었다. 아직은 싸울 마음이 없다는 의미다.

귀선의 동태를 확인한 탑살이 망루 아래를 보며 명을 내렸다.

"한 시진 동안 선실의 출입을 금한다."

"예, 선장님!"

선실 아래쪽에서 경비를 서던 용전사가 즉시 대답했다.

탑살이 다시 한번 주위를 살핀 후 문을 잠그며 무한에게 말했다.

"앉거라."

탑살의 명에 무한이 엉거주춤한 표정을 지었다. 선실에 의자가 있기는 했지만 탑살의 의자일 텐데 설마 그 의자에 앉으란 말인가 싶었던 것이다.

"바닥에 앉거라. 그래야 치료하기 편해."

탑살이 다시 말했다. 그제야 무한이 선실 바닥에 자리를 잡고 앉았다.

"기억이 없다고 했지?"

선실 바닥에 앉은 무한에게 다가서며 탑살이 물었다.

"예……."

"그럼 이전에 누군가에게 무종의 씨앗을 받았는지 알 수 없겠구나."

무한이 설마 자신에게 누군가의 무공이 전해졌을 리가 없다는 듯 고개를 저었다.

"기억이 없으니 모를 일이지. 내가 살펴보겠다. 괜찮겠지?"

"물론입니다."

무한이 얼른 고개를 끄떡였다.

그러자 탑살이 무한의 등 뒤로 돌아갔다.

"호흡을 편하게 하고 마음을 안정시켜라. 내 손이 닿으면 약간의 열기가 느껴질 것인데 놀라지 말고."

"예, 선장님!"

무한이 긴장한 표정으로 대답했다.

무한의 대답을 들은 독안룡 탑살이 한 손을 무한의 등에 댔다.

화로의 뜨거움은 아니지만 햇살의 따사로움보다는 강한 열기가 등을 통해 무한에게 밀려들어 왔다.

이미 탑살이 주의를 주었기에 그리 놀라지 않았지만, 이 이상한 느낌은 본능적으로 그의 몸을 긴장시켰다.

"몸에 힘을 빼라."

탑살이 조용하게 주의를 줬다.

무한이 그 소리를 듣고 의식적으로 몸에 힘을 뺐다. 그러자 탑살의 손에서 전해지는 따뜻한 열기가 그의 등에서 시작해 전신으로 퍼져 나가기 시작했다.

'이 느낌… 아버지의 손길과 같아.'

문득 무한이 철사자 무곤을 떠올렸다.

탑살의 손을 통해 몸으로 들어와 전신으로 퍼져 나가는 이 열기는 어린 시절 철사자 무곤이 무한의 몸을 어루만질 때 느꼈던 바로 그 기운이었기 때문이다.

그러자 갑자기 무한의 마음이 평온해졌다. 아닌 줄 알지만 지금 등 뒤에서 그의 등에 손을 대고 있는 사람이 독안룡 탑살이 아니라 아버지 철사자 무곤인 것처럼 느껴졌다.

무한의 눈이 자연스럽게 감겼다.

눈을 뜨고 있으면 등에 손을 대고 있는 사람이 철사자 무곤이 아닌 탑살이라는 것이 너무 분명해 잠시라도 그 사실을 잊고 싶었기 때문이다.

'오랜만이야.'

무한은 실로 오랜만에 마음이 편해지는 것을 느꼈다. 아버지가 떠난 이후 단 한 번도 느껴보지 못한 편안함이었다.

그래서일까. 무한은 눈을 뜨고 싶지 않았다. 오늘 밤이 끝날 때까지 이 따스함을 느끼고 싶었다.

그러나 그런 무한의 바람은 너무 빨리 끝났다.

"됐다."

채 일각이 지나기도 전에 탑살의 손이 무한의 등에서 떨어져 나갔다.

한순간에 무한의 평온은 깨졌다. 눈을 뜨자 낮에 혈전이 펼쳐졌던 묵룡대선이 눈에 들어왔다. 냉혹한 현실로 돌아온 것이다.

"잠시 쉬거라. 일각 후에 치료를 시작하겠다."

탑살이 무심하게 말했다.

"예."

무한의 대답을 들은 탑살이 자리에서 일어나 평소 그가 앉는 의자에 걸터앉았다.

이후 탑살은 뭔가를 고민하는 사람처럼 한동안 푸른빛을 쏟아내고 있는 바다 위 보름달을 무심한 시선으로 바라보았다.

그리고 일각이 지난 후 천천히 자리에서 일어나며 말했다.

"시작하자!"

제7장

푸른 달빛 아래 뿌려진 무(武)의 씨앗

'지루해.'

무한이 속으로 한숨을 내쉬었다.

치료를 시작하겠다고 한 독안룡 탑살이 치료는 하지 않고 몇 가지 숨을 쉬는 법에 대해 벌써 세 번째 설명을 하고 있었다.

그리 어렵지 않은 방법이라 무한에게는 첫 번째 설명으로 충분했다.

더군다나 그와 아버지 철사자 무곤만의 비밀이었지만, 무한은 한 번 들은 것은 여간해서 잊지 않는 기억력을 가지고 있었다.

종이에 어떤 기록도 남기지 않고 사자림 절벽 위에서 대양의 흐름과 묵룡대선의 이동 날짜를 계산해 낸 가장 중요한 능력이기도 했다.

그래서 세 번째 이어지고 있는 탑살의 설명은 무한에게 지루한 일이었다.

하지만 그렇다고 탑살의 말을 막을 수도 없었다. 기억하는 데 재주가 있다는 것을 드러낼 수도 없었고, 탑살이 세 번이나 설명하는 것은 그만큼 중요한 것이기 때문일 터였다.

그래서 억지로라도 탑살의 말에 귀를 기울이려고 노력하고 있지만 지루한 것은 어쩔 수 없었다.

"모두 기억하겠느냐?"

지루함을 끝내는 탑살의 질문이 들렸다.

"예."

무한이 얼른 대답했다.

순간 탑살의 눈빛이 번쩍였다. 그러나 무한의 등 뒤에 있었으므로 그의 눈빛이 변하는 것을 무한은 알아채지 못했다.

"그럼 한 번 가르쳐 준 대로 호흡을 해보거라."

탑살이 눈빛과 달리 무심한 어투로 말했다.

그러자 무한이 신중하게 탑살이 일러준 대로 호흡을 하기 시작했다.

짧고 굵은 호흡의 길이, 들숨과 날숨의 횟수와 강도. 그것이 한 번 호흡할 때마다 변화해야 했고, 일정한 횟수를 채우면 다시 처음으로 돌아가는 방식의 호흡법이다.

편하게 앉은 자세에서 하는 호흡이기는 하지만 직접 몸으로 해보는 것은 그 호흡법의 규칙을 기억하는 것과는 확연히 달랐다.

머리로 기억하는 것보다 몸으로 해보는 것이 서너 배는 어려웠다. 무한의 이마에 땀이 맺힐 지경이었다. 그러나 그것도 대여섯 번 시도하자 어느 순간부터는 편하게 호흡을 이어갈 수 있었다.

탑살은 그런 무한의 변화를 신중한 시선으로 바라보고 있었다.

처음 시작했을 때 여러 번의 실수가 있었으나 어떤 조언이나 질책도 하지 않았다.

탑살의 침묵은 무한이 그가 가르쳐 준 호흡법에 익숙해진 후 같은 방식으로 편안하게 호흡을 이어갈 때까지 계속되었다.

그러다가 불쑥 입을 열었다.

"치료하는 내내 그 방법대로 호흡을 한다. 알겠느냐?"

"예, 선장님!"

너무 단호한 말투에 무한이 얼른 대답했다.

그러자 탑살이 다시 말을 이어갔다.

"그리고 내가 네 배꼽 아래, 무공을 수련한 사람들이 단전이라고 부르는 곳에 작은 불씨를 만들 것이다. 따뜻한 온기가 느껴진 후에는 그 불씨를 너의 몸 곳곳으로 이동시킬 텐데, 그때 그 불씨가 이동하는 경로를 잘 기억해 두어야 한다. 알겠느냐?"

"알겠습니다."

무한이 얼른 대답했다.

"이후, 불씨의 흐름이 일정해지면 그 불씨를 다친 네 어깨로 이동시킬 것이다. 그 불씨가 네 몸을 치료하는 가장 중요한 요소다. 그러니… 치료하는 동안 몸을 함부로 움직이지 말고 불씨에 집중해라."

"예, 선장님!"

무한이 연신 대답을 이어갔다.

"좋아. 그럼 시작하자. 말했지만 집중해야 해. 자칫 잘못하면 그 불씨가 널 태울 수도 있으니."

"태… 워요?"

"걱정 말거라. 실제 몸이 타는 것은 아니다. 하지만… 그렇게 되면 넌 네 삶에서 중요한 한 가지를 잃을 수도 있다."

"무엇을……?"

"그건 나중에 알게 될 것이다. 물론… 지금은 백지와 같은 몸을 가지고 있으니 그럴 일은 없을 테지만."

탑살이 뜻 모를 말을 중얼거리고는 무한의 등에 천천히 손을 가져갔다.

'음!'

무한이 자신도 모르게 속으로 신음 소리를 냈다.

"긴장하면 안 된다."

어떻게 알아챘는지 탑살이 경고했다.

무한이 재빨리 정신을 차리고 다시 탑살이 가르쳐 준 호흡에 집중했다. 등을 통해 전해지는 뜨거운 열기는 처음 탑살이 무한의 몸을 살피기 위해 밀어 넣었던 열기보다 훨씬 강렬했다.

무한은 등을 통해 밀려들어 오는 열기를 느끼면서 어쩌면 정말 탑살의 말처럼 자신의 몸이 타버릴지도 모른다는 생각을 했다.

그런 상황에서도 호흡에 집중하는 무한의 정신력도 그 나이의 소년치고는 대단한 것이었다.

생경한 열기를 몸으로 받아들이면서 호흡의 규칙을 놓치지 않고 있자 어느 순간부터 탑살의 손을 통해 전해지는 열기가 일정한 흐름을 만들기 시작했다.

흐름을 탄 열기가 도달한 곳은 탑살의 말처럼 배꼽 아랫배, 탑살이 단전이라 말한 곳이다.

열기는 그곳에 뱀처럼 똬리를 틀더니 조금 더 뜨겁고 강렬해지기 시작했다. 마치 배 속에서 불덩어리를 키워가는 느낌이었다.

그런데 이상한 것은 느낌만 뜨거울 뿐 그것이 무한의 신체에는 어떤 해도 가하지 않는다는 것이었다. 느껴지는 열기의 강도로 보자면 몸이 타들어가야 하지만 무한의 몸은 멀쩡했다.

그 사실을 깨닫자 배 속의 불덩어리에 대한 두려움이 서서히 가시기 시작했다. 더불어 호흡이 좀 더 편안하게 안정되었다.

그 순간 다시 한번 탑살의 눈빛이 번뜩였다. 그는 무한의 등에 대고 있는 손을 통해 무한의 몸속에서 일어나는 모든 변화를 읽어내고 있는 듯 보였다.

하지만 그것도 잠시, 탑살이 다시 무심한 어조로 말했다.

"단전의 열기를 이동시키겠다. 좀 더 집중해라. 열기의 흐름을 잘 기억해 둬야 한다."

물론 무한은 대답할 수 없었다. 대답을 하는 순간 호흡이 흐트러지기 때문이다.

탑살이 눈을 반쯤 감았다. 그리고 그때부터 무한의 단전에 똬리를 틀었던 열기가 서서히 움직이기 시작했다.

'이상해……'

살아 있는 생명체가 온몸을 휘젓고 다니는 것 같았다. 그런데도 느낌이 불쾌하지는 않았다.

그놈이 온몸의 불결한 것들을 태워 버리고 있는 듯한 느낌이었기 때문이다. 뜨겁지만 한편으로는 시원하기도 했다.

물론 그 와중에도 무한은 탑살의 충고를 잊지 않고 단전에서 움직이기 시작한 열기가 이동하는 경로를 기억하려고 부단하게 노력했다.

머리로 기억하는 것과 몸이 기억하는 것은 다르다. 지금 이 열기의 흐름은 몸으로 기억해야 하는 것이다. 그래서 신중할 수밖에 없었다.

'말해주면 좋을 텐데. 글로 써주거나.'

만약 탑살이 이 열기의 흐름을 글로 써주거나, 그것도 아니면 말로써 설명해 준다면 훨씬 수월했을 것이다.

그러나 탑살은 무한의 몸이 체험하는 방식으로만 열기의 흐름을 알려주고 있었다. 그래서 더욱더 신중하게 열기의 흐름을 파악할 수밖에 없는 무한이었다.

단전에서 시작한 열기의 흐름이 대략 십여 번 같은 경로를 타고 온몸을 휘젓고 난 후에 탑살이 조용히 입을 열었다.

"이제 상처를 치료하겠다."

물론 무한은 탑살의 말에 여전히 대답할 수 없었다.

탑살 역시 무한의 대답을 기대하지 않고 바로 뜨거운 열기를 무한의 다친 어깨로 이동시켰다.

"욱!"

이번만큼은 신음 소리를 입 밖으로 흘려내지 않을 수 없었다. 마치 뜨거운 인두로 상처를 지지는 듯한 통증이 일어났기 때문이었다.

탑살은 그런 무한을 질책하지 않았다. 무한의 반응이 당연하다고 느낀 모양이었다. 열기를 몸에 불어넣고, 온몸의 혈로를 따라 그 열기를 이동시킬 때 보였던 신중함은 더 이상 보이지 않는 탑살이다.

"고통스러울수록 상처도 빨리 치료될 것이다. 참아라!"

우두둑!

탑살의 말이 끝나는 순간 무한의 어깨에서 뼈와 힘줄이 움직이는 소리가 일어났다.

"악!"

무한이 다시 비명을 내질렀다. 자연히 몸도 흔들렸다.

그러자 탑살이 왼손으로 무한의 성한 쪽 어깨를 움켜쥐었다.

"참아라!"

탑살의 손힘이 얼마나 강한지, 무한은 치료하는 오른쪽 어깨 말고 탑살이 부여잡고 있는 왼쪽 어깨도 부수어지는 듯한 느낌을 받았다.

"크으!"

비명이 신음으로 변했지만 고통은 여전했다.

하지만 그 고통 속에서 조금씩 변화가 느껴졌다. 산산조각 났던 어깨뼈들이 본래 자신의 자리를 찾아 들어가는 느낌이었다.

그리고 일단 뼈들이 맞춰지자 고통은 확연하게 줄어들었다. 이후에는 다시 단전에서 느꼈던 열기의 강도로 온기가 어깨를 감쌌다. 탑살은 그 상태로 꽤 오랜 시간 침묵을 지켰다.

여전히 무한의 등에 손을 대고 있었고, 무한의 어깨에는 단전에서 이동한 열기가 머물렀다.

시간의 흐름을 가늠할 수 없는 상태가 이어졌다.

도대체 얼마나 이 상태로 있었는지 알 수 없었다. 그러다가 문득 무한은 자신의 어깨에 더 이상 열기가 머물고 있지 않다는 사실을 퍼뜩 깨달았다.

'어디로 갔을까?'

단전으로 돌아간 것도 아니었다.

그냥 그의 몸속에 들어왔던 열기가 흔적도 없이 사라진 것 같았다.

그리고 그때쯤 탑살이 무한의 등에서 손을 뗐다.

"후……!"

탑살의 긴 숨소리가 들렸다. 아마 치료를 하느라 꽤 많은 힘을 소비한 듯했다.

무한은 여전히 움직이지 않았다. 아직 탑살의 허락이 떨어지지 않았기 때문이다. 그런 무한을 등 뒤에서 탑살이 한동안 응시했다. 그러다가 무심하게 입을 열었다.

"끝났다."

"후우……!"

그제야 무한이 길게 숨을 쉬었다. 오랫동안 앉았던 다리도 곧게 폈다. 굳어 있던 다리에서 근육과 뼈들이 비명을 질러댔다.

툭툭!

무한이 왼손으로 뭉친 다리 근육을 쳤다.

"일어나거라."

탑살의 말에 무한이 아직 굳어 있는 몸을 일으켰다. 그리고 몸을 돌려 탑살에게 고개를 숙여보였다.

"감사합니다. 선장님!"

"내 배에서 내 사람들을 위해 싸우다 다친 것이니 당연히 내가 치료를 해줘야지. 고마워할 일은 아니다. 그런데……"

탑살이 잠시 말꼬리를 흐렸다. 이런 모습은 처음 보는 것이다.

"……?"

무한이 고개를 들어 탑살을 바라봤다.

"너, 단전에 모였던 열기의 흐름을 기억하느냐?"

"…예."

무한이 대답했다.

"정확하게?"

탑살이 다시 물었다.

무한이 이번에는 고개를 끄떡이는 것으로 대답을 대신했다.

그러자 탑살이 길게 한숨을 쉬며 중얼거렸다.

"인연인가?"

탑살이 한 말의 의미를 무한은 알 수 없었다. 하지만 무척 중요한 일이 자신에게 일어났다는 것은 직감적으로 알 수 있었다.

그런 무한에게 탑살이 물었다.

"네 단전에 일어났던 열기가 뭔지 아느냐?"

"정확하게는 모르지만 짐작해 보자면 선장님께서 절 치료하시기 위해 선장님의 공력을 제 몸에 불어넣어 주신 것이 아닌가요?"

무한이 침착하게 대답했다.

"대충 맞다. 하지만 정확한 표현은 아니다.

"그럼……?"

무한이 묻자 탑살은 지금까지 그가 보였던 표정 중 가장 무거운 표정으로 말했다.

"사람들은 그것을 무종(武種)이라 말한다. 무의 씨앗. 그걸 네 단전에 심은 것이다!"

'무종(武種)이라니!'

이해할 수가 없었다. 무의 씨앗을 뿌리는 일은 육주의 무인들에게 가장 고귀한 일로 여겨진다. 뛰어난 자질, 혹은 혈연으로 이어지는 끈끈한 관계. 그도 아니면 엄청난 재물을 들여야 한다. 그런 것들이 있어도 무종의 인연을 맺는 것은 쉽지 않았다.

그런 이유로 육주의 땅에서 이왕사후 이상의 존재감을 가진 것이 십이신무종의 주인들이다.

그들의 세력은 이왕사후에 비하면 보잘것없다고도 할 수 있지만, 그들과 무종의 인연을 맺은 무적의 전사들이 이왕사후의 성에서 수뇌로 활동하고 있었다. 이왕사후가 나무라면 십이신무종은 뿌리라는 말이 나온 이유다.

이왕사후의 전사들 중 어떤 식으로든 무종의 인연을 맺은 무인의 숫자는 그들이 거느린 병사의 일 할도 되지 않는다. 그러나 그 일 할이 그들 전력의 절반을 차지한다. 무종으로 이어지는 무인들의 위대한 역사가 곧 육주의 역사인 것이다.

무한에게 갑자기 그 무종의 인연이 찾아온 것이다.

탑살의 선택이 놀라울 수밖에 없었다.

"왜……?"

무한이 얼떨떨한 표정으로 물었다.

"네 부상을 치료하기 위해선 내가 가진 진기의 힘을 이용해야 했다. 그리고 네 부상 정도를 볼 때, 평소대로 치료를 하면 적어도 하루 밤낮의 시간이 필요하다. 그러나 지금 나에겐 그럴 만한 시간이 없다. 너도 알다시피 여전히 귀선이 우리를 쫓고 있으니까."

탑살이 담담하게 말했다.

"그럼… 시간 때문에……?"

무한이 다시 물었다.

"음, 내상을 입은 환자의 치료 속도를 높이기 위해 가장 좋은 방법은 환자의 몸에 아예 시술자의 무종을 심어 그것을 움직이는 것이다."

탑살의 말에 그제야 이해가 간다는 듯 무한이 고개를 끄떡였다.

"그런데 이 방법에는 한 가지 문제가 있다."

"……?"

"치료를 위해서라고는 하지만 환자의 몸에 무종을 심는 것은 결국 무공을 전하는 것과 같기 때문이다. 네가 알려준 호흡법, 네 단전에서 시작된 열기가 흐르던 길의 이해… 그것이 바로 무종을 전하는 방법이다."

"그, 그럼……?"

무한이 놀란 표정으로 탑살을 바라봤다.

"그래, 넌 내게 무종의 씨앗을 받은 것이다. 다시 말해 나 독안룡 탑살의 무종을 전수받은 것이지."

"왜… 그렇게까지……?"

무종을 전하는 인연이 얼마나 중요하고 대단한 것인지 아는 무한으로서는 의아한 일일 수밖에 없었다.

비록 무한이 소룡들을 위해 싸우다가 부상을 입었다고 해도 무종까지 전하면서까지 치료할 이유는 없었다.

의원 산자노에게 맡겨놓아도 시간은 걸리겠지만 충분히 치료할 수 있는 부상이었다.

"궁금하겠지. 왜 굳이 무종을 전하면서까지 널 치료했는지."

"그렇습니다. 왜 제게……?"

무한이 재차 물었다.

"사실… 대단한 이유는 없다. 첫째 이유는 이미 말했지만 네가 소룡들을 위해 싸우다 다쳤기 때문이고, 두 번째는 겨우 두어 달, 그것도 무인의 검술이 아닌 전장 병사들의 검술을 배우고서 그 괴인과 싸웠기 때문이다."

"하지만 이기지도 못하고 죽을 뻔한 걸 선장님이 구해주셨는걸요."

어쩌다가 소룡들을 구하기는 했지만, 무한은 자신이 대단한 칼솜씨를 보였다고는 생각지 않았다.

방심한 괴인의 팔목에 검 한 번 찔러 넣은 것이 전부였다. 더군다나 괴인은 갑판에 한쪽 다리가 매여 있었다.

"그렇다고 해도 그 위기의 순간에 네가 수련한 검법의 정수를 펼칠 수 있었다는 것은 대단한 일이다. 넌 아직 모르겠지만. 그리고 내가 평소 네가 아적삼의 검술을 배우는 모습을 지켜보기도 했고……"

그러자 무한이 당돌하게 탑살을 바라보다 물었다.

"그럼 절… 묵룡대선의 용전사로 키워주신다는 말씀이신가요?"

"왜 싫으냐?"

탑살이 되물었다.

"그, 그것이……."

"이상한 놈이군. 다른 녀석들이라면 일생의 행운으로 여길 텐데."

"제 과거를 모르니까요."

무한이 주눅 든 표정으로 말했다.

"과거를 몰라서라고?"

"나중에 제가 어찌 될지… 무종을 받으면 그 무종의 종파에 평생 복종해야 하는 것 아닌가요?"

"허! 정말 특이한 놈이군. 그런 생각까지 하다니. 결국 나중에라도 묵룡대선을 떠나야 할 일이 생겼을 때 발목 잡히기 싫다는 거지?"

"……"

무한이 침묵으로 탑살의 말을 인정했다.

"후우, 그래. 솔직히 나도 그런 이유 때문에 네게 무종을 전하는 것을 걱정했었다. 하지만 네가 세운 공이 크고, 네 재주가 눈에 들어왔기에 인연이라 생각하고 결심한 것이다. 아무튼 좋다. 일단 오늘은 그만 돌아가거라. 이제부터는 산자노의 치료로도 충분할 것이다. 열흘이면 팔을 쓰게 될 것이다."

"그렇게 빨리요?"

"그렇지 않다면 왜 널 굳이 데려와 아까운 내공으로 치료를 했겠느냐? 내 공력 중 일부를 네 단전에 심어주면서까지 말이다."

"가, 감사합니다."

무한이 얼른 고개를 숙여 보였다.

"솔직히 말하마. 나 역시 네게 나의 무종을 전수하는 것이 옳은 일인지 아직 확신할 수 없다. 그래서 네 단전에 심은 내공의 씨앗은 아주 미미한 것이다. 정상적인 무공 전수 때의 삼분지 일이나 될까."

"그럼……?"

"너무 미미해서 그대로 두면 그 내공의 씨앗은 소멸하고 말 것이다. 그렇게 되지 않으려면 앞으로 열흘 동안 매일, 네게 알려준 호흡법과 내공의 순환 경로를 따라 그 진기의 씨앗을 적어도 반시진 이상 움직이거라. 무인들은 그것을 운기라고 부른다. 열흘이 지난 후 다시 널 보겠다. 네 몸 속에 내가 심은 무종의 씨앗이 살아 있으면 그때 다시 네 앞날을 논의하자. 만약 무종의 씨앗이 소멸되었다면 당연히 고민할 것도 없이 없던 일이 되는 것이니까. 알겠느냐?"

"예, 예……."

무한이 얼른 고개를 끄떡였다.

"다른 사람에게는 말하지 말고."

"적삼 아저씨에게도요?"

"그라면… 말해야 된다. 적어도 지금은 그가 네 스승이니까 이 이야기를 들을 권리가 있다. 다만 그 역시 다른 사람에게는 비밀로 하라고 전해라."

"예, 선장님!"

무한이 얼른 대답했다.

"이제 돌아가거라."

탑살이 무한을 선실 밖으로 내보냈다. 무한이 얼른 탑살의 선실을 벗어났다. 그러자 탑살이 눈 사이에 주름을 만들며 고민스럽다는 듯 중얼거렸다.

"알 수 없군. 저 아이의 과거가 뭘까? 저 아이의 부모가 대단한 밭을 만들어놓은 것 같은데… 어떤 무종이라도 받아들일 수 있는 밭이라. 괴이한 일이다. 이 땅에 그런 무공이 존재한다는 말은 듣지 못했는데. 그렇다고 사기를 찾을 수 없으니 사술도 아닐 테고. 후우… 천년구공을 제대로 전수하면 훗날 이 일이 복이 될지 화가 될지 모르겠군."

탑살은 무한에게 선택권을 준 것처럼 말했지만, 그 스스로도 무한에게 자신의 무종을 전하는 것에 대해 확신이 없는 듯 보였다.

육주의 땅에서도 손꼽히는 대무인으로 불리는 탑살이 볼 때 무한은 결코 평범한 과거를 가진 아이가 아니었다.

그가 살펴본 무한의 몸속 내부는 무공, 그중에서도 무공의 정화인 내공을 수련하기에 최적화된 상태였던 것이다.

탑살은 그것이 단순히 선천적인 체질이 아니라, 누군가에 의해 그 기반이 다져진 밭과 같다는 느낌을 받았다.

그런 기반을 닦아준 부모나 스승이 있는 아이에게 자신의 무종을 전하는 것은 향후 복잡한 문제를 만들 수도 있었다.

"후우… 하지만 저 아이의 나이가 열다섯 정도인데 지금까지 그 좋은 밭에 무종의 씨앗을 뿌리지 않았다는 것은, 그리고 허름한 모습으로 바다에 표류했다는 것은 저 아이가 한동안 보호자의 도움을 받지 못했다는 의미. 날 만난 것도 새로운 운명의 시작이겠지. 다가온 운명을 거부할 필요도 없고, 거부할 수도 없는 것이 세상의 이치 아니겠는가!"

탁!

탑살이 갑자기 오래된 나무 탁자를 치며 몸을 일으켰다.

"그나저나 저 마졸들은 언제까지 따라오려나?"

탑살이 선실 밖, 푸른 달빛 아래 일정한 거리를 두고 따라오는 귀선을 바라보며 중얼거렸다.

*   *   *

"저기……."

아적삼이 의원 산자노의 선실 문을 삐끔 열고 조심스럽게 얼굴을 들이밀었다.

"뭔가?"

귀선 괴인들과의 싸움으로 다친 선원들을 치료하느라 거의 잠을 자지 못한 의원 산자노가 귀찮은 눈빛으로 아적삼을 흘겨보며 물었다.

"무한은 좀 어떤지요?"

아적삼이 얼른 물었다.

묵룡대선의 선원 생활 십 년이 넘은 아적삼이지만 산자노는 늘 상대하기 어려운 사람이었다.

나이도 아적삼보다 많을 뿐더러 의원이란 신분이 사람의 목숨을 다루는 존재라 상대하기 어려운 면이 있었다.

"와서 깨워보든지."

"깨워요?"

"아직 자빠져 자고 있어. 어제 밤늦게 돌아왔거든."

"어딜 갔다가 말입니까?"

"당연히 선장님이 데려가셨었지. 알고 있잖은가?"

"아, 여기서 치료를 한 것이 아니군요."

"순진하군. 내공을 이용해서 치료를 하는데 설마 이런 곳에서 하겠는가?"

산자노가 혀를 찼다.

"하, 하긴 그렇군요. 내공을 이용한 치료라면……"

"그래도 이젠 깨워. 너무 오래 자는 것도 좋지 않으니까."

"예. 의원님!"

아적삼이 얼른 대답을 하고는 재빨리 선실로 들어왔다.

"칸! 칸, 일어나. 해가 중천이야."

아적삼이 깊은 잠에 빠져 있는 무한을 흔들어 깨웠다.

"누, 누구… 어? 아저씨?"

무한이 잠이 덜 깬 눈으로 아적삼을 보고는 놀란 표정을 지었다.

"그만 일어나. 오래 잤어."

"아침이 됐나요?"

무한이 물었다.

그러자 아적삼이 손을 들어 병실의 창을 가리켰다. 창밖으로 밝은 빛이 쏟아져 들어오고 있었다.

"아이쿠, 제가 늦잠을 잤군요."

무한이 얼른 침상에서 일어나며 소리쳤다. 배 위의 선원들에게 늦잠은 큰 잘못이다. 각자 맡은 일이 있어서 한 사람이 게으름을 피우면 다른 사람이 곤란해지게 마련이었다.

"그대로 있어."

서둘러 일어나려는 무한을 의원 산자노가 막았다.

"하지만……."

"왜, 나가서 일이라도 하려고?"

"당연히……."

"그런 소리를 하는 걸 보니 선장님의 치료가 효과가 있군. 통증을 느끼지 못한다는 소리니까."

"아……!"

그제야 무한이 자신의 처지를 깨달았다.

그는 어젯밤만 해도 어깨가 완전히 부서져 있었다. 그런데 지금은 어깨에서 거의 통증이 느껴지지 않았다. 그래서 자신이 깊은 부상을 당한 것조차 잊고 일을 하러 나가려 했던 것이다.

"어디 보자."

산자노가 아적삼을 밀치며 무한에게 다가왔다. 그러고는 서슴없이 무한의 어깨를 만졌다.

"윽!"

거침없는 산자노의 손길에 통증을 느낀 무한이 나직하게 신음 소리를 냈다.

"아파도 참을 만하지?"

산자노가 물었다.

"예."

무한이 얼굴을 찌푸리며 대답했다.

"좋구나. 역시 절대무인들의 내공이란 참으로 묘한 면이 있어. 이렇게 빠르게……."

산자노가 감탄한 얼굴로 중얼거렸다.

"괜찮은 겁니까?"

아적삼이 뒤에서 조심스럽게 물었다.

"음, 괜찮은 정도가 아니지. 한 열흘 조심하면 완전히 나을 거야."

"예? 그렇게 빨리요?"

"그러게 말일세. 나도 신기하군. 아무튼. 이 정도라면 내 선실에 있을 필요가 없어. 네 선실로 돌아가거라. 그렇다고 일 따위를 하지는 말고 열흘간은 절대 안정이다."

산자노가 엄하게 주의를 줬다.

"예, 의원님!"

무한이 대답을 하고는 얼른 침상에서 일어났다.

그런데 그 순간, 갑자기 선실 밖에서 묵직한 징 소리가 들렸다.

"망할 놈들, 하루도 기다리지 못하는 건가?"

산자노가 눈살을 찌푸렸다.

"뭐죠?"

무한이 아적삼에게 물었다.

"귀선 놈들이 푸른 깃발을 거뒀다는 뜻이다. 다시 싸우겠다는 거지."

아적삼이 눈에 살기를 드러내며 말했다.

"벌써요?"

"그러게 말이다. 좋아. 이놈들, 이번에는 아예 박살을 내서 물귀신을 만들어주마. 칸, 너는 네 선실로 돌아가 있어. 밖에 나올 생각 말고. 그 몸으로는 도움이 아니라 방해가 되니까."

"예, 아저씨!"

무한이 얼른 대답했다.

아적삼은 무한의 대답이 끝나기도 전에 이미 산자노의 선실을 벗어나고 있었다.

*　　　　*　　　　*

묘한 풍경이다.

하늘은 맑았다. 바다 위 태양은 거칠 것 없이 빛을 쏟아내고 있었다.

그런데 그 빛이 온전하게 바다에 닿지 못했다.

안개가 깊은 골을 만들고 있었다. 안개가 없는 곳은 수면까지 햇빛이 닿았다. 반면 안개가 산처럼 드리운 곳은 빛이 들어오지 않아 여전히 새벽처럼 느껴졌다.

어떤 곳은 어둠이 남아 있기도 했다.

그 기이한 풍경 속에서 귀선이 푸른 깃발을 거뒀다. 깃발을 거뒀다는 것은 언제든 공격할 수 있다는 의미였다.

그러나 탑살은 귀선에게 그 기회를 주지 않았다.

"활을!"

망루에서 내려와 배의 후미에서 용전사들과 함께 서 있던 탑살이 손을 내밀었다.

그러자 용전사 중 한 명이 검은색 철궁을 탑살에게 건넸다.

평소 탑살만 사용하는 철궁으로 해전에서는 그 어떤 병기보다도 강력한 위력을 발휘하는 병기다. 앞서 귀선과의 싸움에서는 접근전이 벌어졌기에 쓰지 않았던 탑살의 애병이었다.

활을 받아 든 탑살이 조타장 울돌을 돌아보며 소리쳤다.

"놈들의 돛 줄이 끊기면 전속력으로 우회해 적선의 우측면을 들이 받는다!"

"예, 선장님!"

조타실 안에서 울돌의 굵은 대답이 들렸다.

그러자 탑살이 허리춤에서 역시 검은색으로 칠한 화살을 꺼내 시위에 걸었다.

보통의 화살보다 굵기도 굵고, 길이도 한 자는 더 긴 화살이다.

촉은 사람을 꿰뚫는 뾰족한 모양이 아니라 마치 무엇인가를 자르기 위한 듯 날이 선 칼날 모양이다.

웅!

당겨진 시위에서 바람 소리가 일어났다.

하지만 그것도 잠시, 잠깐 떨리는 듯하던 철궁의 시위가 이내 조용해졌다. 탑살의 공력이 활에 실린 것이다.

탑살이 철궁을 사선으로 들어 올렸다. 적선의 선수에 늘어선 괴인들을 겨냥하는 것이 아님이 확실했다. 어찌 보면 허공에 활을 쏘려는 듯한 모습이다.

쿵!

탑살이 시위를 놓았다. 그 순간 시위에서 망치로 뭔가를 때리는 듯한 소리가 터져 나왔다.

콰아아!

시위를 떠난 화살이 파도를 가르는 듯한 굉음을 만들어냈다.

화살은 순식간에 귀선에 이르러, 귀선의 선수에 서 있는 괴인들 머리 위를 날았다. 괴인들의 시선이 재빨리 검은색 화살을 따라갔다.

쾅!

한순간 화살이 사람 손목만큼 굵은 밧줄에 꽂혔다. 아니, 꽂힌 것이 아니라 밧줄을 잘라 버렸다.

보통 화살이라면 밧줄에 꽂힐 뿐 절대 자를 수 없는 굵기의 밧줄이다.

그러나 탑살이 쏜 화살은 달랐다. 애초에 화살촉이 특별한 이유가 바로 이렇게 굵은 밧줄을 자르기 위함이었던 것이다. 거기에 강력한 탑살의 공력이 섞여 굵은 귀선의 돛줄을 자른 것이다.

돛줄이 잘린 순간 귀선에서 굉음이 일어났다.

구르릉!

돛줄이 지탱하고 있던 거대한 돛이 돛대에서 떨어지기 시작했다.

돛을 끌어올리고 조종하기 위해 수많은 밧줄들이 거미줄처럼 엉켜 있었지만 탑살은 그중 가장 중심이 되는 돛줄을 정확하게 화살로 자른 것이다.

돛줄이 잘리고 돛이 떨어져 내리는 귀선에서 요란한 고함 소리가 터져 나왔다.

그 순간 묵룡대선이 급격하게 회전하기 시작했다.

쿠오오!

묵룡대선의 우측면이 거의 수면에 닿을 정도로 기울어졌다.

그럼에도 불구하고 조타장 울돌은 배의 속도를 줄이지 않았다.

"노장(櫓長)! 배가 바로 서면 전속력으로 노를 젓는다!"

탑살이 기울어진 갑판 위에서 노를 젓는 수부들을 책임지는 노장 일승에게 소리쳤다.

"예, 선장님!"

배 아래쪽에서 노장(櫓長) 일승의 대답이 들렸다.

그그긍!

배가 계속해서 회전했다. 그러다가 귀선의 측면과 일직선이 되자 갑자기 파도를 일으키며 반듯하게 일어섰다.

촤아악!

급격한 선체의 움직임에 파도가 산처럼 일어나 묵룡대선을 덮쳤다. 그러나 이미 예상했다는 듯 묵룡대선의 선원들과 용전사들은 미동도 하지 않았다.

"돌진하라!"

탑살의 명이 파도 속에서 터져 나왔다.

콰아아!

묵룡대선이 고래처럼 바다를 가르기 시작했다. 회전할 때보다 두 배는 빠른 속도다.

뱃머리의 용두가 내려졌다. 적선을 향한 돌진이다. 어느새 탑살과 용전사들은 선수로 이동해 적선과 충돌한 후 적선으로 넘어갈 준비를 하고 있었다.

물론 이번에는 배의 후미에도 적지 않은 숫자의 용전사들이 남아 있었다. 이미 한 번 기습을 당한 터라 단단히 경계하는 탑살이었다.

"들어간다!"

선수에서 용두를 조절하는 선원이 큰 소리로 외쳤다. 적선과의 충돌을 경고한 것이다.

쿠쿠쿵!

묵룡대선의 거대한 용두가 그대로 귀선의 옆구리를 들이받았다. 중심 돛이 무너져 속도를 내지 못하는 귀선이 도저히 피할수 없는 속도와 힘이었다.

콰지직!

무거운 쇠로 만들어진 용두에 의해 귀선의 측면이 흙집처럼무너졌긴.

"공격 준비!"

언제나 돌격전에서 선봉은 묵룡사왕의 우두머리 독사검왕 서군문이다. 그의 뒤쪽으로 노련한 용전사 스무 명이 마름모꼴로모여들었다.

그그긍!

배가 배를 미는 소리가 사람들의 고막을 때리자 독사검왕의목소리가 다시 바다 위로 터져 나왔다.

"가자! 감히 묵룡대선을 공격한 자들이다. 모두 죽인다!"

끈질긴 귀선의 추격으로 독이 오를 대로 오른 용전사들이었다.

묵룡대선의 명예가 조롱당했다고 느끼는 사람도 있었다. 그래서 전에 없던 살의가 넘쳐나고 있었다.

"악!"

"카악!"

충돌당한 충격에서 미처 벗어나지 못하고 있던 귀선의 괴인대여섯 명이 독사검왕과 용전사들의 기습적인 공격에 반항도 제대로 못하고 죽었다.

"모두 건너간다."

선봉이 길을 열자 탑살이 사자가 으르렁대듯 말했다. 그 역시 다른 때와 달리 강렬한 전의를 드러내고 있었다.

그사이 귀선의 괴인들도 파손된 배의 좌측면으로 몰려들고 있었다.

동시에 귀선에서 기이한 소리가 울려 퍼졌다.

카아앙!

마치 괴물이 울부짖는 소리 같기도 하고, 쇠로 만든 나팔을 부는 것 같기도 한 소리다.

그런데 그 소리가 울려 퍼지는 순간 독안룡 탑살의 표정이 크게 변했다.

"모두 멈춰라!"

탑살의 입에서 급한 명령이 떨어졌다.

그러자 막 귀선 깊숙이 진입하려던 묵룡대선의 전사들이 걸음을 멈추고 의아한 표정으로 탑살을 바라봤다. 탑살은 사람들의 시선에 아랑곳하지 않고 급히 몸을 날렸다. 그가 절벽을 타고 오르듯 계단이 아닌 벽을 타고 망루를 오르기 시작했다.

타타탁!

산짐승보다도 더 능숙하게 망루의 거대한 끝에 오른 탑살이 급히 사방을 둘러보더니 갑자기 아래를 향해 소리쳤다.

"후퇴한다. 배를 물려라. 전속력으로 이곳을 벗어난다!"

너무도 갑작스러운 명이었다.

묵룡대선의 선원들이 탑살의 명에 당황해 어쩔 줄 몰라 했다.

하지만 묵룡사왕과 총관 함로, 그리고 노련한 선원들은 오랜 경험으로 심각한 위기가 찾아왔음을 직감했다.

"돛을 모두 세워!"

"노를 전속력으로 저어 뒤로 물러나라!"

"모든 용전사들은 배로 물러나 사방을 경계하라! 방패를 난간에 세워!"

묵룡대선의 수뇌들이 당황한 젊은 용전사들과 선원들에게 호통을 쳤다. 그제야 묵룡대선의 선원들이 정신을 차리고 급히 움직이기 시작했다.

그르륵!

묵룡대선의 거대한 용두가 귀선으로부터 빠져나오면서 거친 마찰음을 만들어냈다. 용두가 빠져나간 귀선이 그제야 제대로 균형을 잡기 시작했다.

그런데 더 놀라운 것은 균형을 잡은 귀선이 물러나는 묵룡대선을 추격하기 시작했다는 것이다.

묵룡대선의 용두에 받힌 귀선의 피해는 적지 않았다. 당연히 급한 것은 배를 수리하는 것이었다. 그런데 귀선의 괴인들은 배의 수리는 안중에 없는 듯 묵룡대선을 추격하기 시작한 것이다.

그런데 탑살은 그런 귀선의 추격에 별다른 반격을 가하지 않았다. 다른 때라면 반드시 반격을 가해 추격을 물리쳤을 탑살이다. 그러나 그는 귀선을 공격하는 대신 배를 모는 조타장과 노꾼들을 독려했다.

"모든 힘을 쏟아라. 낼 수 있는 최대한의 속력을 내야 한다."

콰아아!

탑살의 재촉에 묵룡대선이 무서운 속도로 바다를 질주하기 시작했다. 그리고 돛이 무너지고 배의 측면이 허물어진 귀선과의 거리를 급격하게 벌리기 시작했다.

그제야 탑살이 망루에서 몸을 날려 갑판에 내려섰다.

"선장님, 무슨 일입니까?"

명을 따르기는 했지만 대체 왜 이런 명을 내린 건지 알 수 없다는 듯 독사검왕 서군문이 탑살에게 물었다.

그러자 탑살이 대답 없이 손을 들어 묵룡대선의 좌우를 가리켰다. 사람들이 그의 손을 따라 시선을 돌렸다. 그리고 다음 순간 그들의 입에서 탄식이 흘러나왔다.

"아!"

"한 척이 아니었어!"

탑살의 손끝이 향한 안갯속에서, 멀어지는 귀선 말고도 두 척의 검은 귀선이 모습을 드러내고 있었다.

"대체… 뭘 하는 놈들일까요?"

서군문이 혼잣말처럼 물었다.

그러자 탑살이 대답했다.

"흑라의 시기에 무산열도 인근에서 해적 노릇을 하다가 흑라의 눈에 들어 그 악귀의 주구 노릇을 하던 자들이 있었지. 십이귀선이라고……."

"십이귀선! 설마 그들이? 하지만 그들은 대해전에서 전멸하지 않았습니까?"

그들을 전멸시킨 대해전의 지휘자가 탑살이 아니냐는 듯 서군문이 물었다.

"그렇게 알려졌지만 전멸한 것은 아니네. 서너 척은 크게 파손된 채 도주했지. 잔해도 발견되지 않았고……."

"그럼 그들입니까?"

"배의 모양과 놈들의 모습이 많이 바뀌어서 의심이 가지만 확신할 수는 없었는데, 좀 전 특유의 나팔 소리를 들으니 확실한 것 같네. 최악의 경우 배에 실은 화물들을 버려야 할지도 모르겠군."

"그게 무슨……?"

"물건들을 버리면 묵룡대선의 속도를 두 배 올릴 수 있네. 그럼 놈들을 상대할 수 있을 거야. 그렇지 않으면……."

탑살이 어두운 표정으로 말꼬리를 흐렸다.

제8장

은갑전사단

묵룡대선은 상선이다.

독안룡 탑살이 과거 다섯 척의 묵룡선단을 이끌고 검은 마종 흑라의 세력을 육주의 바다에서 막아낸 이후, 그와 묵룡대선의 전사들은 육주의 땅에서 영웅으로 인정되었지만 그들의 본래 신분이 상인들이란 사실은 변함이 없었다.

그리고 상인에게 거래할 상품들은 목숨만큼 귀중하다. 그래서 묵룡대선에 싣고 가는 화물을 버린다는 것은 그만큼 선택하기 어려운 일이었다.

"운송을 맡은 물건들을 버리면 손해가 막심할 겁니다."

총관 함로가 걱정스러운 표정으로 말했다.

본래 그는 외적과의 싸움에선 묵룡사왕보다 뒤에 있는 사람이지만, 상인으로서는 독안룡 탑살 이상의 발언권을 가지고 있었다.

"한 번 장사를 망쳤다고 묵룡대선이 흔들리지는 않소."

탑살이 덤덤하게 물었다.

"당장의 손해를 말씀드리는 것이 아닙니다. 묵룡대선이 싣고 가던 운송품들을 버렸다는 소문이 세상에 퍼지면 묵룡대선의 명성은 크게 떨어질 겁니다. 그럼 우리 배에 물건을 맡기려는 사람들도 망설이게 될 것입니다."

묵룡대선의 사업은 크게 두 가지다.

하나는 육주의 땅에서 난 상품들을 바다 건너 먼 외지에 가져가 팔고, 타지의 진귀한 물건을 사들여 육주의 상인들에게 파는 것이다.

두 번째는 다른 상인들의 물건을 맡아 그들이 원하는 곳까지 운송해 주고 운송료를 받는 것이었다.

총관 함로가 걱정하는 것은 바로 단 한 번의 실패도 없었던 운송자로서의 명성에 타격을 입는 것이었다.

"명성 따위 상관없소. 흑라와의 전쟁에서 얻은 교훈이 있지 않소. 명성이란 결국 아무짝에도 쓸모없다는 것 말이오. 이번 일로 손해를 본 사람들에게는 충분히 보상해 주면 될 것이오. 그만한 재물은 있으니까. 그리고 이번 일로 본선에 물건을 맡기는 상인이 없다면 이후에는 우리 장사만 하면 그뿐 아니겠소?"

"그렇긴 하시만······."

"또한 시간이 지나면 상인들도 알게 될 것이오. 그나마 사해를 이동하는 상선들 중에서는 묵룡대선이 가장 안전하다는 것을. 더불어 손해를 확실히 보상해 주는 곳도 우리뿐이란 걸 말이오."

"그렇긴 하지요."

함로가 탑살의 의견에 수긍하는 빛을 보였다.

그러자 탑살이 한마디 더 보탰다.

"그때가 되면 운송료를 좀 더 올려볼 생각이오."

"예?"

"장사꾼이라면 어떻게든 손해를 복구해야지 않겠소?"

무심하면서도 철저하게 실리를 챙기려는 탑살이다.

그는 이번 일로 얼마간의 손해를 보고 나면 오히려 그 위기를 이용해 묵룡대선의 운송료를 높일 수 있을 거란 생각까지 하고 있는 것이다.

"알겠습니다. 더 반대하지 않겠습니다."

총관 함로도 계산이 선 모양이었다.

묵룡대선은 당장의 손해를 감당할 재력이 있고, 향후 이 손해를 복구할 방도가 있다면 한 번의 수모를 감수하지 못할 이유가 없었다.

"정말 중요한 운송품들만 빼고 나머지는 모두 버립시다. 먼저 우리 물건부터."

탑살이 더 이상의 논쟁은 없다는 듯 말했다.

"예, 선장님!"

함로가 대답을 하고 뒤로 물러나며 소리쳤다.

"운송품들을 버린다. 배를 가볍게 하고 놈들을 상대할 것이다. 항해장과 갑판장은 선원들을 데리고 운송품들을 꺼내와! 가장 먼저 우리 물건부터다. 이후에는 부피가 크고 값이 떨어지는 것부터 시작한다."

총관 함로의 명에 항해장 전우량과 갑판장 하삭이 놀란 표정으로 함로를 바라봤다.

"배가 가벼워야 제대로 싸울 수 있다."

함로가 의구심 어린 표정으로 자신을 바라보는 선원들을 향해 정확하게 운송품을 버리려는 목적을 말했다.

"하지만……."

"선장님의 명령이다."

"…알겠습니다. 모두 따라와!"

독안룡 탑살의 명이라면 어쩔 수 없는 일이다.

항해장 전우량이 그가 관리하는 선원들을 이끌고 운송품들이 실린 배 아래 창고로 내려갔다.

카아앙 카아앙!

소름 돋는 쇠나팔 소리가 연이어 터져 나왔다.

그러자 묵룡대선을 쫓는 세 척의 귀선이 서서히 묵룡대선 쪽으로 움직이기 시작했다.

귀선들의 속도가 예상보다 훨씬 빠르다. 특히 뒤늦게 안개 속에서 모습을 드러낸 귀선들은 이미 묵룡귀선의 앞쪽으로 머리를 내밀고 있었다.

그들이 앞을 막으면 묵룡대선은 꼼짝없이 세 척의 귀선에 포위되고 말 것이다.

그럼에도 탑살은 침착했다. 수십 년 대양을 항해하면서 이런 위기를 수없이 넘겨본 탑살이다.

흑라의 대선단과 싸울 때는 겁을 집어먹은 육주의 선단이 뒤늦게 합류할 때까지 오직 다섯 척의 묵룡선으로 수십 척의 마선들을 상대했던 그였다.

다만 지금 그에게 필요한 것은 속도였다. 운송품을 버려 묵룡대선이 상선이 아닌 전선으로서의 속도를 얻는다면 세 척의 귀선 따위 충분히 상대할 자신이 있는 탑살이었다.

쿠우우!

거친 물살 소리가 좀 더 가깝게 들렸다. 두 척의 귀선이 묵룡대선을 앞서가는 소리였다.

"석포와 철노(鐵弩)를 준비한다."

묵룡대선을 지나쳐 가는 두 척의 귀선을 보며 탑살이 침착하게 명을 내렸다.

"예, 선장!"

사풍왕 보로가 즉시 대답하고 망루 쪽으로 뛰어가며 소리쳤다.

"석포를 갑판으로 올려. 하단 쇠노(鐵弩)의 입구를 열어라!"

보로의 명에 따라 선원들이 배의 갑판 몇 군데를 뜯듯이 열어젖혔다. 그리고 그 안에서 작은 투석기들을 끌어 올렸다.

크기는 무척 작지만 본래 성벽을 공격할 때 쓰는 무기인 투석기를 배에 실어 사용할 수 있을 정도로 묵룡대선의 크기는 거대했다.

선원들이 능숙하게 갑판에 투석기를 고정시키는 사이, 배의 하단 양 측면에 작은 구멍들이 열렸다.

그 구멍 안쪽에 보통 화살보다 십여 배 무거운 철노를 쏘는 노대들이 설치되어 있었다.

그렇게 본격적인 해전을 벌일 준비를 모두 마칠 때쯤 항해장 전우량과 갑판장 하삭이 지휘하는 선원들이 창고에 실려 있던 운송품들을 갑판 위로 끄집어 올리기 시작했다.

쿵쿵!

무거운 짐들이 갑판에 가득 쌓여갔다.

선원들은 갑판으로 짐을 옮기기는 했으나 차마 물건들을 바다에 버리지는 못했다.

그러나 탑살은 단호했다.

"총관, 모두 바다에 던져 버리시오."

탑살이 총관 함로에게 다시 명을 내렸다.

그러자 함로가 고개를 돌려 항해장 전우량에게 고개를 끄떡였다.

"모두 던져 버려!"

전우량의 명에 선원들이 미적거리면서도 하나둘 운송품들을 바다에 버리기 시작했다.

쿵쿵!

무게가 나가는 운송품의 경우에는 파도가 갑판까지 올라왔다.

그사이 묵룡대선을 지나쳐 간 귀선 두 척이 배의 앞길을 막았다.

"용두를 세우고 그대로 진격한다. 석포를 전면 두 척의 귀선을 향해 쏴라!"

탑살이 단호하게 명을 내렸다.

그그긍!

앞서 귀선 한 척의 측면을 파괴했던 용두가 다시 바다와 수평으로 세워졌다. 어떤 배라도 앞을 막으면 파괴해 버릴 것 같은 모습이다.

쿵쿵!

그사이 작은 투석기들이 어린애 머리만 한 돌들을 적선을 향해 날리기 시작했다.

오랜 훈련 때문인지 투석기를 떠난 돌들이 정확하게 귀선에 떨어졌다.

그러자 귀선 안에서 요란한 고함 소리가 터져 나왔다. 아마도 투석기의 공격은 예상치 못했던 모양이었다.

하지만 적선의 혼란은 오래가지 않았다. 귀선들이 빠르게 전열을 정비하고 다시 묵룡대선의 앞을 막아서기 시작했다.

그리고 묵룡대선을 향해 강전들이 날아들었다.

퍼퍼퍽!

"악!"

묵룡대선의 선원 몇몇이 화살을 맞고 쓰러졌다.

"방패를 전면에 세워라!"

탑살의 명에 배의 앞쪽을 향해 갑판 곳곳에 거대한 방패가 세워졌다. 순간 귀선에서 날린 화살들이 방패 깊숙이 꽂혀들었다. 그 때문에 운송품을 버리는 일이 잠시 지체됐다.

하지만 이미 꽤 많은 운송품을 버린 후라 묵룡대선의 속도가 급격하게 빨라지고 있었다.

"일단 포위망을 뚫고 나간다. 이후 좌측의 귀선에 공격을 집중한다. 한 척, 한 척 차례로 수장시킨다. 조급해 말라."

탑살이 화살이 날아오는 와중에도 몸을 숨기지 않고 선수에 우뚝 서서 명을 내렸다.

콰아아!

비 오듯 쏟아지는 화살 속으로 묵룡대선이 무섭게 전진했다.

두 척의 귀선이 거의 닿을 듯 거리를 좁히며 묵룡대선의 진격을 막았다.

하지만 묵룡대선은 용두를 앞세우고 거침없이 진격했다. 적선과의 충돌로 입을 피해를 전혀 두려워하지 않는 모습이다.

"좌현으로 틀어!"

귀선들과의 거리가 십장 안쪽으로 가까워지자 탑살이 다시 명을 내렸다.

그러자 묵룡대선의 방향이 살짝 좌측으로 틀렸다. 그 직후 좌측에서 앞을 막아서는 귀선의 선수와 묵룡대선의 용두가 격돌했다.

콰아앙!

묵룡대선의 용두에 격중된 귀선의 선수가 그대로 부서져 나갔다.

그그긍!

묵룡대선이 귀선의 부수어진 배 앞머리를 아슬아슬하게 스치며 전진했다.

"모두 조심하라!"

적선과의 충돌로 묵룡대선 선체가 크게 흔들리며 우측으로 기울어졌다.

"악!"

"조심해!"

묵룡대선의 선원 중 해전의 경험이 많지 않은 일부가 배의 움직임을 버티지 못하고 바다로 떨어졌다.

하지만 지금은 그들을 구해줄 여유가 없었다. 그들의 목숨은 그들 자신과 하늘의 운에 맡길 뿐이었다.

콰아아!

적지 않은 희생을 감수한 대가는 있었다.

묵룡대선이 귀선들의 포위망을 뚫고 나온 것이다. 자유를 찾은 묵룡대선은 그 즉시 도주가 아닌 반격을 택했다.

앞서 탑살의 명한 대로 일단 포위망을 뚫은 묵룡대선이 급격하게 좌측으로 회전하기 시작했다.

그러자 한순간에 선수가 부서진 귀선의 측면과 묵룡대선의 측면이 마주 보는 상태가 됐다.

그 순간 탑살이 명을 내렸다.

"철노!"

퍼퍼펑!

묵룡대선의 좌측면에 난 십여 개의 구멍에서 요란한 소리가 터져 나왔다. 그리고 다음 순간 구멍에서 열 개의 굵은 화살이 발사됐다.

콰콰쾅!

강력한 힘을 발휘하는 노대(弩臺)에서 발사된 굵은 화살들이 귀선의 측면 아랫부분을 뚫고 들어갔다.

수면과 맞닿은 지점이라 구멍이 뚫리면 바닷물이 밀려들어 갈 수밖에 없는 위치다.

쿵쿵쿵!

쇠뇌들이 연속해서 바람을 갈랐다.

그러자 한순간 귀선의 측면에 크고 작은 구멍들이 뚫렸다.

그렇게 수십 대의 쇠뇌를 단시간에 쏟아부운 묵룡대선이 빠르게 귀선을 스쳐 지나가 뒤쪽으로 빠져나갔다.

쿠우우!

쇠뇌에 당해 배 하단에 구멍이 뚫린 귀선이 한쪽으로 기울어졌다. 그 안에서 사람들의 비명 소리와 고함 소리가 연이어 터져 나왔다.

"꼴좋다. 마귀 놈들!"

묵룡대선의 선원들이 침몰하는 귀선을 향해 욕설을 퍼부어댔다.

그런데 그 순간 갑자기 침몰하는 귀선에서 작살 모양의 기병이 묵룡대선을 향해 날아왔다.

퍼퍼퍽!

눈 깜짝할 사이에 날아온 창들이 묵룡대선에 깊숙이 꽂혔다.

그리고 그 순간 묵룡대선의 속도가 급격하게 느려졌다.

거대한 작살 뒤쪽에 굵은 줄이 매달려 있었고, 그 줄들은 침몰하는 귀선과 연결되어 있었던 것이다.

"줄을 끊어!"

독사검왕 서군문이 급하게 소리치며 몸을 날렸다.

서걱!

서군문의 검이 가장 가까운 곳에 꽂힌 창의 밧줄을 잘랐다.

그러자 곳곳에서 용전사들이 귀선과 연결된 밧줄을 자르기 시작했다.

그런데 그 위로 이번에는 화살이 쏟아졌다.

쐐애액!

"화살이다. 모두 조심해!"

날카로운 경고가 채 끝나기도 전에 화살들이 소낙비처럼 묵룡대선에 꽂혔다.

"윽!"

"악!"

화살에 맞은 선원들의 비명 소리가 날카롭게 터져 나왔다.

그 와중에도 묵룡사왕과 용전사들이 침몰하는 귀선과 연결된 밧줄을 모두 잘라냈다.

그러자 묵룡대선이 다시 속도를 올리기 시작했다. 하지만 그 잠깐의 지체로 인해 다른 귀선들의 추격을 허용했다.

쿠우우!

두 척의 귀선이 어느새 다시 묵룡대선의 앞을 막아서고 있었다.

"결국… 백병전인가?"

침몰하는 배에서 쏜 작살기병에 걸려 충분한 속도를 얻지 못한 묵룡대선으로서는 앞을 막는 귀선을 뚫고 나갈 수 없다.

탑살이 눈살을 찌푸렸다.

한 척일 때는 모르지만 세 척으로 늘어난 적들과의 백병전은 피하고 싶은 탑살이었다.

백 명가량의 사람이 타고 있는 묵룡대선이지만 세 척의 적선에는 두 배 이상의 적들이 도사리고 있었다.

적이 배를 넘어와 백병전이 벌어지면 설혹 승리를 한다 해도 큰 피해를 입을 수밖에 없는 상황이었다.

"후우… 어쩔 수 없지. 싸워야 한다면 싸울 밖에! 모두 적을 맞을 준비를 하라!"

탑살이 강렬한 기운을 뿜어내며 명을 내렸다.

그러자 묵룡대선의 선원들이 일제히 병장기를 빼 들고 백병전을 준비하기 시작했다.

"모두 죽여라. 한 놈도 남기지 말고……!"

검은 전포(戰袍)를 걸치고 녹색의 안광을 뿜어내는 자가 음울하고 살기 가득한 목소리로 명을 내렸다.

마치 묵룡대선에 타고 있는 사람들이 철천지원수라도 되는 것 같은 살기였다.

그런데 얼굴은 정확하게 보이지 않는다. 턱 아래까지 복면을 쓴 것도 아니었다.

분명히 두건 아래 얼굴을 드러내고 있지만 녹색의 안광 말고는 보이는 것이 없었다. 마치 짙은 안개로 얼굴을 가린 듯한 모습이었다.

"저놈이 우두머리인가 보군요."

"왜 나왔어? 얼른 들어가! 이제 곧 백병전이 시작된다!"

갑자기 선실 입구에 나타난 무한을 보고 놀란 아적삼이 호통을 쳤다.

"답답해서요."

"미쳤냐? 그래서 그 몸으로 이 와중에 싸움 구경이라도 하겠다는 거냐?"

"왼팔로는 검을 쓸 수 있어요. 오른팔도 통증은 없고요."

무한이 대답했다.

"이보세요. 철없는 전사님! 우리 묵룡대선이 부상당한 소년 전사님께 의지해야 할 만큼 나약한 장사치로 보입니까? 그런 도움 필요 없으니 얼른 들어가라! 응?"

말끝에 아적삼이 정색을 하며 호통쳤다.

"놈들이 넘어오면 들어갈게요."

무한이 고집을 부렸다.

"이놈아, 벌써 건너왔다."

아적삼이 소리쳤다.

그의 말대로 녹색 안광을 흘리는 괴인의 명에 따라 귀선의 괴전사들이 묵룡대선으로 밀려들고 있었다.

하지만 선두에 선 괴인들은 독사검왕의 검에 낙엽처럼 바다에 떨어졌다.

독사검왕과 그가 이끄는 용전사들은 두려움 없이 적을 맞아 싸웠다.

하지만 꾸역꾸역 밀려드는 괴인들을 모두 막을 수는 없었다. 더군다나 적선은 좌우에 두 척이다. 그리고 아마도 조금 후면 침몰해 가는 뒤쪽 귀선에서도 마인들이 넘어올 것이다. 상황이 썩 좋지 않았다.

"카아악!"

용전사들이 조금씩 밀리는 듯하자 마치 야수들이 울부짖는 것 같은 괴성을 지르며 괴인들이 밀려들었다.

"어서 들어가. 어서! 젠장, 싸움이 우리 배에서 벌어지면 피해가 클 텐데. 그나마 남은 운송품들도 상할 테고."

아적삼은 싸움의 승패는 걱정하지 않는 모습이었다. 그건 아마도 탑살과 용전사들에 대한 굳은 믿음 때문일 것이다.

대신 그는 배에 남겨둔 운송품들을 걱정하고 있었다. 묵룡대선 안에서 백병전이 벌어지면 그나마 남은 운송품들도 손상될 가능성이 컸다.

하지만 상황은 어쩔 수 없이 묵룡대선에서 대혈전을 벌여야 하는 방향으로 흘러가고 있었다.

그런데, 묵룡대선이 일대 혈전장으로 변하려는 그 순간, 누구도 예상치 못한 일이 벌어졌다.

쿠오오!

갑작스럽게 묵직한 굉음이 하늘에서 밀려왔다.

바다 위의 싸움이다. 소란은 바다 위에서 일어나야 한다.

그런데 이 거대하고 갑작스러운 굉음은 하늘로부터 들려오고 있었다. 그리고 그것이 바다 위 상황을 완전히 변화시켰다.

콰콰쾅!

돌덩이가 우박처럼 쏟아졌다.

쩌저적!

귀선의 선체가 무서운 속도로 파괴되었다.

카아앙!

소름 돋는 다급한 나팔 소리가 귀선으로부터 터져 나왔다.

그러자 묵룡대선으로 밀려들던 괴인들이 급히 귀선으로 후퇴했다.

용전사들이 후퇴하는 괴인들을 추격하려는데 탑살의 경고가 터져 나왔다.

"추격하지 마라. 조타장은 귀선과 거리를 벌려라. 궁수들은 활로 공격하라! 석포와 철노도 모두 쏟아부어!"

탑살의 명령이 떨어지자 노련한 조타장 울돌이 빠르게 묵룡대선의 방향을 틀어 두 척의 괴선에서 멀어지기 시작했다.

그사이 묵룡사왕이 지휘하는 용전사들과 배 하단 철노를 담당하는 선원들이 귀선을 향해 공격을 쏟아붓기 시작했다.

"칵!"

"악!"

석포와 화살에 맞은 괴인들이 낙엽처럼 바다로 추락했다.

귀선들은 막대한 피해를 입으면서도 빠르게 도주하기 시작했다.

물론 앞서 묵룡대선에서 쏜 철노에 당해 배의 하단이 침수된 귀선은 선체가 거의 절반 이상 물속에 들어가 있어 도주할 여력이 없었다.

그래서 그 배에 타고 있던 자들이 다급하게 도주하는 다른 두 척의 귀선으로 옮겨 타고 있었는데, 그런 자들 중 태반은 바다로 추락했다.

귀선들은 그런 동료들을 바다에 그대로 놓아두고 점점 더 속도를 높였다.

그리고 결국에는 석포의 사정권에서 벗어나 안갯속으로 자취를 감췄다.

"대체 누구죠?"

무한이 은빛 바탕에 검은 사자 문양을 새긴 깃발을 보며 물었다. 귀선을 향해 석포를 날린 전선 위에서 휘날리는 깃발이다.

갑판에 늘어선 은빛 갑옷의 전사들 모습은 무한을 압도하고 있었다.

"은갑전사단이다."

"아……!"

무한이 자신도 모르게 탄성을 흘렸다.

"들어봤느냐?"

"그런 것 같아요."

"하긴 워낙 유명하니까. 기억을 잃었다고 해도 단편적인 세상사는 생각날 수도 있지. 좋은 현상이다. 잊어버린 기억을 찾아가는 과정일 수 있으니."

"세상에서 가장 용맹한 사람들이라고들 한 것 같은데… 맞나요?"

"틀린 말은 아니지. 더불어 가장 비극적인 전사들이라고 할 수도 있지."

"비극이요?"

무한이 되물었다.

"검은 마종 흑라의 시대에 가장 뛰어난 공을 세우고도 작은 섬에 틀어박혀 살고 있으니까."

"섬이요?"

"그건 또 기억을 못 하냐? 참 일관성 없는 기억 상실일세. 쯔쯔."

아적삼이 혀를 찼다.

물론 무한이 은갑전사단에 대해 알고 있는 것은 자신이 말한 것보다 훨씬 많았다.

당연한 일이었다. 은갑전사단이야말로 그의 아버지 철사자 무곤과 떼려야 뗄 수 없는 인물들이었기 때문이다.

흑라의 마세가 육주의 땅까지 침범하기 시작했을 때, 독안룡 탑살이 바다에서 그들의 침략을 일차 저지했다.

하지만 흑라의 마세는 여전히 강했다. 그들은 육주의 땅과 검은 대륙 파나류 사이에 있는 거대한 섬, 섬이라고 부르기에는 어울리지 않게 큰 땅인 사자(死者)의 섬을 장악하고, 호시탐탐 바다를 건너 육주의 땅을 침범할 기회를 노리고 있었다.

사자의 섬은 본래 고대어로 신들의 정원이란 의미에서 아름다운 이사야란 이름을 가지고 있었다.

다만, 사람이 살기에 좋은 섬은 아니었다.

섬 전체가 위태로운 지형으로, 사람의 인적이 끊긴 울창한 숲과 깊은 계곡, 그리고 거친 바위산들로 이뤄져 있어서 농사를 지을 땅이 극히 적었다.

그래서 극소수의 사람들이 살아갈 뿐 평야와 호수가 많은 육주의 땅과 달리 큰 세력이 자리를 잡은 곳은 아니었다.

그래서 육주를 노리는 흑라가 초기에 그 섬을 장악한 것은 당연한 일이었다.

흑라가 장악한 이후의 이사야는 육주의 사람들에겐 눈앞의 위협, 입안의 가시 같은 곳이었다.

그곳으로 철사자 무곤이 건너갔다. 그가 규합한 삼백의 은갑전사단과 함께.

육주의 제후들과 상인들은 죽음의 땅으로 원정을 가는 그들에게 은으로 도금된 단단한 철갑옷을 선물했고, 그 이후 그들은 은갑전사단으로 불리게 되었다.

절대무적이라 불리는 철사자 무곤의 명성도 그 원정을 통해 만들어졌다.

은갑전사단은 섬 이사야 남쪽에 상륙해 북쪽까지 영웅적인 대원정을 감행했다.

그들의 뒤를 따라 육주의 제후들이 보낸 병력들이 전진했는데, 그들은 은갑전사단이 뚫은 원정로를 따라 이동하면서 사람이 거주할 수 있는 곳은 모두 불태웠다.

더 이상 흑라의 마인들이 그 섬을 사용할 수 없게 하기 위함이었다.

그렇게 수천 년, 어쩌면 수만 년을 이어왔을 섬 이사야의 아름다운 숲과 초원이 불탔다.

물론 그 이전에 흑라의 마인들에 의해 섬 곳곳이 황폐화되었지만, 육주의 원정대가 불태운 피해에 비할 바는 아니었다.

그렇게 한때 신들의 정원이라 불렸던 아름다운 섬 이사야는 죽음의 섬으로 변했다.

그 참혹한 은갑전사단의 원정이 끝났을 때, 삼백의 전사들 중 살아남은 사람은 백여 명이 전부였다.

물론 당연히, 그보다 몇십 배에 달하는 후군 원정대와 흑라의 마인들의 죽음이 뒤따랐다.

이 기습적인 대원정으로 아름다운 섬 이사야는 수천 명의 사람들이 숨진 죽은 자들의 섬으로 변해 버린 것이다.

이후 이 섬은 사자(死者)의 섬이라는 우울하고, 두려운 이름으로 불리기 시작했다.

은갑전사단은 대원정이 끝난 이후에도 귀환하지 않았다.

그들은 죽은 형제들을 기리고, 마세의 재침입을 감시하기 위해 죽은 자들의 섬 북쪽에 붙어 있는, 아주 작은 섬에 성을 쌓고 그곳을 거처로 삼았다.

사람들은 그 섬을 은갑전사단에 대한 존경의 뜻으로 수호자들의 섬이라고 불렀다.

그 은갑전사들이 바다 한가운데 나타난 것이다.

침몰한 귀선은 이미 물속으로 사라져 더 이상 보이지 않았다.

도주한 두 척의 귀선 역시 안개 속으로 사라진 지 오래였다.

독안룡 탑살은 묵룡사왕과 용전사들을 거느리고 묵룡대선의 뱃머리에 서 있었다.

묵룡대선의 앞쪽으로 아름다운 배 한 척이 다가왔다. 모습으로만 보면 도저히 악귀 같은 귀선들을 도주시킨 전선(戰船)이라도 보기 어려울 정도로 아름다운 배다.

둥둥둥둥!

거대한 북소리에 맞춰 은빛 깃발에 새겨진 검은 사자(獅子) 문양이 용맹하게 흔들렸다.

콰아아!

한순간 은갑전사단의 아름다운 전선이 움직임을 멈췄다. 그에 따라 갈라지던 파도가 전선의 배에 부딪혀 강한 파도를 만들어 냈다.

그리고 전선 위 갑판에 늘어선 눈부신 전사들이 보였다.

뜨거운 태양을 받아 번쩍이는 은빛의 갑주들, 그 속에는 천하의 그 무엇도 두려워하지 않는 눈빛을 가진 전사들이 있었다.

그리고 그들의 중심에 아름다운 갑옷과 어울리지 않게 섬뜩한 자상(刺傷)으로 가득한 얼굴을 가진 전사가 깊은 눈으로 묵룡대선을 바라보고 있었다.

*   *   *

"부하라가 선장께 인사드리오."

자상으로 가득한 얼굴을 가진 전사가 독안룡 탑살을 향해 가볍게 고개를 숙여 보였다.

한 손을 가슴에 올린 그의 인사가 독안룡 탑살에 대한 존경심을 드러내고 있었다.

그러자 독안룡 탑살 역시 같은 행동을 취하며 입을 열었다.

"단주! 도움에 감사드리오. 그동안 평안하셨소이까?"

독안룡 탑살 역시 초로의 전사에 대한 존중심이 가득한 모습이다.

이 초로의 전사야말로 은갑전사단을 이끌고 수호자들의 섬을 지키고 있는 은갑전사단의 단주 고독한 검은 늑대 부하라였다.

과거 철사자 무곤이 은갑전사단을 이끌 때부터 이인자의 위치에 있었고, 철사자 무곤이 은갑전사단을 떠나 사자림에 은거한 이후에는 은갑전사단의 단주가 된 인물이다.

그 명성으로 보자면 독안룡 탑살과 견주어도 부족함이 없는 대전사였다.

"저야, 항상 늘 같지요. 바다와 사자의 섬을 보는 것이 일상이니. 그런데 허락해 주신다면 잠시 묵룡대선으로 건너가도 되겠소이까?"

부하라가 물었다.

"제겐 영광이지요. 단주의 방문을 불편해할 사람이 세상에 있겠소이까?"

"하하하, 글쎄요. 아마도 저의 등장을 불편해하는 사람이 더 많지 않을까요?"

부하라의 말에 독안룡 탑살의 얼굴이 어두워졌다.

"듣고 보니 또 그렇구려. 후우… 영웅의 쓰임은 난세에나 필요한 것이라지만……."

"독안룡께서도 마찬가지 아니신지. 육주에 한 달 이상 머무신 적이 없지 않소이까?"

"음… 하하하! 듣고 보니 그렇구려. 아무튼 오시지요. 사다리를 내려라."

탑살이 선원들에게 명령하자 묵룡대선의 선원들이 급히 사다리를 꺼내 와 은갑전사단의 배에 걸쳤다.

부하라는 세 명의 은갑전사를 데리고 묵룡대선으로 넘어왔다. 탑살은 부하라를 자신의 망루 옆 선실로 데려갔다.

창을 통해 빛이 들어오고는 있었다. 눈부시게 밝은 선실이다. 그러나 선실의 분위기는 어두웠다.

"역시 그렇게 보셨군요."

무슨 말을 들었는지 부하라가 고개를 끄떡였다.

"단주께선 어떻게 생각하시는지?"

탑살이 물었다.

"의심은 하고 있었소이다. 그래서 그들을 추격했던 것이고. 그런데 솔직히 그들이라고까지는 확신하지 못했소이다. 그런데 독안룡께서 그리 말씀하시니……."

부하라가 무거운 표정으로 대답했다.

"당시 놈들을 전멸시킨 것은 아니니까."

"두 척이라고 했었나요? 십이귀선 중에 침몰하지 않고 도주한 자들이."

"그렇소이다."

"그런데 세 척이라……."

"세월이 지났으니 만들려면 백 척이라도 만들었을 시간이오. 문제는 그것이 아니라 거기에 타고 있던 자들인데……."

"역시 그때 살아 달아난 자들이었소이까?"

부하라가 신중하게 물었다.

"다른 사람은 모르겠고, 가장 나중에 모습을 드러냈던 녹색 안광의 인물은… 무면귀가 아닌가 싶소이다."

순간 부하라의 눈에 살기가 스치고 지나갔다. 강렬한 전의다. 무면귀라는 인물에 대한 적의가 결코 작지 않은 모양이었다.

그 모습을 보며 탑살이 다시 입을 열었다.

"흑라의 수군 중 가장 뛰어난 자들이 바로 십이귀선의 마인들이었소. 대해전에서도 유일하게 그들만 생존자를 남겼으니까. 그러니 그들이 세상 어딘가 생존해 있었다는 것은 놀라운 일이 아니오. 다만 걱정은……."

탑살이 말꼬리를 흐리자 부하라가 말했다.

"문제는 그들이 감히 육주의 바다 경계선까지 진출했다는 것일 테지요?"

"맞소이다. 이건… 좀……."

탑살이 눈살을 찌푸렸다.

"불길한 조짐입니다."

부하라가 손으로 가볍게 이마를 짚으며 말했다.

"세월이 많이 흐른 모양이오. 다시 그들을 걱정해야 할 때가 된 것을 보니."

탑살이 눈길을 바다로 주며 말했다.

"그런들 과거만 하겠소이까? 검은 마종 흑라가 죽은 이상은……."

"그렇긴 하지요. 그자만 아니라면."

탑살이 고개를 끄떡였다.

"아직도 가끔 그런 자가 정말 있었나 싶소이다. 어떻게 그렇게 빠르게 마종의 씨앗을 퍼뜨릴 수 있었는지. 무종을 전하는 일이 그렇게 될 일이 아닌데……."

부하라가 고개를 저었다.

"순수한 무종은 아니었을 것이오. 아마도 사악한 술법을 썼을 것이오."

"그렇게 보는 게 타당하겠지요. 아무튼 이 일은 육주에 알려야겠소이다."

부하라가 말했다.

"그게 좋을 것 같소. 나쁜 것만은 아닌 것이 육주의 지배자들이 이 일로 경각심을 가졌으면 좋겠소이다. 세력 다툼에 몰두하지 말고."

"그 일은 정말 걱정입니다. 그들은 마치 마세(魔勢)가 세상에서 영원히 사라진 것처럼 행동하고 있으니. 얼마간의 경쟁이야 나쁘지 않지만. 저러다 큰 전쟁이라도 나는 날에는……."

"만약 향후 십 년간 이런 상황이 이어진다면 반드시 큰 전쟁이 날 것이오."

탑살이 단언했다.

"그렇게 보시는군요."

부하라의 표정이 좀 더 어두워졌다.

"오래된 것 같지만 육주가 제국의 역사를 끝낸 것이 삼십 년이 되지 않았소. 이후 갑자기 시작된 흑라의 전쟁으로 제국의 기억이 아득해졌지만 적어도 이왕사후에게는 그렇지 않을 것이오. 그들은 모두 천록의 왕국에서 왕위와 제후의 작위를 받은 사람들 아니오. 자신들의 눈으로 제국의 위대함과 황제의 권력을 보고 느낀 사람들이오. 왜 욕심이 나지 않겠소."

탑살이 말했다.

"누군가는 왕들 위의 왕이 되길 꿈꿀 것이란 말이군요."

"그렇소. 인간은 본래 그런 것 아니겠소?"

탑살의 말에 부하라가 고개를 끄떡였다.

"맞소이다. 참 공교롭구려. 이런 때에 십이귀선의 등장이라니. 육주 제후들의 내전을 막을 계기가 될 수도 있는 일이라."

"그래도… 그것이 흑라의 그림자라면 없는 것이 낫지요."

"물론 그렇긴 합니다."

부하라가 즉시 동의했다.

흑라의 시대, 그 참혹했던 전쟁을 다시는 되풀이하고 싶지 않은 듯 보였다.

"그런데 십이귀선의 등장 말고 다른 조짐은 없소?"

잠시 어두운 침묵을 지키던 탑살이 문득 물었다.

그러자 부하라가 잠시 고민하는 듯하다 입을 열었다.

"객관적으로 보자면 특별한 일은 없소. 사자의 섬은 여전히 죽음의 땅이고, 검은 대륙으로 보낸 형제들이 전해오는 소식도 딱히 특별한 것은 없었소. 그런데… 느낌이 좋지 않소."

"느낌이라……."

어려운 말이다.

실체는 없지만 오랜 세월 셀 수 없이 많은 경험을 쌓은 노련한 전사의 육감이란 결코 무시할 수 없는 것이다.

"하나하나의 소식은 평범한데 그것들을 죽 늘어놓고 보면 뭐랄까. 알 수 없는 흐름이 있다고 할까."

"볼 수 있겠소?"

탑살이 불쑥 물었다.

무례한 요구일 수도 있다.

은갑전사단의 전사들이 목숨을 걸고 수집한 세상의 정보를 보겠다는 것이기에 부하라의 기분을 상하게 할 수도 있었다.

그런데 부하라는 탑살이 그 정보들을 볼 권리가 있는 사람처럼 대답했다.

"당연하지요. 오히려 제가 부탁드리려던 참이었소."

전사로서의 싸움이라면 모를까, 세상일에 대한 판단력에서는 상선을 타고 온 세상을 여행한 탑살을 따를 사람이 없다는 것을 부하라는 알고 있었다.

그래서 그의 육감이 경고하는 위험이 무엇인지 탑살이라면 알아낼 수도 있지 않을까 하는 기대를 하는 듯했다.

"수호자들의 섬으로 가야겠구려."

탑살이 말했다.

은갑전사단이 모은 정보들이 그들의 본거지인 수호자들의 섬에 있을 것이기 때문이다.

"여정은 어떠신지……?"

부하라가 물었다.

묵룡대선은 상선이다.

해전에 투입되면 세상의 어떤 전선보다도 훌륭한 전선이지만, 그 본래 목적이 상선임은 부인할 수 없었다.

상인이 가장 중요히 여기는 것은 일정이었다. 제때에 거래처에서 요구하는 물건을 가져가는 것, 그것이 상인의 첫 번째 덕목이다.

당연히 묵룡대선의 일정이 신경 쓰일 수밖에 없는 부하라였다.

"일정은 괜찮소. 올해는 대서류가 강해 생각보다 빨리 육주의 바다를 건넜고, 놈들의 공격으로 운송품의 삼분지 일을 바다에 버렸소. 운송할 물건이 줄었으니 갈 곳도 줄어 일정에는 여유가 있소."

"손해가 크겠습니다."

부하라가 걱정스러운 표정으로 말했다.

"감당할 수 있는 손실이오. 또 재산을 모으자고 하는 일도 아니고."

"후우, 독안룡께서 육주의 서해안에 성을 쌓고 일정한 영지를 다스린다면 육주의 안전에 큰 도움일 될 터인데. 이왕사후… 그 소인배들 때문에 이렇게 바다에서 살아가셔야 하니 안타까운 일이오."

"하하하, 그들 때문에 육주의 땅에 정착하지 않는 것은 아니오. 난 바다가 좋소이다."

"그러신가요? 하긴 평생을 바다에서 살아오셨으니. 그럼 일단 섬으로 가시지요."

"신세 좀 지겠소."

"후후, 신세라니요. 독안룡께서 들러주신다면 은갑전사단의 큰 영광이지요. 그럼!"

부하라가 가볍게 웃으며 자리에서 일어났다.

"수호자들의 섬으로 간다. 섬에서 배를 재정비하고 떠날 것이다. 은갑전사단의 전선을 따라 가라!"

부하라가 은갑전사단의 배로 건너간 후 탑살이 명을 내렸다.

"와우!"

배의 후미 갑판에서 탑살의 명을 들은 아적삼이 낮게 탄성을 질렀다.

"왜요?"

선실에서 몸을 추스르라는 당부를 어기고 귀선의 공격 때부터 갑판에 나와 있던 무한이 물었다.

평소 아적삼이 이렇게 흥분하는 경우가 별로 없었기 때문이다.

"수호자들의 섬에 간다잖아. 은갑전사단의 성이 있는."

"그게 그렇게 기쁜 일인가요?"

무한이 되물었다.

"그게 얼마나 대단한 일이지 몰라?"

"제가 어떻게 그걸……."

무한이 떨떠름한 표정으로 말했다.

"음, 이 녀석, 이럴 때 보면 정말 바보 같기도 하군. 이놈아. 은갑전사단의 성은 아무나 방문할 수 없어. 검은 마종 흑라와의 싸움에서 여러 영웅들이 탄생했지만, 그 누구도 은갑전사단과 철사자 무곤의 공적을 넘지 못한다. 철사자 무곤이 흑라를 죽이고 산화한 이후에 수호자들의 섬에 그를 기리는 거대한 탑이 세워졌지. 이후에 그곳은 육주의 전사들에게 평생 한 번 가보고 싶은 성지가 되었단다. 그러나 아무나 갈 수 없는 곳이지. 이왕사후조차도 그곳을 방문하려면 미리 허락을 구해야 한

단 말이야."

"이왕사후도요?"

"그럼! 뭐 사실은 은갑전사단과 이왕사후의 관계가 썩 좋지 않기 때문이기도 하지만."

"왜요?"

"여러 가지 복잡한 이유가 있다. 지금은 설명하기 어렵고 너도 시간이 지나면 알게 될 거야. 아무튼 그 섬으로 가는 거야. 우리가. 흐흐흐, 이거 정말 묵룡대선의 선원이 된 보람이 있네."

아적삼이 계속 실실 웃음을 흘렸다.

그때 멀리서 갑판장 하삭의 호통이 들렸다.

"적삼! 계속 떠들고만 있을 거야? 갑판 정리를 서둘러!"

"아니, 수호자들의 섬에 가서 하면 되는 거 아닙니까?"

아적삼이 되물었다.

"삼 일 거리다. 그동안 이 상태로 지내자고?"

하삭이 손을 들어 난장판이 된 갑판 위를 가리키며 물었다.

그러자 아적삼이 슬쩍 주위를 돌아보고는 대답했다.

"이대로 지낼 수는 없겠네요. 알겠습니다. 대충 정리하죠."

"서둘러! 수호자들의 섬에 들어갈 때는 제대로 된 모습을 갖춰야지."

"하긴 그렇군요. 은갑전사들에게 비렁뱅이처럼 보일 수는 없으니. 알겠습니다."

"후갑판은 자네가 책임져."

"언제는 안 그랬나요. 알겠습니다."

아적삼이 우렁차게 대답했다.

그러자 하삭이 손을 한 번 흔들어 보이고는 배 앞쪽으로 걸어
갔다.

"칸, 너는 안에 들어가 있어라."

"저도 도울게요."

"안 돼. 괜히 힘을 쓰다 부상이 도질 수가 있어. 선실로 들어
가."

"그럼 구경이라도 할게요."

"그것도 싫다 이놈아. 남은 뼈 빠지게 일하는데 제자라는 놈
이 구경이나 하는 꼴은 배알이 꼴려서 볼 수 없으니까."

제9장

수호자들의 섬

닷새의 항해가 전혀 지루하지 않았다. 앞서서 바닷길을 열고 있는 은갑전사단에 대한 이야기를 자세하게 들을 수 있었기 때문이다.

아버지에 의해 만들어진 전사단이다. 그들에 대해 남다른 감정이 없을 수 없었다.

한편으로는 이해할 수 없는 일이기도 했다. 도대체 왜 아버지 철사자 무곤은 이들과의 인연을 끊을 것일까.

그즈음 무한의 친모이자 무곤의 첫 번째 부인인 하로가 죽었기 때문일 수도 있었다.

무한의 친모 하로는 평민이었다. 그렇다고 평범한 사람은 아니어서 철사자 무곤과 결혼한 이후에 그 사람의 진가가 세상에 알려졌다.

아름답고, 온후했다.

평생 검과 함께 살아온 철사자 무곤이 기대어 쉴 만한 여인이었다고 전해진다. 물론 무한은 기억할 수 없는 어머니지만.

전장에서 그녀의 죽음을 전해 들은 무곤은 당시 큰 충격에 빠졌다고 전해진다. 이후 은갑전사들을 떠나 사자림으로 돌아와 은거했던 것이다.

그로부터 삼 년 후 야심 가득한 여인이자, 궁산 비룡성주의 딸 주란과 혼인을 하기는 했지만, 무곤은 사는 동안 무한의 친모 하로에 대한 그리움을 떨치지 못했다.

어쨌든 그렇다고 해도 아버지 철사자 무곤과 은갑전사단의 인연이 그렇게 완벽하게 단절될 수 있었다는 것이 무한으로서는 이해되지 않았다.

만약 그 인연이 끝나지 않았다면, 무곤의 죽음 후 은갑전사단은 무한을 보호하기 위해 바다를 건너왔을 것이다.

그러나 은갑전사단은 철사자 무곤이 죽고 주란이 사자림을 떠난 이후에도 무한을 찾아오지 않았다.

어린 나이에 홀로 세상의 감시와 멸시를 견뎌내던 무한에게 어떤 도움도 주지 않은 것이다. 그 정도로 그들과 철사자 무곤의 인연은 완전히 끝나 있었다.

어쩌면 은갑전사단의 전사들은 그들을 떠난 무곤을 원망했을지도 모른다.

그들 중 일부는 육주의 땅에 가족을 남겨두고 수호자의 섬에 머물렀다. 희생, 그것이 없이는 존재할 수 없는 은갑전사단이었다. 그리고 그 희생을 최초로 요구했던 사람이 바로 철사자 무곤이었다.

그런 무곤이 아내의 죽음 때문에 은갑전사단을 떠났다는 사실을 그들은 받아들일 수 없었을 것이다.

물론 그렇다 해도 이런 절연은 이해할 수 없었다. 하물며 철사자 무곤은 이후 세상 사람들을 위해 자신의 목숨을 버리면서 흑라를 죽였다.

그들 자신도 그런 철사자 무곤의 영웅적인 행적을 기리기 위해 자신들의 섬에 무곤의 무혼탑을 세우기까지 했다.

그러니 그 이후라도 당연히 무한을 찾아왔어야 했을 터였다.

그런데 결국 그들은 끝까지 오지 않았다.

"왜 오지 않았을까?"

무한이 앞서가는 찬란한 전선을 보며 나직하게 중얼거렸다.

그러나 그 대답을 들을 수는 없었다.

그 대답을 해줄 수 있는 사람이 앞의 배에 타고 있지만, 그 질문을 하는 순간 그의 신분이 드러날 것이기 때문이다.

그런 위험을 감수할 수는 없는 시기였다.

"동생, 뭘 그렇게 생각해?"

문득, 무한의 등 뒤에서 낯선 여인의 목소리가 들렸다.

무한이 고개를 돌렸다. 그의 눈에 소룡 하연이 보였다.

"하연 무사님!"

"뭐? 하연 무사님? 동생, 벌써 잊었어? 날 누님이라고 부르라고 했잖아?"

"그, 그것이……."

그런 일이 있기는 했다.

무한이 소룡 소독과 하연을 괴고수에게서 구한 후, 두 사람은 무한을 동생으로 삼겠다고 했었다.

하지만 그들이 그렇게 말했다고 무한까지 쉽게 그들에게 형님, 누님 할 수는 없었다.

"뭐야, 생각보다 숙맥이네? 우리 동생."

하연이 무한의 어깨를 툭 치며 말했다.

남자들 사이에서 수련을 받아서 그런지 하는 행동은 영락없는 선머슴 같다.

하긴 그런 성격이니 거칠고 고단한 소룡으로서의 수련을 참아내는 것일 것이다.

"나중에……."

"나중에? 나중에 언제? 동생, 내가 동생보다 별로 나이가 많지는 않지만 살면서 느낀 점 하나를 말해줄까?"

"……?"

"앞에 놓인 음식은 그때 먹어라. 시간 지나면 결국… 뭐 된다?"

"그야."

"그래. 똥 되는 거야. 그러니까. 나중에, 라는 말은 자주 하면 안 돼. 기회가 왔을 때는 잡는 거지. 알았지?"

하연이 강요하듯 물었다.

"예."

"좋아. 그럼 불러봐."

"하연… 누님!"

"좋았어. 마음에 들어. 그리고 사실 망설일 일도 아니잖아? 곧, 사형제가 될 텐데."

하연이 다시 무한의 어깨를 툭 치며 말했다.

"사형… 제요?"

무슨 소리냐는 듯 무한이 되물었다.

"발뺌하는 거야? 선장님께 치료를 받았다며. 선장님의 치료라면 당연히 내공을 사용한 것이겠고. 그럼 무종이 전해졌을 텐데?"

"그야……."

"나도 예전에 크게 다쳤을 때 선장님의 치료를 받아봐서 알아. 무종을 전하지 않고는 빠르게 치료 효과를 볼 수 없지. 그런데 동생의 상태로 봐선 분명 무종을 전하면서 치료하셨을 것 같은데. 아니야?"

하연이 무한의 눈을 바라보며 물었다.

순간 무한은 이 장난스러운 여인이 무공을 수련하는 소룡이란 것을 새삼스럽게 깨달았다.

그녀의 눈빛이 칼처럼 날카롭게 빛났기 때문이다.

물론 그 날카로움이 무한에 대한 적의는 아니었다. 다만 오랜 수련을 통해 길러진 본능이 발산하는 눈빛이었다.

"무종을 전하시기는 했지요. 하지만……."

"하지만 뭐?"

"제가 그 씨앗을 살려내지 못하면 인연이 없다고 하셨어요. 그리고……."

"그리고 또 뭐? 뭐가 이렇게 복잡해?"

하연이 투덜댔다.

"저 역시 결심이 서지 않았고요."

"응? 아니, 지금 독안룡 탑살 님의 무종을 받는 것을 포기하기라도 하겠다는 거야?"

하연이 어이가 없어 화가 난다는 표정으로 물었다.

그녀는 자신이 독안룡 탑살의 무종을 받은 무인이라는 사실에 큰 자부심을 가지고 있었다.

그래서 무한이 탑살의 무종을 거부할 수도 있다는 말에 일종의 모욕감을 느낀 것이다.

"나중에 어찌 될지 알 수가 없어서요."

하연이 표정이 좋지 않자 무한이 얼른 변명하듯 말했다.

"그건 또 무슨 말이야?"

"제가 과거의 기억이 없잖아요."

"그런데?"

"나중에라도 혹시 묵룡대선을 떠나야 하는 일이 생길까봐……."

무한이 말꼬리를 흐렸다.

그러자 그제야 이해가 간다는 듯 하연이 고개를 끄떡였다.

"그런 이유라면… 하긴 그렇기도 하네. 본래 무종을 전수받은 사람은 그 종파의 뜻에 어긋나는 일은 하지 못하게 되어 있지. 의탁할 왕이나 제후를 선택할 때도 무종 종파의 수장에게 허락을 받아야 하니까. 이왕사후를 위해 일하는 무인들 역시 모두 각 종파 수장의 허락을 받은 사람들이지."

"그래서요. 나중에 제 기억이 돌아왔을 때 어떤 일이 벌어질

지 몰라서."

"그렇긴 하지만… 선장님은 육주의 영웅이셔. 알려진 적대 세력도 없고. 과거에 큰 원한을 지신 일도 없는 것 같으니 문제가 되진 않을 것 같은데?"

"그래도 만에 하나……."

무한이 망설이자 하연이 실소를 흘렸다.

"하! 이거 신중한 거야, 겁이 많은 거야? 만에 하나 일어날 일을 걱정하면 어떻게 세상을 살아가니? 만에 하나라면 흑라가 살아날 수도 있어."

"흑라요? 죽었잖아요?"

"말이 그렇다는 거야. 혹시 아니? 만에 하나 그의 숨이 붙어 있을지. 대영웅 철사자 무곤 님의 검에 심장이 뚫렸다지만 이왕 사후와 원정대는 그의 시신을 가져오지는 못했어. 그의 시신은 커녕 철사자 님의 시신조차 수습해 오지 못했는걸? 그러니까 만에 하나 살아 있을 수도 있지."

"그럴 리가?"

그럴 수 없다는 듯 무한이 고개를 저었다.

"거봐. 그럴 리 없다고 생각하지? 만에 하나란 말은 그런 거야. 그럴 리 없는 일이 벌어지는 것. 그러니까 그걸 걱정하면 세상을 살 수 없어. 이런 기회 흔치 않아. 선장님의 무종을 받아."

하연이 단호하게 말했다.

"그래야 할까요?"

무한이 되물었다.

"이제 보니 우유부단한 거네. 그럼 난 흥미 없는데."

"예?"

"난 우유부단한 사람 싫어한다고."

"그… 야……."

무한이 떨떠름한 표정으로 말꼬리를 흐렸다.

"뭐, 굳이 내 마음에 들 생각은 없다는 표정인데?"

"그런 것이 아니라."

"하하하, 농담이야. 어쨌든 선장님의 무종 전수를 거부하지는 마. 사람이란 기회가 있을 때는 일단 잡고 보는 거야. 나중에 어떻게 되든."

"생각해 볼게요."

무한이 여전히 확답은 하지 않았다.

그러자 하연이 한숨을 쉬며 말했다.

"후우… 좋아. 신중한 거로 해두자. 그래도 내 목숨을 구해준 사람이니까."

하연의 말에 무한이 빙그레 미소를 지었다.

"고맙습니다."

"고맙기는 내가 더 고맙지. 사실 제대로 된 인사도 하지 못했으니까."

"어쩌다 보니 그렇게 된 걸요, 뭐……."

"어쩌다가 아니었어. 그때 그 망할 놈의 손목을 찌른 일검은 정말 대단했어. 빠르고 정확했지. 움직이는 적의 손목을 찌르는 것은 결코 쉬운 일이 아니야. 무공을 수련한 사람조차도. 아적삼 아저씨의 검술이 날카롭다는 것은 모두가 알고 있었지만 그건 전장에서 몸으로 습득된 것이고. 동생은 이제 겨우 검술을 배우기 시작했잖아."

"다급하면 없던 힘도 생긴다잖아요."

"그런 건가? 아무튼 어쨌거나 그 일검은 놀라웠어. 소독도 그 이야기를 하더라."

"소독 님께서요?"

"또 그러네! 소독 형님이라고 해야지."

"그… 렇죠."

무한이 멋쩍은 듯 머리를 긁적였다.

"잘 사귀어 봐. 소독은 우리와 또 달라. 뭔가 큰일을 하게 될 거야."

하연이 진지하게 충고했다.

"알겠어요."

무한이 침착한 표정으로 고개를 끄떡였다. 그리고 두 사람 사이에 약간의 침묵이 흘렀다.

그 침묵을 깨고 먼저 입을 연 사람은 무한이었다.

"그런데… 철사자 님과 은갑전사단의 인연은 정말 완전히 끝났던 건가요?"

갑자기 무한이 엉뚱한 질문을 던졌다.

그 갑작스러운 질문에 하연조차 잠시 당황한 듯 보였다.

"응? 뭐라고?"

하연이 무한에게 되물었다.

"철사자께서 흑라를 죽이고 돌아가신 이후 그분이 살았던 사자림은 거의 폐허가 되었잖아요?"

"음, 그렇게 되었지."

"보통의 경우라면 은갑전사단이 사자림에 도움을 주었어야 하잖아요?"

"그 일에 대해선 말들이 많아."

"어떤……?"

"철사자께서 어떤 경우라도 자신과 사자림을 위해 은갑전사단의 힘을 쓰지 말라는 약속을 받았다는 것이 정설이지만, 철사자 님의 부인이었던 주란 부인과 은갑전사단 전사들 사이가 좋지 않았다는 소리도 있어."

"사이가 좋지 않다뇨?"

"주란 부인이 철사자 님의 사후 은갑전사단에 비룡성의 사사로운 이득이 걸린 영향력을 행사하려 했다는 거야. 그걸 은갑전사단의 전사들은 거부했고. 화가 난 주란 부인이 은갑전사단의 사자림 출입을 금지시켰다는 소리가 있더라고."

"하지만 그분은 사자림을 떠났잖아요?"

"그렇다고 해도 사자림에 대한 권리는 가지고 있으니까."

"그렇긴 해도……."

무한으로서는 서운한 일이 아닐 수 없었다.

은갑전사단의 도움이 있었다면 그와 사자림이 그렇게 몰락하지는 않았을 것이기 때문이다.

"그럼에도 불구하고 은갑전사단이 여전히 철사자 님을 자신들의 뿌리로 생각하는 것은 분명해. 수호자들의 섬에 철사자 님을 기리는 제단과 무혼탑을 세웠으니까."

"그렇긴 하군요."

무한이 씁쓸한 표정으로 고개를 끄떡였다.

하지만 하연은 무한의 기분과 달리 기대에 차 있었다.

"그리고 우린 이제 그 전설의 성지를 밟아볼 수 있게 된 거지."

무한과 하연이 동시에 은갑전사단의 전선을 바라봤다.

그 배 너머 아스라한 수평선 위에 날카롭게 솟은 작은 섬 하나가 신기루처럼 흔들리고 있었다.

*   *   *

둥! 둥! 둥! 둥!

북소리가 일정한 간격을 두고 울려 퍼졌다. 장엄한 느낌마저 주는 울림이다.

수호자들의 섬, 은갑전사단의 본거지에서 울려 퍼지는 북소리였다.

북소리가 시작되는 곳은 첨탑처럼 솟은 절벽 위 망루였다.

보통 사람이라면 절대 올라갈 수 없는 망루다.

둥! 둥! 둥! 둥!

묵룡대선 앞에서 바닷길을 열고 있던 은갑전사단의 전선에서도 동일한 속도의 북소리가 울려 퍼졌다.

그러자 섬의 문이 열렸다.

쿠우우우!

아직 적지 않은 거리가 남아 있었지만 섬의 문이 열리는 소리가 수백 장 밖까지 들렸다.

거대한 두 개의 절벽이 바다에서 솟아나 서로 마주 보고 있었고, 그 사이로 바닷물이 들락거렸다.

섬 안쪽으로 들어가는 타원형의 갑문은 마주 본 두 절벽 사이에 있었다. 문 위쪽으로 석재로 쌓아 올린 거대한 방벽이 있었고, 그 위에 갑옷을 걸친 사람들이 보였다.

갑문은 방벽 위에서 끌어 올리는 방식으로 열렸다.

멀리서 보아서인지 개방한 갑문의 입구 크기가 그리 크지 않아 보였다. 무한의 눈에는 묵룡대선 같은 거대한 상선이 절대 통과하지 못할 것처럼 느껴졌다.

그러나 섬이 가까워 오자 멀리서 보던 것과 달리 갑문은 묵룡대선이 조심해서 통과할 수 있는 공간을 내주고 있었다.

"조심해서 배를 몰게."

독안룡 탑살이 조타장 울돌에게 특별히 당부했다.

"걱정 마십시오. 물길이 곧아 방향만 바로 잡으면 쉽게 통과할 수 있습니다."

조타실에서 울돌이 자신 있게 대답했다.

울돌의 실력을 믿는 독안룡 탑살이 더 이상 특별한 언급을 하지 않았다.

그사이 은갑전사단의 배는 이미 갑문 바로 앞까지 다가가고 있었다.

"단주님!"

한순간 무한은 눈부신 빛에 눈을 감았다.

그가 눈을 떴을 때 은갑전사단의 단주 부하라를 향해 가슴에 한 손을 얹고 고개를 숙여 보이는 전사들이 보였다.

갑문의 위쪽 성벽처럼 이어진 방벽 위에 도열한 십여 명의 전사들이 보였다.

은갑전사단의 전선 뱃머리에서 부하라가 갑문 위 전사들의 인사에 손을 들어 가슴에 대는 것으로 답을 하며 소리쳤다.

"독안룡께서 오셨다. 묵룡대선을 맞을 준비를 하라!"

"아! 역시……! 알겠습니다."

갑문 위의 전사들이 잠시 놀란 표정을 짓다가 이내 대답을 하고는 섬 안쪽으로 달려갔다.

쿠우우!

묵룡대선이 묵직한 파도를 일으키며 섬의 갑문 안쪽으로 진입했다.

무한도 오늘은 배의 앞머리로 나와 있었다. 묵룡대선의 선원이라면 누구라도 수호자들의 섬 내부를 먼저 보고 싶어 했다.

"와아!"

무한이 자신도 모르게 탄성을 터뜨렸다.

갑자기 전혀 다른 세상이 펼쳐진 것 같았다.

세상은 은갑전사단에 대해 강하고 엄숙하며 바위처럼 단단한 느낌을 가지고 있었다.

그래서 묵룡대선의 선원들은 수호자들의 섬 내부가 투박하고 진중하며, 전쟁터의 위압적인 성(城)과 같을 거라고 생각하고 있었다.

더군다나 죽은 자들의 섬이 불과 반나절 거리도 안 된다. 수호자들의 섬 위쪽에서 보면 한눈에 바라보이는 거리다.

불모지로 변한 죽은 자들의 섬과 인접해 있다는 선입견으로 수호자들의 섬 역시 황량한 풍경으로 묵룡대선을 맞을 것이란 생각을 할 수밖에 없었다.

하지만 사람들의 예상은 완전히 빗나갔다.

섬은 아름다웠다.

하늘 높이 솟은 녹색의 나무들, 포구 주변에 지어진 크고 작은 집들, 그 사이사이를 채운 이름 모를 꽃, 누구도 이곳이 마인들의 부활을 감시하는 전사단이 머물고 있는 육주 최전선의 섬이라고는 생각할 수 없었다.

그뿐이 아니었다. 작은 마을이 형성된 포구를 중심으로 화산의 분화구 모양으로 가파르게 이어지는 섬 상층부까지 작은 밭들이 만들어져 있고, 그곳에서 밀과 채소들이 자라고 있었다.

"섬이 고립돼도 최소한 굶어 죽지는 않겠군."

무한이 섬의 아름다움에 취해 있을 때, 아적삼은 가파른 비탈에 만들어진 밭들을 보며 말했다.

"어떻게 이런 곳을 만들 수가 있었을까요."

"그것이 참… 묘한 일이지. 악연과 선연이 교차한 결과물이랄까."

"무슨 말씀이세요?"

무한이 아적삼의 말을 알아듣지 못해 되물었다.

"애초에 이 섬이 이렇게 아름다웠던 것은 아니다. 모두 사람들의 손으로 만들어진 것이지. 작은 숲이야 예전부터 있었던 거지만."

"뭐… 그랬겠지요. 눈에 보이는 모든 것이 사람의 손으로 만든 것들이니까요."

무한이 당연하다는 듯 대답했다.

"그럼 이 작지만 완벽한 섬을 만들기 위해서 얼마 정도의 금화가 필요했겠느냐?"

"그야……."

"만만치 않았겠지? 더불어 너도 보다시피 이 섬은 무척 험한 지형을 가지고 있다. 아주 뛰어난 장인들이 아니면 포구로 들어오는 갑문과 그 위 방벽을 만들 수 없지. 막대한 자금이 필요한 일이었을 게다. 자, 그럼 그 막대한 자금을 어떻게 조달했을까?"

아적삼이 무한에게 물었다.

"그야… 육주의 상인들이나 이왕사후가 제공했겠죠. 이곳에서 은갑전사들이 하는 일이 흑라의 후예들이 재기하는 것을 감시하는 일이니까. 육주를 지키는 일이잖아요?"

무한이 대답했다.

"얼핏 생각하면 그렇지. 하지만 그들은 은갑전사단에게 자금을 대지 않았다. 은갑전사단의 세력이 커지고 강해지는 것을 원하지 않았기 때문이다. 흑라와의 전쟁에는 필요한 존재지만 전쟁이 끝난 후에는 자신들을 위협할 수도 있다고 생각했던 것이지."

"치졸하군요."

무한이 눈살을 찌푸렸다.

"본래 사람이 다 그런 존재야. 싸움 중에도 자신들의 이득을 먼저 생각하지. 물론 극소수의 사람은 예외지만. 그런 극소수의 사람을 영웅이라고 하지."

"그럼 누가 자금을 댔죠?"

아적삼의 영웅 타령보다 수호자들의 섬이 어떻게 만들어졌는지가 더 궁금한 무한이었다.

그러자 아적삼이 공허한 눈으로 섬 위쪽에 세워진 거대한 무혼탑을 보며 말했다.

"자금을 조달한 사람은 철사자 무곤이었다."

"그분이 어떻게요?"

무한이 놀란 표정으로 되물었다.

철사자 무곤은 전사다.

그것도 절대무적이라 불렸던 최고의 고수. 하지만 위대한 전사라고 재물이 많은 것은 아니다. 그에게는 이토록 완벽한 요새인 수호자들의 섬을 구축할 만한 막대한 재산이 없었다.

"확인된 바도 아니고, 누구도 확인시켜 주지 않았지만, 이 일과 관련된 그럴듯한 이야기가 전해진다. 철사자 무곤은 평민 출신의 첫째 부인을 몹시 사랑했다지. 그래서 그녀가 죽은 후 비룡성주의 딸 주란과 재혼한 것을 두고 모든 사람이 의아하게 생각했었지. 그런데 그즈음 철사자께서 이 수호자들의 섬을 구축할 막대한 자금을 육주에서 이곳으로 보냈다는 소문이 있었다. 만약 그 소문이 사실이라면 어디서 그 자금이 나왔겠느냐?"

"그럼 그 혼인은……?"

"두 사람의 결혼이 정략적인 혼인이란 것은 모두가 아는 사실이었지. 다만 대체 철사자 무곤이 얻은 것이 무엇인가 하는 것이 늘 의문이었는데, 이 섬을 철통같은 요새로 만들 자금이라면 설명이 되지 않겠느냐?"

"좀 이상한데요? 이곳을 떠난 후 철사자 님과 은갑전사단은 인연을 끊었다고 알려졌잖아요?"

"글쎄. 자세한 건 모르지만 어떻게 철사자와 은갑전사단이 인연을 끊을 수 있겠느냐? 시작과 끝인 관계인데… 사람들의 예상과 달리 그때까지는 긴밀하게 연락을 했던 거 아닐까?"

"……."

무한의 입이 닫혔다.

눈은 그의 아버지가 만들기 시작해 그가 섬을 떠난 후에 남아 있는 전사들이 완성했다는 수호자들의 섬을 향해 있었지만, 그 아름다운 풍경이 온전히 마음속에 들어오지는 않았다.

'그게 사실이라면… 더더욱 날 도와줬어야 하는 거 아닐까?'

문득 원망이 생겼다.

아적삼의 말이 사실이라면 은갑전사단은 철사자 무곤에게 정말 큰 빚을 지고 있는 것이다.

그런 사람들이 그 아들인 자신이 곤경에 처했을 때 어떤 도움도 주지 않았다는 것을 이해할 수 없었다.

최소한 자신을 이 섬으로 데려오기라도 했다면, 세상의 멸시와 조롱 속에서 사자림이 폐허가 되는 것을 무기력하게 지켜보고 있지는 않았을 것이다.

그러나 은갑전사단은 단 한 번도 무한 앞에 얼굴을 보인 적이 없었다.

'아니면 이들도 철저히 자신들의 이득을 위해서 살아가는 사람들일 뿐일까?'

분노도 잠시, 씁쓸한 생각에 피식 실소를 흘리는 무한이다.

"왜 웃어?"

아적삼이 무한의 감정 변화를 살피고 있었는지 불쑥 물었다.

철사자 무곤과 은갑전사단의 이야기에 갑자기 무한의 기분이
왜 변했는지 의아해하는 모습이기도 했다.

"그냥요. 죽은 사람만 불쌍한 것 같아서요. 사자림은 몰락했
잖아요? 그런데 철사자의 힘으로 만들어진 이 섬과 은갑전사들
은……."

"음, 그걸 생각하면 그렇지."

아적삼도 고개를 끄떡였다.

"이 사람들도… 이왕사후 등 육주의 성주들과 같은 사람들이
아닐까요?"

"그건 또 무슨 소리야?"

"세상에 알려진 것처럼 자신들을 희생해 육주를 지키는 사람
들은 아닐 수도 있다는 거죠. 사자림의 몰락을 그저 지켜봤다는
것이……."

"무슨 사정이 있지 않았을까?"

아적삼은 그래도 은갑전사단에 대한 믿음까지 버리고 싶지는
않은 모양이었다.

"그렇다면 다행이지만요."

"하긴 뭐… 사람이 거기서 거기지."

아적삼이 별 의미 없다는 듯 말했다.

그때 총관 함로의 목소리가 들렸다.

"모두 하선할 준비를 하라!"

모든 사람들이 배에서 내릴 수 있는 것은 아니었다.

수호자들의 섬은 그 내부에 밭을 일궈 식량을 조달할 정도의 크기는 되었지만, 한 번에 백 명이 넘는 사람들을 손님으로 받아들일 만한 숙소가 준비되어 있지는 않았다.

그만큼 묵룡대선이 큰 상선이란 의미이기도 했다.

당연히 소수의 사람들만이 은갑전사단이 준비한 섬의 숙소로 초대됐다.

당연히 무한은 배 위에 남았다. 하지만 사실 무한은 그 누구보다 배에서 내리고 싶었다. 아버지 무곤에 의해 시작된 수호자들의 섬을 한 번쯤은 둘러보고 싶었던 것이다.

"저도 배에서 내릴 기회가 있을까요?"

독안룡 탑살과 묵룡사왕, 그리고 일부 용전사들이 배에서 내리는 것을 보고 있던 무한이 불쑥 물었다.

"왜, 구경하고 싶어?"

아적삼이 되물었다.

"예, 모든 사람들이 보고 싶어 하는 섬이잖아요."

"그렇긴 해. 하지만 어려울 것 같다. 허락된 사람들만 내릴 수 있으니까. 함부로 내렸다가는 큰 곤욕을 치를 수도 있어. 은갑전사들은 외인의 섬 출입에 무척 민감하다고 하더라고. 아마도 섬 내부의 지형이나 방어지의 정보가 외부로 새어나갈까 봐 그렇겠지. 나도 못 내리잖아."

아적삼이 말했다.

"그렇군요."

무한이 풀 죽은 대답을 하며 고개를 끄떡였다.

"녀석. 무척 구경하고 싶었나 보구나."

"……."

"나도 어떻게 해줄 수 없는 일이니까 미안하구나. 일단 선실에
들어가서 좀 쉬자. 줄곧 갑판에 나와 있었더니 피곤하다."

"예."

무한이 얼른 대답했다. 하선하지 못하는 것이 아적삼의 잘못
은 아닌데 아적삼이 미안해하자 오히려 미안한 마음이 들었던
것이다.

그런데 기회는 전혀 엉뚱한 곳에서 찾아왔다.

무한이 아적삼과 함께 선실로 들어가려는데 조금 떨어진 곳
에서 소룡 하연이 무한을 부른 것이다.

"칸 동생, 우리와 함께 가자."

"예? 어디로……?"

"어디긴! 하선하자는 거지. 선장님께 떼를 써서 대영웅 철사자
무곤 님의 무혼탑에 참배하는 것을 허락받았어. 그러니 동생도
함께 가자."

"제가 어떻게……."

"동생 하나 더한다고 누가 뭐라고 하겠어?"

하연의 말에 무한이 아적삼을 바라봤다.

그러자 아적삼이 웃으며 말했다.

"녀석, 운이 좋구나. 얼른 가보거라."

"괜찮을까요?"

"가봐. 네가 목숨을 구해준 은혜를 이렇게라도 갚으려는 것
같으니까."

"그럼 가볼까요?"

다른 때라면 거절했을 것이다.

그러나 아버지 철사자 무곤의 무혼탑을 볼 수 있다는 사실이 하연의 제안을 거절할 수 없게 했다.

"배에서 내린 후에는 행동에 각별히 조심하고."

아적삼이 흥분한 무한에게 주의를 줬다.

"알았어요."

무한이 급히 대답하고는 얼른 다섯 명의 소룡이 있는 곳으로 달려갔다.

"후우… 칸을 부른다는 것은 저들이 벌써 칸을 자신들의 동료로 인정한다는 뜻이겠지? 칸을 위해서는 아주 잘된 일인데 왜 서운한 마음이 들지?"

아적삼이 어색한 모습으로 소룡들을 따라 묵룡대선에서 내리는 무한을 보며 쓸쓸한 표정으로 중얼거렸다.

"설마 하선했다고 겁먹은 건 아니지? 마귀 같은 괴인과 싸웠던 동생이."

흥분한 기색을 감추지 못하는 무한에게 하연이 나직하게 물었다.

"아뇨. 단지 흥분이 돼서……."

"하하, 나도 좀 설레기는 해. 철사자 무곤의 무혼탑에 참배할 기회가 생기다니."

하연이 고개를 들어 수백 개의 계단이 이어진 가파른 비탈을 보며 말했다.

그 계단 위쪽, 투구 위에 검이 놓인 형상의 석탑이 아스라이 보였다. 철사자 무곤을 기리는 무혼탑이다.

섬 위 하늘이 석양으로 물들고 있어서 더욱 신령스럽게 느껴지는 무혼탑의 정경이다.

"소형제들! 이곳부터는 경건한 마음을 가져주시기 바라겠소."

그들을 안내한 은갑전사가 소룡들과 무한을 돌아보며 당부했다.

"당연하지요. 철사자 님의 무혼탑인데……."

소독이 대답했다.

"그럼 올라갑시다."

은갑전사가 손을 들어 계단을 가리켰다. 그러고는 자신이 먼저 계단을 오르기 시작했다.

계단은 수직에 가깝게 느껴지는 비탈을 따라 나선형으로 이어져 있었다.

석양이 뿌려대는 진홍빛 빛 속에서 바라보는 수호자들의 섬은 바다에서 볼 때와 또 다른 아름다움이 있었다.

갑문이 설치된 동남쪽을 제외하고는 완벽하게 외부와 차단된 세계, 분화구 모양의 섬 중심에는 십여 척의 크고 작은 배가 정박해 있는 포구가 그림처럼 자리 잡고 있었다.

포구 주위로 은갑전사단의 전사들이 살아가는 건물들이 아기자기하게 늘어서 있었고, 날카로운 섬 정상의 능선을 따라서는 외부의 침입을 막기 위해 사람 키 높이의 성벽, 그리고 일정한 간격을 두고 지어진 망루들이 자리 잡고 있었다.

그리고 가장 눈에 띄는 것은 서쪽을 향해 자리 잡은 높은 첨탑이었다.

섬 주변의 모든 것, 아니, 바다 건너 사자들의 섬 북단을 감시할 수 있는 너른 시야를 확보한 첨탑은 단지 감시의 쓰임새를 넘어 수호자들의 섬을 상징하는 구조물로 알려져 있었다.

그 첨탑과 맞은편 일직선 정상에 철사자 무곤의 무혼탑이 있었다.

"다 왔소!"

족히 오백여 개의 계단을 오른 끝에 무한 일행은 철사자 무곤의 무혼탑에 도착했다.

"아……."

소룡들의 입에서 탄성이 나직하게 흘러나왔다.

무혼탑은 섬 아래에서 볼 때와는 또 다른 느낌이었다.

섬 아래서 흐릿하게 볼 때는 신비롭고 위용이 넘치는 듯한 느낌이었지만, 막상 그 앞에서 바라보니 왠지 모르게 음울한 느낌이 들었다.

은갑전사단이라는 이름에 걸맞지 않게 회색의 석재를 깎아세운 무혼탑은 그 어떤 장식도 없었다.

그저 은갑전사들이 전투 시 쓰는 투구 위에 한 자루 검이 기대 세워진 모습이 전부였다.

물론 그렇다고 정성이 깃들지 않은 것은 아니었다. 석재를 깎은 솜씨 자체는 세상의 그 어떤 석상보다도 정교하고 세심했다.

다만 탑 자체에서 느껴지는 느낌이 숙연할 뿐이었다.

육주의 역사, 삼십여 년 전 이전에 육주를 지배했던 천록의 제국 시대까지 통틀어도 철사자 무곤과 같은 무명(武名)을 얻은 전사는 없었다.

육주가 사악한 마인의 세상으로 뒤덮일 위기를 구해낸 영웅, 자신을 희생해 그 마의 원천을 제거한 순교자. 그 사람이 철사자 무곤이었다.

그런 철사자의 무혼탑은 당연히 장엄하고 화려해야 한다고 생각했던 소룡들이었다.

"뜻밖일 것이오."

소룡들의 반응을 본 은갑전사가 입을 열었다.

"왜 이런 모양으로 탑을 만든 겁니까?"

소룡들 중에서도 평소 절대무적 철사자 무곤에 대해 신적인 동경심을 가지고 있던 왕도문이 조금 화난 표정으로 물었다.

"철사자 님의 뜻이었소."

"…설마 죽은 분이 자신의 무혼탑을 어떻게 만들라고 말해줬다는 말입니까?"

이해할 수 없다는 듯 왕도문이 되물었다.

"그건 아니고. 철사자께서 은갑전사단과 함께 사자들의 섬으로 기습적인 원정을 감행하실 때 하신 말씀이오. 당시 우린 살아서 다시 육주로 돌아간다는 생각이 없었소. 사자의 섬에서 우리 모두가 죽을 거라고 생각했지. 그래서 어느 날 저녁, 각자 자신이 죽었을 때 어떤 무덤을 원하는지, 그리고 묘비에는 어떤 글을 새길지 장난삼아 말해본 적이 있었소. 그때 철사자께서 원한 묘탑의 모습이오."

"이런 모습의 탑을 원하셨다는 겁니까?"

여전히 인정할 수 없다는 듯 왕도문이 물었다.

"이런 탑을 원하신 것은 아니었소. 철사자께서 원하신 것은 작은 봉분 위에 당신의 투구와 검을 놓아두는 것 정도였소. 비석도 원치 않으셨고. 결코 화려한 무덤을 원하지 않으셨소. 아니, 절대 그런 무덤을 만들지 말라 하셨지. 그건 자신을 모독하는 일이라면서……."

"그… 그래서."

이쯤 되니 왕도문도 왜 철사자 무곤의 무혼탑이 이런 모양인지 이해가 되었다.

"사실 철사자께선 당신을 기리는 무혼탑이 세워진 것 자체도 싫어하실 것이오. 하지만 우리로서는 이 정도의 탑은 반드시 필요했소. 그분이야말로 은갑전사단의 상징이시니 말이오."

중년 은갑전사의 말에 소룡들이 숙연해졌다.

철사자 무곤의 성품과 그를 기리는 은갑전사들의 진심이 회색의 무혼탑과 은갑전사의 말을 통해 전해졌기 때문이다.

그러나 무한은 그렇지 않았다.

'그런데도 당신들은 날 찾아오지 않았지.'

철사자 무곤을 이렇게 특별하게 생각하는 사람들이라면 당연히 자신을 찾아왔어야 한다고 생각하는 무한이었다.

비록 그들과 의모였던 주란 사이가 불편했다고 해도 말이다.

적어도 의모 주란이 떠난 이후에는 자신에게 도움의 손길을 내밀었어야 했다. 그것이 무한이 생각하는 은갑전사단의 최소한의 의무였다.

그런데 그들은 무한에게 오지 않았다. 세상의 온갖 수모와 멸시를 견디는 어린아이에게 손길 한 번 내밀지 않은 것이다.

결과는 죽음이었다. 물론 새로 태어나기 위해 그 자신이 선택한 죽음이었지만.

"참배하자."

무한의 상념은 소독의 말에 의해 깨졌다.

소독이 소룡들을 이끌고 탑 앞으로 다가갔다.

(철사자 무곤의 위대한 무혼을 기린다)

짧고 강렬한 비문이다. 철사자의 비문으로 가장 어울리는 비문인 것 같았다.

소독과 소룡들이 횡으로 늘어서고, 무한은 두어 걸음 뒤쪽에 섰다.

소독과 소룡들이 각자의 병기를 빼 들었다.

그들은 각자 병기를 가슴 앞에 세우고 고개를 숙여 얼마간의 침묵으로 참배를 대신했다.

단순한 침묵의 참배, 하지만 어떤 화려한 의식보다도 무겁게 느껴지는 참배다.

소룡들은 이 절대무인의 무혼탑 앞에서 자신들이 걸어가야 할 무인으로서의 삶에 대한 맹세를 하고 있었다.

그런 소룡들을 중년의 은갑전사가 대견한 시선으로 바라보고 있었다.

그러다가 문득 그의 시선이 소룡들 뒤에 서 있는 무한에게로 향했다. 그리고 그 순간 은갑전사의 표정이 살짝 변했다.

모든 소룡들이 감격스러운 표정으로 엄숙한 맹세의 시간을 갖고 있는 그때, 그의 눈에 비친 소년 무한은 깊은 우울함에 빠져 있는 듯 보였기 때문이다.

그런데 이상하게 그 우울함을 위로하고 싶은 마음이 생기는 은갑전사였다.

"이 정도로 마무리하지."

적지 않은 침묵의 시간을 끝내는 소독의 목소리가 들렸을 때조차도 은갑전사는 무한을 바라보고 있었다.

무한은 은갑전사의 시선을 눈치채지 못했다. 그래서 그는 소독이 참배를 끝내자 천천히 걸음을 옮겨 무혼탑 주변을 거닐기 시작했다.

다른 소룡들도 마찬가지였다. 그들은 여기저기 흩어져서 붉게 물들어가는 수호자들의 섬을 바라보고 있었다.

쉽게 얻을 수 없는 시간이었다. 사람은 이런 특별한 순간을 경험하면서도 한 단계 더 성장한다.

그래서 노련한 스승들은 때가 되면 제자들에게 여행을 권유하는 것이다.

그런데 그 와중에도 은갑전사는 여전히 무한을 지켜보고 있었다. 그러다가 결국 참지 못하고 무한에게 다가갔다.

"소형제도 묵룡대선의 소룡인가?"

갑작스러운 질문에 무한이 당황스러운 표정으로 은갑전사를 바라봤다.

지금 이 순간 은갑전사가 그에게 말을 걸 이유는 전혀 없었다. 적어도 그의 상대는 다른 소룡들, 그중에서도 우두머리 역할을 하고 있는 소독이어야 했다.

"아닙니다. 전 그냥……."

"음, 역시 소룡이 아니군. 기운이 조금 다르긴 했지."

"하지만 곧 소룡이 될 아입니다."

옆에서 소독이 대화에 끼어들었다.

혹시라도 소룡이 아닌 무한을 무혼탑에 데려온 것을 문제 삼을까 봐 걱정이 되었기 때문이다.

"그 말은 독안룡께서 선택을 하셨다는 말인가?"

"그렇습니다."

소독이 대답했다.

"행운을 잡았군. 축하하네."

은갑전사가 무한을 보며 축하를 건넸다.

"저… 전 아직……."

"이런, 독안룡 님의 선택을 받았는데 정작 본인은 아직 마음을 정하지 못했다는 건가?"

은갑전사가 놀란 듯 되물었다.

"제가 자격이 될까 싶어서……."

"겸손이라. 좋지. 하지만 사람은 가끔 좋은 기회를 잡기 위해 욕심을 낼 필요도 있네. 또한 독안룡께서 자질 없는 사람에게 무종을 건네려 하실 리도 없고."

"그러게 말이에요. 칸 동생은 너무 마음이 착한 것이 문제예요."

하연도 두 사람의 대화에 동참했다.

"칸? 그게 소형제의 이름인가?"

"그렇습니다."

"묘한 이름이군."

은갑전사가 고개를 갸웃했다. 육주에서 흔히 쓰는 이름이 아니기 때문이다. 아니, 어감조차도 육주의 말이 아닌 듯했다.

"칸 아우는 조난을 당해 기억을 잃었습니다. 다만 자신의 이름은 기억을 하고 있습니다."

소독이 말했다.

"아, 묵룡대선에 구함을 받았군."

"다행이었지요. 덕분에 저희들을 칸 아우가 구했으니까요."

소독이 다시 말했다.

"그건 또 무슨 말이신가?"

"귀선의 공격을 받을 때 저와 하연 이 친구가 괴고수의 공격을 견디지 못하고 죽음의 위기에 처했었습니다. 그때 칸 아우가 우릴 구해줬지요."

"설마 다른 무공을 안다는 건가?"

은갑전사가 놀란 표정으로 물었다.

"무종을 받은 것은 아니고 배의 선원 한 분께 전장에서 병사들이 쓰는 검술을 배웠는데, 그 검술로 괴인을 기습해 시간을 벌었지요. 이후 선장님께서 그 괴인을 베었습니다."

"음, 그리된 일이군. 대단한 용긴데?"

"그 용기를 선장님께서 좋게 보신 모양입니다."

소독이 드문 미소를 보이며 말했다.

"어쨌든 좋은 운을 가졌군. 소형제, 독안룡 님의 무종을 포기하지 마. 찾아온 행운을 거부하면 화가 될지도 모르니."

은갑전사가 진지하게 무한에게 충고했다.

그런데 그때였다. 갑자기 절벽 아래, 포구 쪽에서 요란하게 종이 울렸다.

당당당!

순간 은갑전사의 얼굴이 딱딱하게 굳어졌다.

"무슨 일이지? 갑자기 이 시간에 총소집을 하다니. 설마 마인들이라도 나타난 건가?"

제10장

새로운 출발

당당당당!

구리로 만든 종소리가 섬 구석구석까지 퍼져 나갔다. 분화구 형태의 섬이어서, 종소리는 절벽과 가파른 산비탈에 부딪혀 여러 갈래의 메아리를 형성했다. 그래서 섬 어느 곳에 있더라도 종소리를 듣지 못하는 사람은 없었다.

종소리가 은갑전사들을 포구 북쪽 비탈진 곳에 만들어진 작은 광장으로 불러 모았다. 성을 둘러싸고 있는 성벽의 망루나 첨탑 위에서 경계를 서는 사람들을 빼고는 거의 모든 전사들이 광장에 모였다.

물론 그래 봐야 일백이 넘지 않는 숫자지만, 한 명, 한 명이 백전의 전사들이어서, 그들이 모두 모이자 수천의 대군이 모인 듯한 위압감을 만들어냈다.

"후우……!"

자신들을 철사자 무곤의 무혼탑으로 안내했던 은갑전사를 따라 광장에 도착한 소룡들이 나직하게 한숨을 내쉬었다. 은갑전사들이 뿜어내는 기세에 압도되어 호흡이 편하지 못했기 때문이다.

"엄청나군요."

무한이 은갑전사들의 강렬한 기운에 도취되어 자신도 모르게 입을 열었다.

"수천의 마인들을 상대했던 전사들이지. 세상은 잊고 있지만. 이들이 육주의 땅에 세력을 형성한다면 한순간에 이왕사후에 버금가는 힘을 가질 거야."

다섯 명의 소룡들 중 지략이 가장 뛰어나다고 알려진 사비옥이 중얼거렸다. 그의 눈에는 은갑전사들의 힘에 대한 부러움이 담겨 있었다.

사비옥은 야심이 큰 청년이었다. 그렇다고 그 스스로 묵룡대선의 선장 독안룡 탑살의 후계자가 되겠다는 욕심을 가진 것은 아니었다. 그는 명석한 두뇌를 가진 사람이다. 당연히 자신의 한계를 분명하게 알고 있었다. 그래서 그가 선택한 야망의 방식이 특이했다.

사비옥은 평소에도 공공연히 말하곤 했다.

"난 왕이 될 수는 없지만, 왕을 만들 수는 있을 것 같아. 그래서 한번 그래보려고."

그리고 그가 선택한 왕의 재목은 그와 같은 신분인 소룡 소독이었다. 그래서 다른 소룡들이 소독을 같이 수련하는 동기로 편하게 대할 때도 사비옥은 항상 소독을 조심스럽게 대했다. 마치 그의 충직한 추종자라도 되는 것처럼.

"아쉬운 일이지. 그들이 수호자들의 섬에만 머물고 있다는 것은. 육주로 돌아가 그 콧대 높은 이왕사후 무리들의 기를 죽여 버려야 하는데."

묵룡대선의 소룡이라는 신분을 세상에서 가장 자랑스럽게 생각하는 이산이 말했다.

도도한 성격을 가지고 있어서 평소 무한을 무시하는 경향이 있지만, 그렇다고 천성이 못된 사람은 아니었다.

"그 덕에 육주가 편하잖아."

하연이 말했다.

"그러니까 하는 말이야. 항상 피 흘리는 사람은 따로 있고, 열매를 따 드시는 분들은 엉뚱한 사람들이니."

이산이 투덜거렸다.

"그런데 우리 여기 있어도 되는 건가?"

왕도문이 조심스럽게 주위를 둘러보며 물었다.

소룡들 중 가장 단단한 체구와 근력을 지닌 왕도문이다. 힘으로만 보자면 묵룡대선의 용전사들을 능가한다고 알려진 청년이었다.

하지만 의외로 순박한 면이 있어서 독하지 못하다는 핀잔을 듣곤 했다.

"굳이 막지 않았으니까 상관없을 거야."

사비옥이 차분하게 말했다.

그의 말대로 이 회합이 비밀을 지켜야 하는 소집이라면 당연히 광장의 입구에서 소룡들은 은갑전사들에 의해 제지되었을 것이다.

"걱정할 필요 없겠어. 선장께서도 오신 것 같으니."

소독이 부하라와 함께 광장에 나타난 탑살을 발견하고는 무심하게 말했다.

묵룡대선의 선장 독안룡의 얼굴이 차갑게 식어 있었다. 표정만 보아서는 한발 앞서가는 은갑전사단의 단주 부하라와 심하게 다툰 사람 같았다.

그러나 갑자기 두 사람이 다툴 이유는 없었다.

"형제들!"

부하라가 수십 명의 은갑전사들 앞에 서자마자 우울한 음성으로 입을 열었다.

"무슨 일입니까? 단주!"

대전사 다얀이 물었다.

단주 부하라를 제외하고는 평등한 지위를 누리는 은갑전사들 사이에서도 특별한 존중을 받은 다섯 전사가 있다. 그들은 대전사(大戰士)라 불리며 평상시에는 은갑전사들과 동등한 위치에서 생활하지만 전쟁터에 나가면 자연스럽게 은갑전사단을 오분하여 각기 한 무리씩 책임지는 인물들이었다. 그중에서도 다얀은 흑라의 마인들과 일백여 회의 전투를 치른 인물로 유명했다.

"다얀 노제, 육주에서 비통한 소식이 전해왔네."

대전사 다얀의 물음에 부하라가 침통한 표정으로 대답했다.

"육주에서요? 이왕사후가 또 무슨 짓을 한 겁니까?"

육주에서 전해질 안 좋은 소식이라면 결국 이왕사후의 은갑
전사단 견제밖에 없다고 생각한 다얀이 물었다.

"그런 일이었다면 모든 형제들을 소집하지는 않았겠지."

"그럼 대체 무슨 일이……?"

생각해 보면 특별한 일이었다.

은갑전사단은 본래 만장일치로 행보를 결정한다. 그런 전례에
따라 큰 전쟁이 일어나면 오늘처럼 모든 전사들이 소집되어 전
사단의 미래를 결정하지만, 근래에 들어 이렇게 모든 전사들이
소집될 일이 없었다.

"우린… 철사자 님을 볼 면목이 없게 됐네."

"그게 무슨… 설마 소공자께 무슨 일이라도?"

다얀이 갑자기 목소리가 커졌다.

"…돌아가셨다는 소식이 왔네."

쾅!

쾅쾅!

순식간에 은갑전사들의 발로 땅을 구르는 소리가 터져 나왔
다. 그 소리가 한순간에 수호자들의 섬을 뒤흔들었다. 마치 지진
이 난 것 같은 모습이었다.

"대체… 누가 감히!"

다얀이 물었다.

"스스로 바다에 몸을 던지셨다고 하네."

"아……! 왜 갑자기 그런 무모한 행동을……?"

다얀이 믿을 수 없다는 듯 중얼거렸다.

"그날 아침 사해상가의 상인 몇이 와서 사자림 입구에 있는

철사자 님의 비석과 그 기단을 캐가려 했다는군."

"이… 것들이!"

다얀과 은갑전사들의 얼굴이 분노로 일그러졌다.

"물론 사해상가가 감히 독자적으로 그런 일을 할 수는 없고. 그녀가 허락했다고 하더군. 그 대가로 사해상가로부터 얻은 이익이 있었겠지."

"그렇다 해도 굳이 비석을 욕심낼 이유가 없지 않습니까? 물론 그 비석과 기단의 석재가 세상에서 보기 드문 귀한 것이기는 해도……"

다얀이 이해가 가지 않는다는 듯 물었다.

생각해 보면 아무리 몰락한 사자림이라 해도 육주 역사상 최고의 영웅이라는 철사자 무곤의 비석을 캐간다는 것은 세상의 비난을 받을 일이었다.

겨우 석재 몇 개 얻자고 그 비난을 감수한다는 것은 너무 손해가 큰 일이었다.

특히 사해상가와 같은 장사치들에게는…….

"사해상가의 가주 노백의 수집벽 때문이라고 봐야겠지. 고대의 물건들이나 특별한 의미를 지닌 물건에 대해 집착이 병적인 사람이니까. 하지만 그렇다고 해도 석연치 않은 일이긴 하네."

"다른 이유도 있겠지요. 예를 들자면 철사자 님의 권위를 깎아내리고 싶은 이왕사후의 의도가 있었다거나……"

다얀이 살기가 번뜩이는 안광을 토해내며 중얼거렸다.

"그 이유를 알아봐야 할지 그 의견을 묻기 위해 형제들을 소집한 걸세."

부하라가 은갑전사들을 바라보며 무겁게 말했다.

'나의 죽음에 이들이 이렇게 분노하는 이유가 뭐지? 그동안 단 한 번도 날 찾아오지 않은 사람들인데.'

무한은 이해할 수가 없었다.

사자림이 폐허로 변해가고 하나뿐인 철사자 무곤의 아들이 세상의 감시와 멸시 속에서 고독하게 살아갈 때 이들은 얼굴 한 번 비치지 않았다. 그 이유가 무엇이든, 그런 사람들이 이제 와서 마치 세상에서 중요한 사람을 잃은 것처럼 분노하고 있었다.

그런데 그 분노가 가식이라도 보기에는 너무 통렬했다. 그들은 진심으로 분노하고 있는 것이다. 그 사실이 오히려 무한을 혼란스럽게 만들고 있었다.

"애초에 우리 실수입니다. 아무리 철사자 님과 약속했다고 해도 모셔왔어야 했는데……."

다얀이 망연자실한 표정으로 말했다.

"설마 이런 일이 벌어질 줄 누가 알았겠는가? 아마 철사자께서도 예상치 못한 일이었을 걸세. 철사자께서 걱정하신 대로 우리가 육주로 건너가 소공자를 모셔오는 순간 본 전사단은 좋으나 싫으나 소공자의 의모 신분인 주란 그 여인과 비룡성으로부터 자유로울 수 없었을 걸세. 그게 철사자께서 표면적으로라도 전사단과 관계를 정리한 이유 아닌가."

부하라가 고개를 저으며 말했다.

"그 여자… 참으로 악독하군요. 어떻게 비석까지……."

다얀이 주란에 대한 분노를 터뜨렸다.

"철사자 님과 우리에 대한 원망이 컸으니까. 애초에 그녀가 철사자 님과 혼인한 것은 본 전사단의 힘을 얻어 비룡성이 이왕사후의 위치에 오르기 위함이었지 않은가. 그런데 결론적으로 그녀와 비룡성으로서는 얻은 것이 없으니. 철사자 님께서 살아계셨으면 이야기는 또 다르지만……."

"후우… 결국 시작이 잘못된 것이지. 아무리 본 섬에 전사단의 성을 완성하기 위한 자금을 마련하기 위해서라지만, 또한 그것이 육주의 안전을 위한 일이었다고 해도 그 혼인은 하지 말았어야 합니다. 그랬다면 이런 비극은 없었을 겁니다. 그 모든 화를 왜 소공자님이 홀로 감당하셔야 하는 것인지……."

다얀이 울분을 참지 못하고 눈물을 흘렸다. 백전의 전사가 흘리는 눈물은 그 어떤 눈물보다도 통렬해 보였다.

"운명이라기에는 지나치게 가혹한 일이지. 그분은 아직 어린 나이신데……."

부하라도 고개를 들어 하늘을 보며 말했다.

잠시 침묵이 이어졌다. 침통한 이 침묵을 누구도 쉽게 깨지 못했다. 그래서 결국 그 침묵을 깬 사람은 외인이랄 수도 있는 독안룡 탑살이었다.

"이 일을 어떻게 대처하려고 하시오?"

그의 얼굴에 일말의 불안감이 감돈다.

"글쎄요. 솔직히 딱히 어찌해야 할지 모르겠소. 누군가에게 죽임을 당한 것이라면 당연히 복수를 할 것인데."

"당연히 이부인과 사해상가에게 책임을 물어야 합니다."

듣고 있던 다얀이 말했다.

"맞습니다. 배를 내어주십시오. 바다를 건너가겠습니다."

오인의 대전사 중 한 명인 도오송도 다얀의 말에 동조했다.

그러자 부하라가 고개를 저었다.

"어찌 그 책임을 이부인과 사해상가에만 물을 수 있겠는가. 책임이라면 철사자께서 돌아가신 후 그 희생을 자신들의 권력을 강화하는 데 이용한 이왕과 사후, 그리고 그간 소공자를 조롱하고 사자림을 약탈한 모든 사람에게 물어야지. 하지만 그렇게 되면 결국 육주 모두를 적으로 돌려야 하네. 그게 가능하겠는가?"

"그럼 이대로 이 원한을 묻어두어야 한다는 말입니까?"

도오송이 되물었다.

"철사자께서 원하신 것은 어떤 희생이 있어도 본 전사단이 마세의 침략을 막는 첨병의 역할을 하는 것이었네."

"하지만⋯⋯!"

도오송이 다시 입을 열려는데 부하라가 손을 들어 도오송의 말을 막았다.

"그만, 무슨 일이 있어도 우리가 육주로 건너가 전쟁을 하는 일은 없을 걸세. 그러나 한 가지는 맹세하지. 향후 사해상가의 상선은 어떤 위험에 처해도 본 전사단의 도움을 받을 수 없을 걸세. 또한 비룡성에 대한 부채 의식도 이것으로 끝이네. 어떤 인연도 없는 것으로 정리하겠네. 그들과 본 전사단은 이제 아무런 연관이 없네. 모두 알겠는가?"

"예. 단주!"

은갑전사단의 전사들이 일제히 대답했다.

"그리고⋯ 육주에 나가 있는 형제들에게 소공자의 유품이라도 모셔오라 전했네. 이제 와서 쓸데없는 일이기는 하지만 그래도… 철사자 님의 무혼탑 옆에 소공자님을 기리는 작은 위령탑을 만들겠네."

부하라의 말에 은갑전사단의 전사들이 비통한 표정으로 고개를 끄떡였다. 나름대로 의미 있는 일이기 때문이었다.

그때 독안룡 탑살이 다시 입을 열었다.

"위령탑을 세우는 일에 금화를 보태도 되겠소? 나 역시 육주의 사람으로서 책임이 없다고 할 수 없으니… 그렇게라도 사죄드리는 것을 허락해 주시기 바라오."

탑살의 말에 부하라가 손을 가슴에 올려 고개를 숙이며 대답했다.

"독안룡께서 그 위대하신 이름을 함께 올려주신다면 비극적인 소공자님의 죽음에 큰 위로가 될 것이오. 호의에 감사드리겠소."

"아니오. 오히려 제게 사죄를 할 수 있는 기회를 주시니 감사한 일이오."

독안룡이 마주 인사를 하며 대답했다.

그러자 부하라가 재차 고개를 숙여 답례를 한 후 은갑전사들을 돌아보며 말했다.

"철사자 님으로부터 시작된 본 전사단의 형제들은 하나의 운명을 타고 태어났다. 육주를 마세로부터 지켜내는 것. 육주의 사람들이 우리의 위대한 희생을 인정하든 인정하지 않든, 우린 우리에게 주어진 운명을 살아간다. 그것이 위대한 전사 철사자 님과의 약속이다. 지금 사자들의 섬과 검은 대륙 파나류로부터 전해오는 바람이 결코 예사롭지 않다. 슬픔을 뒤로하고 모두의 눈과 귀를 서쪽으로 돌려라. 철사자 님의 뒤를 따라 위대한 전사의 여정을 간다. 형제들! 동의하는가?"

부하라가 은갑전사들을 보며 물었다.

"예, 단주!"

은갑전사들이 일제히 대답했다.

그들의 얼굴에 모든 희생을 딛고 전사로서의 운명을 살아가는 자들의 의지가 드러나 있었다.

소룡들은 한동안 움직이지도 못했다. 그들은 검은 늑대 부하라와 은갑전사들의 토해내는 강렬한 의지에 크게 감동받은 것 같았다.

무한도 마찬가지였다. 오해는 한순간에 풀렸다. 은갑전사들이 바다를 건너와 자신을 돕지 않은 것은 철사자 무곤의 명에 의한 것이었다. 무곤은 은갑전사단이 비룡성과 자신의 부인인 주란에게 이용되는 것을 막기 위해 은갑전사단의 사자림 출입을 철저하게 금지했던 것이다.

은갑전사단은 그 명을 지키느라 무한의 어려움을 지켜볼 수밖에 없었다. 하지만 오해를 풀자 다른 생각 때문에 갑자기 짜증이 치밀어 올랐다.

'이거 미친 사람들 아냐? 뭐 이렇게 융통성이 없어!'

아무리 철사자 무곤의 명을 목숨처럼 생각했다지만, 어떻게 이렇게 맹목적일 수 있을까 하는 생각이 들었던 것이다. 물론 그런 맹목적인 성격이 오늘날 은갑전사단을 흐트러짐 없이 유지하고 있는 이유겠지만, 그래도 무한에게는 답답하게 느껴질 수밖에 없는 일이었다.

"돌아가자."

하나둘 은갑전사들이 흩어지자 소독이 침묵을 깼다.

"어, 벌써 날이 어두워졌네."

왕도문이 하나둘 불을 밝히는 포구의 건물들을 보며 말했다.

"가자."

소독이 먼저 걸음을 옮겼다. 무한과 다른 소룡들도 소독의 뒤를 따라 바쁘게 걸음을 옮기기 시작했다.

부하라는 은갑전사들이 모두 흩어질 때까지 자신의 자리를 지켰다. 보통의 경우 우두머리가 먼저 자리를 떠나는 법이지만, 부하라는 가장 늦게까지 광장에 남아 있었다.

그렇게 모든 전사들이 떠나고 침묵이 광장에 무겁게 내려앉았을 때, 부하라가 독안룡 탑살에게 말을 건넸다.

"들어가시지요. 소공자의 소식이 오는 바람에 검은 대륙의 움직임에 대한 이야기를 미처 끝내지 못했으니……."

"괜찮으시겠소? 오늘은 쉬시는 것이……."

몸이 피곤할 일은 없었다. 다만 철사자 무곤의 유일한 혈육이 바다에 몸을 던져 자살했다는 소식이 부하라에게 준 정신적인 충격은 적지 않을 것이다.

"슬픔에 네 영혼을 맡기지 말라."

"……?"

"철사자께서 살아계실 때 하신 말씀이오. 사자의 섬을 종단하면서 수많은 형제들이 죽었소. 최후까지 살아남은 형제들은 거우 삼분지 일, 대종단 와중에 거의 매일 형제들이 죽었소. 그때 철사자께서 하신 말씀이오. 슬픔에 네 영혼을 맡기지 마라. 그건 죽은 형제들에 대한 모독이다. 슬픔에서 나와 오늘 네가 할 수 있는 일을 하라. 그러니 우리도 할 일을 합시다."

부하라가 무거운 목소리로 말하고는 먼저 걸음을 옮겼다.

"슬픔에 영혼을 맡겨두지 마라… 그렇군. 뭐라도 해야 하는 순간이군."

탑살이 중얼거리며 부하라의 뒤를 따르다가 문득 시선을 돌려 묵룡대선 쪽으로 걸어가는 소룡들을 바라봤다.

"그러고 보니… 저 녀석을 구한 곳이 그즈음이었나?"

그의 시선이 소룡들 뒤를 따르는 무한에게 잠시 머물렀다.

부하라는 자신의 거처를 밝히는 네 개의 유등 아래서 수십 장의 양피지를 서탁 위에 펼쳤다.

탑살은 부하라가 늘어놓은 양피지를 하나하나 세심하게 살폈다.

"침묵의 바다 서쪽. 그곳까지 사람이 가 있소?"

양피지를 살피던 탑살이 놀란 표정으로 물었다.

"육주의 눈에서 가장 먼 곳이니까요."

"놀랍구려. 그곳까지 사람을 보내다니."

"그 친구가 모험심이 워낙 강한 친구라. 사실 난 반대했었소이다. 해로도 아니고 육로로 가야 하는 길이니."

"음, 고해(古海)에는 마도의 생존자들이 숨어 있고, 침묵의 바다는 바닷속에 이름 모를 괴어들이 득실대니 해로로 가는 것이

불가능하긴 하오."

세상의 모든 바다에 대해 누구보다 정통한 탑살이다.

그런 탑살조차도 검은 대륙 파나류 남동쪽에 위치한 침묵의 바다까지 항해하는 일은 피하고 싶었다. 그만큼 위험한 해로기 때문이다.

그런데 그렇다고 해서 검은 대륙의 동쪽 지방을 육로로 여행해 침묵의 바다 서안, 파나류 남쪽에 이르는 것 역시 해로로 이동하는 것만큼 위험했다. 비록 패망했다지만 여전히 검은 대륙에는 알려지지 않은 마의 세력이 곳곳에 존재했다.

"여럿이 함께 갔으면 오히려 무사하지 못했을 것이오. 하지만 대전사 마호자 형제 혼자라서 가능한 일이오."

"대전사 마호자! 그가 갔구려. 어쩐지 보이지 않는다 했더니. 그 사람이라면……."

탑살이 고개를 끄떡였다.

은갑전사들은 개개인이 뛰어난 무인이지만, 그중에서도 특별한 능력을 지닌 사람들이 존재한다. 개중 대전사 마호자는 좀 더 특별했다. 한때 그의 정체성에 대한 불신의 있었을 만큼 독하고 살기 가득한 검술을 가졌고, 성격 또한 어두웠기 때문이다. 하지만 누구보다 철사자 무곤에 대한 충성심이 강했고, 마인들에 대한 적개심도 특별했다.

반면 동료들에 대한 의리는 말이 아니라 행동으로 보여주었다. 그가 직접적으로 목숨을 구해준 은갑전사만 해도 십여 명이 넘었다. 그런 그의 행동이 사자의 섬 종단이 끝났을 때, 그를 누구보다 단단한 신뢰를 받는 전사로 만들었다.

독안룡 탑살 역시 그런 마호자를 모를 리 없었다. 두어 번 만난 적도 있었다. 그래서 그라면 검은 대륙 남쪽까지 여행하는 것이 가능했을 거라 생각한 것이다.

"위험한 길이지만 생각해 보면 그를 잘 보낸 것 같소. 오늘 마호자 형제가 이곳에 없는 것이 큰 다행이오."

"아… 그렇구려."

탑살이 얼른 고개를 끄떡였다.

"그가 이곳에 있었다면, 절대 소공자의 일을 참고 넘기지 않을 것이오. 혼자라도 바다를 건너 사해상가로 갔을 것이오. 그뿐이겠소. 주란 그 여인 또한……."

"맞소. 대전사 마호자는 철사자 무곤의 분신이라는 말이 있었을 정도니……."

"소식을 듣고 이곳으로 돌아오는 동안 분노가 가라앉기를 바랄 뿐이오."

"불행 중 다행이라고 해야 하나. 아무튼 좀 더 봅시다."

탑살이 다시 서탁 위 양피지들로 시선을 돌리며 말했다.

탑살은 꽤 오랫동안 양피지들을 살폈다.

수십 장의 양피지지만 안에 담긴 글은 많지 않았다. 그럼에도 탑살은 적지 않은 시간을 양피지 글을 읽는 데 소비했다. 특히 검은 대륙에 나가 있는 은갑전사들이 보낸 정보들일수록 한 자, 한 자 세심하게 살피는 탑살이었다.

그렇게 한동안 양피지를 살피던 탑살이 어느 순간부터 하나둘 양피지의 위치를 바꾸기 시작했다. 부하라는 탑살이 하는 행동을 차분하기 지켜볼 뿐 어떤 질문이나 관여도 하지 않았다. 그렇게 얼마간 양피지들의 위치를 옮긴 탑살이 부하라를 보며 말했다.

"확실히 뭔가 있는 것 같소."

"양피지의 위치를 옮기신 것은 어떤 이유신지? 사건이 발생한 날짜 순서는 아닌 것 같은데……?"

그제야 부하라가 참고 있던 질문을 던졌다.

"내가 알고 있는 검은 대륙의 길들을 따라 놓아본 것이오. 아시다시피 검은 대륙은 거대한 미로 같은 땅이오. 산 하나를 사이에 두고 있는 마을도 가끔은 아주 먼 길을 돌아와야 연결되는 경우도 종종 있소. 지형적인 특성 때문에 그런 길이 만들어진 경우도 있지만, 뜬금없이 이상한 경로로 만들어진 길들도 있소. 그래서 검은 대륙의 길을 세세하게 아는 사람은 무척 드무오. 그래서 예전이나 지금이나 파나류의 길잡이들은 그 값이 무척 비싼 것이고……."

"그렇지요. 그래서 우리 전사단도 검은 대륙에 사람을 보내는 것을 무척 조심하고 있소. 자칫 길을 잘못 들면 몇 년간 돌아오지 못하는 경우도 있어서……."

부하라도 동의했다.

"그래서 과거 철사자와 십이영웅이 흑라를 기습하기 위해 은밀히 마정을 찾아갈 때도 가장 중요한 것이 마정에 이르는 최단 거리의 길을 찾아내는 것이었소. 그때 나도 약간의 지식을 더했소."

"아, 그런 일이 있었군요. 철사자 님께서는 당시 그 원정에 대해서는 우리 전사단에게도 철저히 비밀로 하셨기에……."

"아마도 그 원정으로 인해 은갑전사단이 피해를 보는 것을 원치 않으셨을 것이오. 아무튼 나는 장사를 하다 보니 검은 대륙의 길들에 대한 지식이 조금 있소. 지금 내가 알고 있는 길을 따라 전해진 소식의 위치에 양피지를 놓아본 것이오. 아마 지형을 그린 지도와는 많이 다를 것이오."

"음… 그렇구려. 가까운 곳인 줄 알았는데 멀리 떨어져 놓기도 하셨고……"

부하라가 고개를 끄떡였다.

그러자 탑살이 심각하게 입을 열었다.

"이렇게 늘어놓고 보니 결론은 하나요. 이 사건들 중 몇몇은 결코 별개의 일이 아니오. 사건은 모두 세 줄기의 길에서 일어났고. 그 중심은 한 곳이오. 물론 개중 몇몇 사건은 완전히 별개의 것이지만……"

"그 말은 파나류에서 뭔가 일이 일어나고 있다는 것이군요."

부하라가 신중하게 물었다.

"그런 것 같소. 육주에 알리는 것이 좋겠소. 물론 이 정도 정보로 이왕사후가 움직일지는 모르겠지만."

"본 전사단이 직접 움직이는 것에 대해선 어떻게 생각하시는지?"

"내가 은갑전사단의 행보에 대해 왈가불가할 수는 없지만… 자칫 큰 위험에 빠질 수도 있소. 만약 누군가를 끌어들이기 위한 함정이라면."

"함정… 그럴 가능성도 있겠구려."

"누군가 마도의 세력을 재규합하고 있다면 그들이 가장 없애고 싶은 존재는 바로 은갑전사단일 것이오. 이 사건들을 보면 결정적이라고 할 만큼 대단한 것이 없소. 어찌 보면 사소한 사건들의 연속인데… 그건 결국 목적이 다른 데 있다고 보는 것이 좋을 것이오."

탑살이 침착하게 말했다.

"우리가 검은 대륙의 사정을 살피고 있다는 것은 세상이 다 아는 일이니 이런 정보를 흘려 우릴 끌어들일 수도 있겠구려."

"검은 대륙에서 뭔가 일이 벌어진다면 가장 먼저 은갑전사단이 움직일 거라는 건 누구나 아는 사실이니……."

"후우, 만약 이왕사후가 움직이지 않으면 어쩌면 좋겠소? 그때도 우리가 움직이지 말아야 한다고 생각하오?"

부하라가 물었다.

그러자 탑살이 대답했다.

"난 이렇게 생각하오. 은갑전사단이 비록 검은 대륙과 가장 가까운 곳에서 마세의 발호를 감시하고 있지만, 만약 정말 새로운 마의 세력이 일어나 전쟁을 하게 되면 육주의 세력들 중 가장 나중에 움직여야 한다고 말이오. 이유는 하나요. 순수한 동기로 싸움에 임하는 전사들은 오직 은갑전사단이기 때문이오. 그런 의미에서 은갑전사단은 육주 최후의 보루라고 할 것이오. 부디 행보에 신중함을 기해주시기 바라오."

"음……."

탑살의 충고에 부하라가 고개를 끄떡이며 생각에 잠겼다.

그러다 잠시 후 침착하게 입을 열었다.

"일단 말씀하신 대로 육주의 이왕사후에게 이 소식을 전하겠소. 그리고 독안룡께서 하신 충고대로 전사단의 본대는 움직이지 않을 것이오. 다만 파나류에 나가 있는 형제들에게 이 흐름의 끝을 조사해 보라 전하겠소."

"조심해야 할 것이오."

"싸우러 가는 것이 아닌 이상 잘 이겨낼 것이오. 물론 그래도 위험한 일이겠지만."

"나도 무산열도를 통과하면서 주변의 소식들을 알아보겠소. 흐름의 끝은 파나류 북쪽 사화군도에까지 이어지는 것 같으니 말이오."

"그래주신다면 큰 도움이 될 것이오. 고맙소이다."

부하라가 반가운 표정으로 대답했다.

"오히려 내가 전사단과 단주께 감사해야 할 일이오. 은갑전사단의 희생은… 참, 뭐라 드릴 말씀이 없소."

"우리가 좋아서 하는 일이니 희생이랄 것도 없지요. 사람은 각자 자신만의 이유로 살아가지요. 우리 전사단의 형제들은 전사로서의 명예… 그리고 철사자 님과의 약속, 그것들이 사는 이유요. 나쁘지 않소."

부하라가 웃으며 말했다.

그러자 탑살이 고개를 끄떡였다.

"하긴, 삶의 의미도 없이 그저 욕망을 좇아 사는 사람들보다야 은갑전사단 영웅들의 삶이 행복한 것인지도 모르겠소."

"하하하! 맞소이다. 사실 우린 세상에서 가장 행복한 사람들입니다."

부하라가 호탕하게 웃음을 터뜨렸다.

＊　　　　＊　　　　＊

수호자들의 섬은 겉에서 보기와 다르게 그 내부는 제법 풍요로운 섬이었다. 그래서 묵룡대선 같은 큰 상선을 수리하는 데 필요한 모든 자재를 섬 내부에서 공급할 수 있었다.

애초에 그들도 십여 척의 크고 작은 전선을 보유하고 있으니 배를 수리하는 자재들을 가지고 있는 것이 당연하다고 할 수도 있지만, 묵룡대선은 다른 전선들과는 전혀 다른 성질의 배였다.

상선으로서의 구실과 전선으로서의 역할을 병행하는 배였고, 어쩌면 세상에서 가장 큰 배이기도 했다. 그래서 배를 고치는 데 쓰이는 자재들 역시 특별한 것이 많았다.

그런데 수호자들의 섬에는 그 모든 것이 있었다.

그뿐이 아니었다. 십이귀선의 잔당들인 것이 확실한 해적들의 공격으로 소실된 식량과 물품들, 거기에 약재들까지 수호자들의 섬에서 충분히 공급받을 수 있었다.

그렇다고 은갑전사단이 당장 쓸 것들을 내주는 것도 아니었다.

그들은 묵룡대선이 필요로 하는 것들을 모두 공급하고도 이삼 년은 너끈히 고립된 생활을 할 수 있을 만큼의 식량과 물자들을 가지고 있었다. 그들이 평소 만약의 사태에 얼마나 충실히 대비하고 있는지 잘 보여주는 일이었다.

그렇게 은갑전사단으로부터 필요한 물건들을 충분히 공급받자 묵룡대선을 수리하는 일은 일사천리로 진행됐다.

선원들의 하선은 잠깐잠깐 허락되었다. 물론 그것도 낮에만 가능했고, 포구 주변의 산책 정도가 허락되었다.

독안룡 탑살과 묵룡대선에 대한 신뢰는 강했지만, 수호자들의 섬이 오랜 세월 지켜온 삼엄한 규칙은 여전히 지켜졌다.

그리고 오히려 독안룡 탑살이 먼저 묵룡대선의 선원들도 그 규칙을 엄격하게 지켜야 한다고 말하기도 했다.

탑살은 그런 규칙들에 예외가 인정되는 순간 수호자들의 섬이 위험해진다는 것을 누구보다 잘 알고 있는 사람이었다.

탁탁!

"으차! 됐다. 이봐, 돛을 펼쳐봐!"

갑판 위에서는 묵룡대선 선원들이 마지막 점검에 한창이었다.

배의 수리에서 가장 중요한 것은 돛의 수리다. 돛이 없이는 그 어떤 배도 너른 대해를 항해할 수 없기 때문이다.

촤아악!

돛대 위에 말려 올라가 있던 돛이 크게 펼쳐졌다.

펄럭!

사방이 절벽으로 둘러싸여 있어 바다에 태풍이 불어도 섬 안쪽은 평온한 수호자들의 섬이지만, 그래도 공기 중에는 숨어 있는 바람이 있다. 그 숨어 있는 바람을 잘 찾아내는 것이 노련한 뱃사람이고, 잘 만들어진 돛이다.

시험 삼아 펼친 묵룡대선의 돛은 용케 그 바람을 찾아내 부드럽게 부풀어 올랐다. 그 덕에 닻을 내리고는 있지만, 묵룡대선이 부드럽게 출렁였다.

"좋아. 다시 돛을 올려."

갑판장 하삭이 큰 목소리로 소리쳤다.

그러자 선원들이 굵은 밧줄을 당겨 돛을 위로 말아 올렸다.

돛을 걷자 배가 요동을 멈췄다.

"모두 끝났습니다."

하삭이 배의 수리를 총괄하고 있는 총관 함로에게 말했다.

"좋아. 수리는 끝났다. 보급품 창고도 가득 찼고. 선장님께 말씀드려 내일 출항할 것이다. 오늘은 모두 양껏 먹고 푹 쉬도록!"

"예. 총관님!"

선원들이 배 곳곳에서 힘차게 대답했다.

묵룡대선의 선원들은 그 신분에 상관없이 모두 선천적으로 여행가의 기질을 타고난 사람들이다.

한곳에 오랜 시간 머물면 좀이 쑤시는 사람들. 너른 바다로 나가 이름 모를 곳을 여행해야 삶의 활기와 생의 행복을 느끼는 사람들인 것이다.

그래서 그들은 며칠간 사방이 막힌 수호자들의 섬에서 생활하는 것에 서서히 지루함을 느끼고 있었다. 그런 이들에게 출항 소식은 가장 기다리던 소식이었다.

"아이구, 이제 좀 살겠네."

아적삼이 머리를 돌려 굳은 어깨 근육을 풀며 말했다.

"그렇게 말이야. 이거 영 재미가 없는 섬이야. 함께 술 마셔줄 아름다운 여인들이 있는 주점이 있나, 도박장이 있나. 그렇다고 제대로 구경할 수도 없고."

이문술이 맞장구를 쳤다.

"빌어먹을 놈, 애가 있는 데서!"

아적삼이 눈을 부라렸다. 곁에 무한이 있는데 여인이 있는 주점과 도박장 이야기를 하는 게 거슬렸던 것이다.

"어허, 칸도 이제 어른이야. 고강한 무공을 가진 해적 놈과 칼부림까지 했잖아. 그럼 어른이지. 나이도 뭐 열다섯이면 애를 낳아도 이상할 것 없는 나이지. 아니, 어쩌면 열다섯보다 위일 수도 있잖아? 나이에 대한 기억이 확실하다고 보장할 수 없으니까. 그렇지, 칸?"

이문술이 능글맞게 물었다.

"예, 괜찮아요."

무한이 미소를 지으며 대답했다.

그러자 이문술이 잠시 무한을 바라보다 불쑥 물었다.

"칸, 무슨 고민 있냐?"

"예? 왜요?"

칸이 되물었다.

"얼굴에 그렇게 쓰여 있어. 나 고민 있어요, 라고. 별로 힘도 없어 보이고. 뭔데?"

이문술이 다시 물었다.

그러자 아적삼이 무한 대신 입을 열었다.

"아직 결심이 서지 않은 거냐?"

아적삼은 무한의 고민을 알고 있는 듯했다.

"자넨 알고 있었어? 칸이 뭘 고민하는 지?"

"알고 있지. 내가 보호잔데. 물론… 이제부터는 좀 달라지겠지만. 칸! 내가 이미 말했지만, 그건 고민할 문제가 아니야. 나중 일은 나중 일이고, 오늘 다가온 행운을 잡지 않는다면 사람은 아무것도 할 수 없는 거야."

"그렇긴 하지만……."

칸이 망설이며 대답했다.

"아, 젠장. 무슨 일인데? 대체 고민이 뭐야?"

이문술이 성질을 내며 물었다.

"이 멍청한 놈아. 눈치가 뱁새보다 빠르다는 놈이 아직도 눈치를 채지 못했냐? 칸은 선장님께 무종을 받느냐는 문제를 고민하는 거야! 에이, 이런 씨… 선장님이 비밀로 하라고 당부하셨다는데 이 새끼에게 말하고 말았네. 하여간, 도움이 안 돼!"

아적삼이 자신의 실수를 깨닫고는 입을 닫았다.

짐작들은 하고 있지만, 무한이 탑살의 무종을 받을 기회를 가졌다는 것은 탑살의 명에 의해 비밀로 지켜지고 있었다.

그런데 그 일을 아적삼이 얼떨결에 털어놓은 것이다.

"그게 뭐 큰 비밀이라고. 그리고 그게 왜 고민이야? 당연히 고맙습니다, 하고 받아들여야지. 설마 대영웅 독안룡의 무종보다 이 덜떨어진 삼류 칼잡이 제자 노릇하는 게 더 좋다는 건 아니지? 솔직히 말해서 그건 비교 대상이 아닌데. 애초부터!"

이문술이 당연한 일을 고민한다는 듯 퉁명스럽게 말했다.

"빌어먹을 놈, 그렇다고 그렇게 적나라하게 말할 건 뭐야? 친구라는 새끼가!"

아적삼이 눈살을 찌푸리며 욕설을 해댔다.

"아니, 말도 안 되는 걸 가지고 고민을 하니까 그렇지."

"고민의 이유가 단지 그것만이겠냐? 그것 때문이면 애초에 고민할 필요도 없지."

"그럼 뭐가 걸리는데?"

이문술이 물었다.

"칸의 기억이 없다는 게 걸리는 거지. 나중에라도… 묵룡대선을 떠날 일이 생기면."

"아! 그렇구나. 만에 하나 선장님이나 묵룡대선과 악연이 있을 수도 있고."

"이 새끼가 말을 해도 꼭 자기 얼굴처럼 더럽게 하네. 그따위 말이 어디 있어?"

아적삼이 참지 못하고 주먹을 들어 올렸다.

그러자 이문술이 슬쩍 뒤로 물러나며 변명했다.

"사람은 언제나 최악의 상황을 가정해야 하는 법이야. 그럴 리 없다고 생각해서 일을 진행했다가 낭패 보는 경우가 한둘이냐? 물론… 칸이 묵룡대선과 원수졌을 일이야 없겠지만. 마종 흑라 말고 선장님과 원수진 자들이라면 해적들뿐인데 칸을 구했을 때 모습은 해적과는 거리가 멀었잖아?"

"그걸 아는 놈이 그딴 소리를 지껄여?"

"아니 난 최악의 경우를 말한 거지."

"헛소리 집어치우고. 칸!"

아적삼이 무한을 불렀다.

"예. 아저씨!"

"결정 내리기 어렵다면 내가 내려주마. 네 보호자의 자격으로! 네가 설혹 선장님의 무종을 받아 제자가 된다 해도 내가 네 보호자라는 사실은 변함이 없을 거니까. 네 기억에 대한 걱정은 하지 마. 그리고 일단 선장님께 말씀드려. 떠나야 할 때 떠날 수 있다면 무종을 감사히 받겠다고. 그럼 선장님께서 결정하실 거야. 어때 간단하지?"

"하긴 그래. 선장님이 나중에 떠나도 된다는 허락을 하신다면야… 결국 선장님께 달린 문제였네."

이문술도 고개를 끄떡였다.

"어때. 그렇게 할래?"

아적삼이 다시 물었다.

"예. 아저씨 말대로 할게요."

"좋아. 그럼 이제 그 고민은 끝내고 섬에서의 마지막 밤을 즐기자고!"

아적삼이 크게 손뼉을 치며 말했다.

"아니, 그러니까. 어여쁜 아가씨들이 기다리는 술집도 없고, 쫄깃쫄깃한 긴장감을 즐길 수 있는 도박장도 없는데 어디서… 아얏!"

이문술이 갑자기 비명을 내질렀다.

소리 없이 아적삼의 주먹의 그의 옆구리를 파고들었기 때문이었다.

"애 있는 데서 헛소리 그만하고. 오늘은 그냥 술이나 마시면 돼. 달빛을 안주 삼아서!"

"끄으으, 너 죽고 싶냐?"

이문술이 옆구리를 부여잡으며 아적삼을 노려봤다.

"네놈 입이 부른 참상이니까 날 원망하지 마라. 자자, 그렇게 세게 친 것도 아니니 엄살 부리지 말고, 들어가서 술이나 가져오자. 술은 갑판에서 마셔야 제격이지."

아적삼이 이문술의 어깨에 손을 올리며 말했다.

"내가 이 복수는 꼭 하마!"

"일단 술부터 마시고. 그렇지?"

"음… 그건 그렇지. 술이 먼저지. 가자!"

이문술이 앞서서 걸음을 옮겼다.

"전 선실에 있을게요."

무한이 아적삼에게 말했다.

"응? 왜?"

"오늘이 열흘째예요. 몸을 좀 추스르고 밤에 선장님을 뵈려고
요."

"알겠다. 준비가 필요한 일이지."

"준비랄 건 없지만."

"알겠다. 그렇게 해라."

아적삼이 고개를 끄떡였다.

쿠우우… 쿠쿵!

밤이 되자 섬의 거대한 관문에 부딪히는 파도 소리가 커졌다.

보름이라 더욱 강하게 밀려오는 파도였다. 물론 산처럼 견고
한 갑문과 정말 산이라고 할 수 있는 성벽으로 인해 거친 물살
이 섬 안쪽으로 밀려들어 올 위험은 없었다.

무한은 선실 창을 통해 갑문에 부딪히는 파도 소리를 듣고 있
었다. 독안룡 탑살을 만나러 갈 시간이 거의 되어가고 있었다. 그
를 만난다면 아적삼의 말대로 그의 무종을 전수받을 생각이었다.

그런데 다른 한 가지 고민이 그의 결정을 여전히 흔들리게 하

고 있었다.

"차라리 이곳에 남을까?"

충분히 가능한 선택이었다. 그는 수호자들의 섬에 남을 수도 있었다.

자신의 신분을 밝힌다면 오히려 부하라 등 은갑전사들이 그를 보내려 하지 않을 것이다. 그들에게 실수는 한 번으로 족하기 때문이다. 그들은 다시는 무한을 위험 속에 홀로 두지 않을 것이다.

하지만 그렇게 되면 무한이나 은갑전사들이나 모두 아버지 철사자 무곤의 유언을 어기게 된다. 철사자 무곤이 무한에게 남긴 말은 은갑전사들을 찾아가는 것이 아니었다.

"너에 대한 세상의 의심이 티끌조차 남지 않았을 때, 그리하여 그들이 너의 존재조차 잊었을 때, 그를 찾아가라. 단 너 자신을 스스로 지킬 능력이 있어야 할 것이다. 그는 너에게 그 능력을 증명하라 할 것이므로."

은갑전사들의 도움으로 능력을 키울 수도 있었다.

그러나 그렇게 되면 첫 번째 당부, 세상 사람들로부터 존재조차 잊힌 사람이 될 수 없었다.

그가 자신의 정체를 밝히고 수호자들의 섬에 남는 순간 그에 대한 소문은 삽시간에 육주를 넘어 온 세상에 퍼질 것이다.

워낙 비극적인 삶을 살아온 철사자의 아들임으로 더더욱 이야기는 부풀려질 것이다.

"일단 묵룡대선에 남는 것이 최선이야."

무한이 자리를 털고 일어났다. 그리고 선실 문을 열고 선장 독안룡 탑살의 선실을 향해 걸음을 옮겼다.

"왔느냐?"

독안룡 탑살이 선실의 문을 열고 들어서는 무한을 돌아봤다.

무한이 꾸벅 머리를 숙여 인사를 했다.

"결심은 했느냐?"

"예."

"어떻게?"

"훗날 제 과거를 알게 되어 부득이 묵룡대선을 떠나야 할 일이 생겼을 때, 절 보내주시겠다면 선장님의 무종을 받고 싶습니다."

"그러지."

탑살이 망설이지 않고 대답했다. 너무 쉬운 승낙에 무한이 오히려 당황할 정도였다.

"정말 그래주실 수 있습니까?"

무한이 당돌하게 한 번 더 물었다.

"난 독안룡 탑살이다. 내 이름을 걸고 약속하지. 됐느냐?"

"…예."

"좋아. 그럼 나도 확인해 볼 것이 있겠지? 이리 오너라."

무한이 다가서자 탑살이 무한의 손목을 잡았다.

탑살이 맥을 통해 전해지는 무한의 기운을 가늠했다. 그러다가 문득 감탄과 탄식이 섞인 목소리로 중얼거렸다.

"마치 바다와 같구나. 나의 무종으로는 차마 모두 채울 수 없는. 누가 이런 바다를 만들어놓고 널 잃어버렸을까. 잃어버린 그 누군가에게는 세상에서 가장 비통한 일이라 할 것이다.”

그렇게 그날 무한은 독안룡 탑살의 무종을 받고 정식으로 제
자가 되었다.

『사자의 아들: 칸의 여행』 2권에 계속…